French FIC Lord

Lord, S.
La belle et

PRICE: $12.95

ET LE CORSAIRE

Retrouvez toutes les collections **J'ai lu pour elle** sur notre site :

www.jailu.com

Sasha Lord

LA BELLE ET LE CORSAIRE

Traduit de l'américain par Maïca Sanconie

Titre original :

Across a wild sea
A Signet Eclipse Book, published by New American Library,
a division of Penguin Group (USA) Inc.

© Rebecca Saria, 2005

Pour la traduction française :
© Éditions J'ai lu, 2006

Prologue

La jeune femme émergea des broussailles, les joues ruisselantes de larmes. Ses longs cheveux roux étaient emmêlés, masquant en partie son visage crispé de douleur. Et pourtant ses yeux verts brillaient d'un éclat farouche. Elle chancela sur le sable et tomba à genoux en sanglotant, penchée sur l'enfant nouveau-né qu'elle serrait dans ses bras. Puis elle se tut et regarda en arrière, guettant le moindre bruit. Si Lothian les rattrapait, elles étaient perdues !

Le puissant laird possédait toutes les terres du clan du Serpent, et c'est dans son château qu'il l'avait contrainte de ses mains brutales. Lorsqu'il l'avait arrachée du jardin de ses parents, elle n'avait que quinze ans, et pendant trois années la jolie petite paysanne avait été le jouet de ses plaisirs. Mais quand elle était tombée enceinte, elle avait dû affronter son courroux. C'était de sa faute à elle, avait-il dit. Lorsqu'on appartenait à Lothian on ne devait pas laisser la grossesse déformer son corps, afin de ne pas léser le plaisir de son maître. Mettre cet enfant au monde signifierait la mort. Terrifiée, Zarina s'était soumise à sa loi.

Pourtant, malgré les breuvages d'herbes amères, les coups de Lothian, les galops à travers champs sur des chevaux qu'elle montait à cru, l'enfant avait continué de croître en elle. Il s'était accroché à la vie, grandissant semaine après semaine, mois après mois, jusqu'à ce que Zarina ne puisse plus cacher son ventre gonflé.

Un jour, Lothian s'était approché d'elle, un couteau à la main, pour lui extirper le bébé. C'est alors qu'elle avait senti ce dernier bouger en elle. Il donnait des coups de pied dans son petit abri comme pour se rebeller et inciter sa mère à refuser ce sort injuste.

À cet instant, elle avait enfin trouvé le courage de s'opposer au puissant Lothian. S'emparant du tisonnier, elle l'avait menacé.

— Je garderai cet enfant ! s'était-elle écriée. Permettez-moi de garder l'enfant, c'est tout ce que je vous demande !

Fou de rage, il avait jeté son poignard pour la soulever de terre et l'avait projetée au bas du grand escalier. Il hurlait, promettant d'en finir avec elle si elle osait encore le défier. Ses vociférations la poursuivirent pendant des mois, dans les bois où elle avait trouvé refuge. La faim et la saleté avaient rapidement terni sa beauté, et la peur ne la quittait pas. Mais elle avait donné naissance à une vigoureuse petite fille. C'était le plus joli des bébés, même si ses yeux verts ne se fixaient jamais sur rien...

Le cœur battant, Zarina entendit le piétinement des chevaux se rapprocher dans les taillis. Dans le crépuscule finissant, un rayon de soleil zébra les arbres, avant de virevolter et de s'éteindre. Le soleil se couchait lentement au loin derrière les Highlands d'Écosse. Le fracas des vagues de l'océan, devant elle, se mêlait aux murmures des voix des hommes qui la poursuivaient sans relâche, elle et le bébé, depuis qu'ils avaient retrouvé leurs traces.

Elle essaya en vain de calmer l'âpre tumulte de son souffle et le martèlement de son cœur. Il fallait faire vite... Bondissant comme un lapin chassé de son terrier, elle reprit sa course. Un cri derrière elle indiqua que les hommes de Lothian avaient découvert sa cabane, à seulement vingt mètres de là. Une étincelle jaillit entre les arbres, puis l'abri de bois au toit d'herbes sèches éclata sous les flammes.

Zarina se figea, horrifiée, regardant les flammes dévorer les seuls objets qui assuraient sa survie. Les hommes riaient. Elle distinguait leurs visages cruels et haineux.

Elle baissa les yeux sur sa ravissante fille. Ce n'était pas juste ! Son enfant avait le droit de vivre, le droit de grandir dans un monde juste et beau...

Mue par une farouche détermination, Zarina marcha vers la plage où un canot était échoué. Elle posa délicatement sa fille sur le sable, puis tira la barque dans l'eau et la poussa au-delà des rouleaux. Elle retourna ensuite vers l'enfant et l'enveloppa bien solidement dans sa couverture, avant de couvrir de baisers son front, ses joues, son nez... Retenant ses larmes, elle arracha un sachet suspendu à la chaînette qu'elle portait autour du cou et le glissa sous la couverture. Ensuite elle serra son enfant contre elle, tremblant sous la force de son émotion. Le bruit des hommes qui approchaient l'incita à agir. Il n'y avait plus un instant à perdre !

Elle entra dans l'eau, marcha jusqu'à l'endroit où l'embarcation dérivait librement, entraînée par la marée, et plaça sa fille dans un berceau en osier fixé entre les platsbords. Puis, après un bref regard en arrière, elle donna une grande poussée qui emporta le canot et son enfant vers le large.

Première partie

L'île des Chevaux sauvages

1

Debout à l'endroit où la mer rencontre la terre, Alannah offrait son visage à la brise, les yeux clos. L'humidité semblait un fin drap de soie suspendu sur le vent, un drap qui claquait violemment parfois, puis se tendait sous le poids des nuages orageux qui s'amassaient au nord-ouest. La jeune femme prit une profonde inspiration, humant l'odeur de la mer mêlée à celle de l'herbe verdoyante ondoyant derrière elle, et se tourna vers le magnifique étalon blanc immobile derrière elle.

— Un orage se prépare, Claudius. C'est pour demain !

Le cheval leva la tête et hennit. Dans le pré, une douzaine de chevaux dressèrent aussitôt l'oreille, puis, comme reliés par d'invisibles fils, s'élancèrent dans la même direction. L'étalon se cabra fièrement avant de galoper pour les rejoindre.

Sentant le sol trembler sous le martèlement de leurs sabots, Alannah éclata de rire.

— Quelle perte d'énergie ! grommela une vieille femme en grimpant les dernières marches taillées dans les rochers de la falaise. Ils se fatiguent pour rien !

— Tu dis ça parce que tu ne peux pas courir après eux, Grand-mère, répliqua Alannah. Si tu n'avais pas aussi mal aux jambes, tu ferais la course avec les poulains, j'en suis sûre.

— Hum ! Et je gagnerais, pardi !

— Oui, je suis sûre que tu y arriverais encore.

Grand-mère sourit tristement et regarda le troupeau s'immobiliser, changer brusquement de direction et repartir dans l'autre sens.

— Parfois, j'aimerais que tu puisses les voir, Alannah. Ils sont tellement beaux !

— Mais je les vois, Grand-mère ! Je les vois avec mes oreilles et je les sens bouger autour de moi. Je n'ai pas besoin de mes yeux.

— Oui, je sais mon enfant, mais je deviens vieille et...

— Et ? insista Alannah.

— Et j'ai peur que tu restes toute seule ici, sans mes yeux pour te guider lorsqu'il le faut.

Alannah rit de nouveau. Rejetant sa longue chevelure auburn en arrière, elle s'élança sur l'herbe d'un pas sûr.

— Tu t'inquiètes pour rien, Grand-mère ! J'ai tout ce dont j'ai besoin et je ne serai jamais seule ici. Les chevaux sont mes frères et sœurs, et puis tu es forte et solide malgré ton âge. Je n'ai jamais su ce que cela signifiait de voir. Comment cela pourrait-il me manquer ?

Alannah s'interrompit car l'étalon l'avait rejointe, les flancs humides après sa course. Sans hésiter, elle saisit sa crinière et se hissa souplement sur son dos. Le serrant fort entre ses cuisses, elle le fit galoper de nouveau, et fonça à toute vitesse au milieu du troupeau qui se dispersa dans toutes les directions.

Grand-mère la regarda s'éloigner. Alannah était d'une rare beauté, avec sa somptueuse chevelure d'un roux sombre cascadant jusqu'au creux de ses reins. Sa peau de pêche s'était dorée sous la caresse du soleil et ses grands yeux aveugles, ourlés de cils bruns, étaient d'un vert émeraude. Elle était très grande pour une femme, et montait à cheval avec fierté et assurance.

Mais Grand-mère s'inquiétait pour elle. Alannah était têtue et ne voulait pas reconnaître ses limites. Sur cette île isolée, loin de la civilisation, elle s'en tirait très bien. Elle connaissait le terrain par cœur, et se mouvait avec aisance parmi les rochers, les arbres, les prairies et la plage. De plus, ses autres sens s'étaient développés à un niveau extraordinaire. Elle pouvait « sentir » son environnement comme si elle en faisait partie intégrante. Pourtant, en dépit de ses dons, elle était vulnérable. Grand-mère craignait toujours qu'elle fasse une mauvaise chute, se casse une jambe ou pire encore.

Alannah, cependant, balayait chaque fois en riant ses inquiétudes.

— Prends garde ! s'écria Grand-mère. La vie peut changer en un instant. Tout ce que tu crois permanent aujourd'hui peut être entièrement différent demain au lever du soleil !

Alannah fit un brusque demi-tour et offrit son visage au vent.

— Non, rien ne changera ! cria-t-elle. L'île restera ma maison et toi, ma Grand-mère !

Elle secoua son abondante chevelure et lança ses bras vers le ciel.

— J'ai tout ce dont j'ai besoin ici, pour toujours ! ajouta-t-elle.

Grand-mère soupira. Tout en regardant Alannah tournoyer de nouveau et s'éloigner au galop, elle se revoyait débarquer sur l'île, trente ans auparavant. Son amant, Gondin, lui avait sauvé la vie et trouvé ce refuge. Depuis lors, Gondin avait été son seul lien avec le monde extérieur. Mais il ne venait que tous les cinq ans.

Il lui apportait des provisions, restait quelques semaines et regagnait son foyer en Écosse. La solitude se refermait alors sur l'île, préservée de toute intrusion par une barrière de récifs.

C'était au cours d'un de ces trajets que Gondin avait trouvé un canot en train de dériver sur le vaste océan. Dedans, il y avait un nouveau-né en pleurs, affamé mais en bonne santé. Gondin avait emmené le bébé à Grand-mère, dans l'île des Chevaux sauvages. En découvrant que la fillette était aveugle, tous deux avaient décidé qu'il valait mieux qu'elle reste sur l'île, où elle serait protégée de la cruauté des gens envers les infirmes.

Le bébé abandonné avait manifestement reçu de l'amour, car la couverture qui l'enveloppait avait été tissée à la main, et un petit sachet de velours avait été glissé à l'intérieur. Il contenait plusieurs pièces d'or, une clé, une lettre et un collier en or orné d'exquises émeraudes. La lettre ne signifiait rien pour Grand-mère, car elle ne savait pas lire – pas plus que Gondin –, mais elle l'avait conservée tout de même. Le collier était très beau, avec des motifs qui semblaient symboliser l'amour et la protection. Les pièces et la clé n'avaient aucune valeur sur l'île, mais Grand-mère les avait rangés comme le reste.

Au début, il lui avait été difficile de s'occuper de l'enfant. Elle était seule depuis si longtemps qu'elle s'était habituée au silence. Mais finalement elle s'était attachée à la fillette, et maintenant elle hochait la tête de plaisir en regardant Alannah galoper sur l'étalon. L'enfant lui avait donné une raison de vivre, illuminant son quotidien d'une joie immense.

Plongée dans ses souvenirs, Grand-mère regagna lentement sa maisonnette.

Peu avant la tombée de la nuit, Alannah et Grand-mère vaquèrent à leurs tâches du soir. Elles parlaient peu, selon un rythme familier. Grand-mère alluma le feu dans l'âtre tandis qu'Alannah nettoyait et préparait les légumes qu'elle avait ramassés dans le jardin. Lorsque Grand-mère alla se reposer dans son fauteuil, Alannah sortit chercher de l'eau. Elle connaissait parfaitement le sentier menant au ruisseau, avec ses racines protubérantes et ses pierres mal dégrossies qui gênaient la marche. En chemin, elle écouta avec attention les stridulations des insectes, annonçant la fin du jour et l'orage approchant. Ensuite, sans hésiter, elle plongea son seau dans le courant du ruisseau, se servant de ses doigts et se guidant au poids du seau pour savoir quand il était plein.

Elle revint à la maison et versa de l'eau dans la marmite des légumes. Avec une précision infaillible, elle choisit deux brins d'herbe sèche parmi celles accrochées sur le mur et les jeta dans l'eau. Grand-mère grommela son approbation devant le choix de la jeune femme et s'installa dans son fauteuil, une couverture sur les genoux.

— Il faudra aussi que tu mettes les moutons dans la grotte avant que l'orage n'éclate. Autrement, ils vont errer et se perdre.

— Oui, je sais, Grand-mère. Je les ai déjà rentrés.

— Et le bois? En aurons-nous assez?

— Oui, je m'en suis occupée.

— Et...

— Grand-mère! s'écria Alannah, exaspérée. Ce n'est qu'un orage. Nous en avons subi beaucoup et je sais comment nous y préparer. Cesse donc de me harceler et viens à table...

Le tonnerre grondait au-dessus de leurs têtes et l'océan rugissait de fureur. Le commodore Xanthier O'Bannon, héritier des Kircaldy d'Écosse et banni de sa propre maison, cria comme s'il mettait les éléments au défi de le combattre. Son âme tourmentée était à l'unisson de la colère de l'orage, et il restait debout à la barre comme un démon à la porte de l'enfer.

— Tenez bon, imbéciles! Si vous laissez ce navire sombrer, tout l'or sera perdu et vous mourrez dans la misère!

Lorsqu'un marin quitta son poste pour se recroqueviller contre le bastingage, Xanthier fonça sur lui en jurant et le souleva par le col de sa chemise.

— Tu ne comprends donc pas? Si vous ne vous battez pas, c'est la mort! Alors remue ta graisse et amarre cette voile!

À cet instant le bateau gîta, pris dans un creux, et les deux hommes furent projetés contre le bastingage, qui se brisa sous leur poids. Xanthier s'accrocha à un pan de bois fracassé et parvint à se hisser à bord, avant de se balancer de côté pour venir en aide au marin. Trop tard! Le jeune garçon avait disparu, englouti par les vagues écumantes.

Xanthier jura et regagna la barre en vacillant, avant de hurler de nouveaux ordres. Les hommes rampaient sur le bateau pour ne pas être catapultés dans la mer. Un cri bref, à tribord, cessa brusquement. Un autre marin avait péri.

Le commodore plissa les yeux pour mieux percer le rideau de pluie, conscient que son vaisseau amiral s'éloignait de plus en plus du reste de sa flotte. Trois autres navires disséminés luttaient contre la tempête. Il avait pris le commandement de celui-ci parce qu'il venait de le capturer durant une bataille navale, et qu'il fallait instruire les hommes au maniement du lourd bâtiment.

— Bon sang! s'écria-t-il. Il ne devait pas y avoir de tempête avant au moins un mois! C'est trop tôt dans la saison...

Un coup de tonnerre secoua le vaisseau, le faisant vibrer de part en part. Un éclair traversa le ciel, illuminant la mer enragée pendant un instant, puis s'éteignit, laissant de nouveau le navire dans l'obscurité.

— Restez à vos postes! Diminuez la voile! Virez à tribord! Récif droit devant!

Xanthier se baissa en s'accrochant au bastingage. Ses muscles tendus lui faisaient mal dans l'effort qu'il faisait pour rester debout.

Un cri à sa gauche attira son regard, et il vit son second disparaître par-dessus bord, englouti à son tour dans l'eau bouillonnante.

Xanthier s'arc-bouta tandis que le bateau s'enfonçait dans un creux immense. Par sécurité, il s'empara de la corde de la grand-voile et évalua rapidement le rythme des vagues de l'océan, guettant la fraction de seconde pendant laquelle le navire serait immobile au sommet de la houle, lui permettant ainsi de s'attacher au mât. Un autre marin dérapa sur le pont alors que le bateau penchait. Sa tête alla s'écraser sur un tonneau arrimé aux planches. En quelques secondes, son corps inerte fut précipité dans la mer.

En dépit de toutes ces morts soudaines, les yeux gris de Xanthier demeuraient froids et impavides. Il n'avait aucune sympathie pour ses hommes d'équipage. D'ailleurs, il n'éprouvait quasiment rien pour personne. Depuis qu'il avait perdu ses terres, son droit d'aînesse et son titre, des années auparavant, sa vie consistait à écumer les mers. Il était devenu corsaire, commandité par le roi d'Écosse. L'amitié ou l'amour n'avaient pas de place dans son monde, et la seule fierté du commodore était d'être craint de tous.

Le navire craqua. La puissance de l'océan déchaîné était bien plus forte que sa coque... Cette fois, il allait sombrer !

Xanthier vit cette certitude se peindre sur les visages des marins. Ils lui faisaient penser à des enfants regardant un père qu'ils n'aimaient pas, mais en qui ils avaient confiance.

— Nous allons couler ! dit-il. Mettez un canot à la mer, si vous y parvenez, ou bien nagez vers les îles ! Je ne peux plus rien pour vous !

Trois hommes descendirent le canot de bois, mais une rafale de vent le projeta sur le flanc du navire où il se fracassa.

— Commodore ! cria un marin. Je ne veux pas mourir ! Aidez-nous !

Xanthier émit un grondement sourd, dégoûté par cette bande de pleurnichards.

Des éclairs zigzaguèrent dans le ciel et frappèrent une île proche, fendant l'air d'un craquement sinistre. Xanthier leva les yeux, plissant les paupières pour tenter de distinguer l'horizon. Il aperçut le contour noir de la côte, et réfléchit au moyen d'y parvenir, repoussant en arrière ses cheveux noirs dégoulinants de pluie.

Il n'avait pas l'intention de mourir aujourd'hui. Il avait tant de choses à faire, encore, pour prendre sa revanche sur un monde qui l'avait lésé de tout !

Une vague s'écrasa au-dessus de lui, le jetant à genoux et le trempant de son écume glacée. Il secoua la tête, ignorant la brûlure de l'eau salée, et regarda la terre. Sur la côte il apercevait un feu, probablement provoqué par la foudre. Voilà qui lui servirait de phare...

Il défit l'une des extrémités de la corde et, sans la lâcher, avança petit à petit jusqu'aux tonneaux. Il en choisit un et y attacha la corde.

Soudain, le navire s'enfonça et Xanthier fut rejeté en arrière. Il poussa un gémissement de douleur en sentant son dos s'écraser sur la porte de l'écoutille, et tenta de retrouver sa respiration avant que le bateau ne penche de nouveau. Le tonnerre gronda et il releva la tête, comprenant que ses chances de survie étaient de plus en plus minces.

— Non! hurla-t-il, fou de rage.

Le vent emporta son cri.

— Non! Je m'en sortirai! Je n'ai pas dit mon dernier mot!

Un autre éclair lui répondit, illuminant le pont ravagé. Tous les marins avaient été emportés par les vagues. Il ne restait plus que lui. Un énorme craquement indiqua que le bateau avait atteint les limites de sa résistance. Puis l'énorme bâtiment roula sur le côté et Xanthier fut projeté vers la poupe.

La corde qui le retenait se tendit brusquement, l'enchaînant entre le mât et le tonneau. Le mât vacilla. Tirant son couteau de sa botte, Xanthier coupa la corde, choisissant de rester avec le tonneau flottant plutôt qu'avec le mât en bois plein.

Soudain, l'eau recouvrit le pont et le navire grinça une fois de plus. Le sommet du mât se brisa d'un coup sec, envoyant des éclats de bois tout autour de Xanthier. Il baissa la tête, se protégeant instinctivement les yeux. Le sang dégoulinait de son visage, mais cela ne faisait qu'augmenter sa colère.

— Je n'abandonnerai jamais! cria-t-il aux éléments. Vous ne m'arrêterez pas et je vous défie d'essayer!

Comme pour lui répondre, un éclair jaillit des cieux et frappa ce qui restait du mât. Celui-ci s'embrasa aussitôt, se transformant en une tour de feu dont le souffle sembla exploser au visage de Xanthier. La formidable chaleur lui brûlait le visage et les cheveux.

Il hurla de douleur, portant les mains à sa joue droite. L'odeur de chair brûlée se mêlait à celle du bois en flammes. Xanthier tomba à genoux. Était-il arrivé en enfer ? Les démons de son passé l'avaient-ils retrouvé pour l'envelopper dans le feu du diable ?

Il n'eut pas le temps de trouver de réponse. Le bateau se secoua une dernière fois et son large ventre bascula vers le ciel, semblable à une grande baleine à l'agonie.

Xanthier et le tonneau furent projetés dans l'océan, coulant dans les profondeurs glacées. Puis la corde qui rattachait Xanthier au tonneau mit un terme à cette descente vertigineuse, l'obligeant d'une tension à remonter à la surface.

Il tenta de nager, mais les courants le tiraient dans toutes les directions. Seul le tonneau lui permettait de flotter et de distinguer le haut du bas dans ces tourbillons incessants. Xanthier chercha son souffle et regarda autour de lui. L'épave du bateau s'était déjà éloignée de plusieurs mètres. Il tournoya sur sa poupe dans un long gémissement, puis sombra dans l'océan.

Xanthier leva les yeux, cherchant le feu sur l'île. Dès qu'il l'aperçut, ignorant la brûlure de l'eau salée sur ses blessures, il jeta un regard furieux sur les vagues qui le ballottaient comme un fétu de paille. Il les vaincrait, il les combattrait comme autant d'ennemis !

Puis, avec un suprême effort, il s'agrippa au tonneau et agita les jambes, se dirigeant droit vers son salut.

2

Au matin le grain avait cessé, laissant l'océan bouillonnant de débris et d'algues. Des planches de bois et des morceaux d'épave étaient éparpillés tout le long de la plage. Alannah avançait à l'aide d'un bâton, vérifiant qu'il n'y avait pas d'obstacles sur le sentier avant de poser le pied sur le sable. Ses sens semblaient altérés par le contrecoup de l'orage. La puissance engendrée par le tonnerre et les éclairs était l'une des rares choses qui la rendaient complètement sans défense. Son audition, son toucher et son odorat, et même ses perceptions extrasensorielles lui devenaient inutiles pendant quelque temps.

Alannah n'aimait pas reconnaître sa vulnérabilité. C'est pourquoi ce matin, elle tentait de remédier à ses insuffisances. Petit à petit elle retrouvait l'usage de ses sens, souriant lorsqu'elle identifiait des odeurs, ou reconnaissait un endroit familier.

Ses pieds nus sentaient maintenant la vase douce qui recouvrait la plage de l'île, et que l'orage avait brassée. Soudain elle s'arrêta, alertée. Il y avait une méduse devant elle. La créature semblait frémir... Alannah s'agenouilla et laissa ses mains voltiger autour d'elle pour en deviner la forme, sensible aux vibrations qu'elle percevait au bout des doigts. Puis elle prit un morceau d'écorce pour la ramasser avec un peu de sable et alla la rejeter délicatement dans la mer.

Lorsqu'elle se redressa, les cris des mouettes attirèrent son attention. Pourquoi criaient-elles ainsi ? Alannah s'éloigna des vagues qui venaient mourir sur le rivage et suivit les oiseaux. Son bâton heurta alors un rondin. Le bois venait de brûler, probablement frappé par la foudre durant l'orage. Touchant l'arbre tombé, Alannah sentit la chaleur qui consumait encore le cœur du bois.

Les effets de l'orage perdaient de leur force. Ses sens revenaient à la vie.

Elle se tint debout face à la mer, absorbant l'air environnant. Elle se sentait de nouveau profondément en contact avec l'île et tous ses animaux. Ici, c'était sa maison, sa famille, son monde.

Les mouettes crièrent de nouveau et Alannah fronça les sourcils. Il se passait quelque chose d'inhabituel... Elle enjamba le tronc d'arbre et s'avança lentement, à la recherche de la créature blessée que les mouettes avaient dû repérer.

Xanthier parvint à ramper jusqu'à la plage, le corps tremblant d'épuisement. Il frissonnait de froid et son visage lui faisait atrocement mal. Le bout de ses doigts était bleu à force d'avoir agrippé les cerclages du tonneau et ses orteils étaient devenus insensibles, mais c'était un soulagement incroyable de sentir la terre sous ses genoux.

Il regarda le ciel d'un air triomphant, se délectant de sa victoire sur l'orage. Il était invincible... capable de braver les hommes comme les dieux !

Il étendit ses doigts et les fléchit, faisant de nouveau circuler le sang dans sa main. Puis il se toucha le visage. Sa peau était boursouflée et ses brûlures saignaient. Malgré la sensation atrocement douloureuse, Xanthier ne cilla pas et parvint à se lever. Il fallait absolument qu'il trouve un abri pour soigner ses blessures, avant de se procurer de quoi manger.

Pas un instant, il n'eut l'idée de déplorer la mort de son équipage. Son cœur était trop froid pour s'émouvoir de leur sort. La tempête avait brisé de nombreuses vies parce qu'elles n'avaient pas su lui résister, se disait-il. Seuls les forts méritaient de survivre. Le monde était ainsi, impitoyable.

Il fit quelques pas vacillants, contournant une péninsule dont l'intérieur formait une crique. Au-dessus se dressait une falaise abrupte et lisse. Xanthier fronça les sourcils, cherchant vainement un passage. Un désespoir momentané s'empara de lui. Et s'il n'en trouvait pas ? Pourquoi se battre, après tout ? Pourquoi ne pas mourir et en finir avec cette lutte sans merci ?

Un mouvement sur la plage le fit pivoter, l'arrachant à ses sombres pensées. Une femme marchait vers lui, ses cheveux auburn soulevés par la brise. Son visage était tourné vers le ciel et elle agitait un objet devant elle. Il cligna des yeux, incrédule. On aurait dit une déesse… si grande, si mince… si imposante.

Soudain, Xanthier sentit ses genoux lâcher et il s'affaissa, la tête vrillée de douleur, les muscles tremblant d'épuisement. Des taches noires dansaient devant ses yeux, et il tenta de les dissiper en secouant la tête car il ne voulait pas perdre la femme de vue. Mais en dépit de la force de sa volonté, les taches noires se répandirent et il s'effondra, inconscient.

En entendant un gémissement devant elle, Alannah se figea, le bâton suspendu en l'air. Un pressentiment la submergeait et elle hésitait, ne sachant que faire. Le vent portait jusqu'à elle une respiration lente et haletante, qui ne ressemblait à aucun des animaux qu'elle connaissait. Ce souffle était plus profond, plus rauque. Elle trembla de frayeur.

Un autre gémissement lui fit comprendre que la créature se trouvait tout près, et qu'elle était blessée. Alannah reprit sa marche, refusant de se laisser envahir par la peur. Mais comme elle approchait, la sensation de force émanant de la créature la fit faiblir de nouveau.

Elle plissa le front, désemparée, puis s'agenouilla lentement et tendit les mains devant elle. Elles entrèrent en contact avec une chair chaude, souple et sans fourrure. Alannah recula, stupéfaite. Elle huma l'air. Aucune odeur de fourrure mouillée ne lui parvenait.

Malgré sa peur, quelque chose d'irrépressible la poussait à toucher encore la créature. Son corps était dur et musclé. Alannah continua sa caresse, sentant les contours d'un bras humain – mais un bras qui était trois fois plus gros que le sien, et facilement cinq fois plus fort! Comme ses doigts poursuivaient leur exploration, ils se posèrent sur des mains qui prouvaient clairement que la créature était humaine.

Retenant son souffle, Alannah remonta vers le visage de l'inconnu puis effleura un torse légèrement velu, s'arrêtant brièvement à la ceinture du tissu qui lui couvrait les jambes. Descendant encore, elle effleura une zone gonflée et s'arrêta, intriguée, laissant ses doigts sentir ce que ses yeux ne pouvaient voir.

Xanthier s'éveilla avec la sensation d'être caressé voluptueusement sur tout le corps. Immédiatement excité, et sans réfléchir davantage, il saisit la femme et roula sur le sol avec elle, la recouvrant de son corps. Il se penchait pour l'embrasser lorsqu'une douleur explosa dans son crâne. Elle l'avait frappé!

— Aïe! s'exclama-t-il tandis qu'elle lui décochait un autre coup de poing pour se dégager. Arrêtez!

La douleur qu'il éprouvait dans l'aine semblait lutter avec celle qui lui martelait les tempes.

— Lâchez-moi! criait-elle en le martelant de ses poings.

Avec un coup de pied vigoureux, elle le repoussa sur le côté et parvint à se relever.

— Qu'est-ce que c'est? Qui êtes-vous? cria-t-elle.

Xanthier regarda la femme debout au-dessus de lui, les cheveux épars, les yeux hagards.

— Je m'appelle Xanthier. Puis-je vous faire remarquer que vous étiez en train de me toucher intimement? Je n'ai fait qu'accepter votre invitation.

Alannah était stupéfaite d'entendre une voix humaine qui n'était ni la sienne ni celle de Grand-mère.

— Que faites-vous ici? demanda-t-elle avec méfiance.

Il désigna les morceaux d'épave qui jonchaient le littoral.

— La raison me semble évidente, non ?

— Pourquoi êtes-vous ici ? insista Alannah d'un ton brusque qui cachait sa peur.

Elle recula d'un pas et se pencha pour tenter de retrouver son bâton.

Xanthier regarda les mains de la jeune femme balayer le sable et fronça les sourcils, surpris par ses étranges manières.

— Seriez-vous simple d'esprit ? Vous ne voyez donc pas que mon bateau gît en petits morceaux tout autour ? Il a coulé dans la tempête et l'équipage a péri. Grâce à ma force d'âme, je suis arrivé entier sur cette île.

— Vous ne pouvez pas rester ici. Allez-vous-en ! ordonna Alannah.

Xanthier éclata de rire.

— Je n'ai plus de bateau, figurez-vous ! Voilà ce qui reste de son naufrage... J'apprécierais un peu de courtoisie. Et un peu d'aide, si ce n'est pas trop demander.

Alannah rougit et se détourna afin que l'étranger ne voie pas ses yeux. Pour la première fois de sa vie, elle se sentait gênée d'être aveugle. Elle avait toujours su que d'autres personnes parcouraient les mers. Grand-mère lui avait décrit les voiles blanches qui passaient silencieusement devant l'île, contournant ses dangereux récifs. Alannah savait qu'elle venait de l'autre côté de l'eau, qu'elle était née dans une famille qui l'avait chassée, sans doute parce qu'elle était aveugle. Grand-mère lui avait expliqué à quel point les gens pouvaient être cruels, et comment ils la rejetteraient de nouveau, là-bas, à cause de son handicap.

De toute façon, Alannah n'avait aucun désir de connaître le monde lointain. L'île des Chevaux sauvages était toute sa vie. Elle connaissait chaque centimètre de ses belles collines et tous les animaux qui habitaient dans ses prairies verdoyantes. Mais voilà qu'un homme était venu de l'autre côté de la mer... Un homme appelé Xanthier, qui avait besoin de soins. S'il s'était agi d'un poulain, elle n'aurait pas hésité à le soigner. Ce n'était pas juste de lui refuser de l'aide simplement parce qu'il n'appartenait pas à la bonne espèce.

— Xanthier, dit-elle enfin, vous êtes blessé, n'est-ce pas ?

— C'est évident, il me semble ! grommela-t-il.

— Inutile d'être grossier, répliqua sèchement Alannah en se retournant vers lui. Je suis désolée d'avoir réagi ainsi. Je vais vous aider jusqu'à ce que les vôtres viennent vous chercher. Ils viendront vous chercher, n'est-ce pas ? demanda-t-elle avec une soudaine agitation.

— Oui, ils viendront, dit Xanthier en regardant la mer d'un air sombre. Ils viendront, sinon c'est moi qui irai et ils regretteront de m'avoir laissé.

Alannah acquiesça, satisfaite de sa réponse.

— Alors suivez-moi !

Elle s'éloigna aussitôt, le laissant se lever comme il pouvait. Dans ses mains, le bâton se balançait en mouvements réguliers, effleurant parfois des rochers ou des débris. Elle se déplaçait d'un pas assuré, sans ralentir l'allure.

Xanthier la fixait d'un air furieux, irrité par tant de désinvolture. Il la suivit lentement, les jambes trop lourdes pour adopter le rythme de la jeune femme. Lorsqu'elle disparut dans un tournant, il se mit à crier.

— Miss ! Miss ! Attendez-moi...

Il s'adossa à un arbre pour reprendre haleine.

— Quel accueil... gémit-il. Tout cela pour un brouet clair et un quignon de pain sec, j'imagine ! Ils n'ont guère le sens de l'hospitalité, par ici...

Un fracas de sabots l'interrompit. Il releva la tête, alarmé, et vit un troupeau de chevaux traverser le sommet de la falaise. Une jument brune menait le troupeau, suivie de près par un étalon d'un blanc éclatant. Celui-ci s'arrêta en hennissant, fit demi-tour et se cabra. Les autres chevaux ralentirent l'allure, puis tournèrent à l'unisson pour courir dans la direction opposée. L'étalon se coucha sur l'herbe et regarda en bas de la falaise.

Soudain, il bondit en avant et descendit la falaise au galop, sur un sentier étroit qui zigzaguait jusqu'à la plage. Puis il disparut derrière les rochers. Xanthier se déplaça pour voir où il était passé, éberlué par son agilité et sa force.

— Incroyable… murmura-t-il en l'apercevant de nouveau. Un étalon indompté, ici, en pleine mer ! Je dois rêver…

Il examina l'animal, observant sa lourde musculature et ses yeux intelligents.

— Non, je ne rêve pas, reprit-il en souriant. Et il doit valoir une fortune…

Alannah surgit soudain et l'étalon pivota pour lui faire face. La jeune femme avait laissé tomber son bâton et s'approchait du cheval sauvage d'un pas ferme et régulier. Surpris, Xanthier la regarda poser la main sur la superbe crinière, s'en saisir et bondir sur le dos du cheval avec une grâce souple.

Xanthier recula, bouche bée. Ils étaient tellement beaux ensemble ! Les longues jambes de la jeune femme enserraient le corps de l'étalon et elle levait fièrement le menton, dans le même angle que la mâchoire du cheval. Xanthier n'avait jamais rien vu d'aussi parfait. Il réprima un frisson, désemparé devant un être si différent.

Soudain, le cheval avança vers lui. La cavalière parlait, mais il ne comprenait pas ce qu'elle disait. Sa voix avait un écho étrange, comme si elle était sous l'eau. Xanthier tomba à genoux, luttant contre la langueur qui l'envahissait. Le cheval vint se mettre derrière lui. Il leva la tête, essayant de lire dans les yeux verts de la jeune femme. Des yeux qui semblaient le transpercer, comme s'ils voyaient au fond de lui. Il voulut se détourner, mais sa faiblesse l'empêchait d'échapper à ce regard pénétrant.

Il entendit de nouveau sa voix et cligna des paupières pour tenter de mieux la voir. Elle semblait disparaître derrière un voile de plus en plus épais…

La jeune femme fronça les sourcils, puis tendit le bras. Xanthier s'accrocha à sa main, heureux de sentir sa chaleur. Elle avait des paumes calleuses par endroits, et pourtant douces et tendres. Il sentit qu'elle le tirait vers elle, et comprit qu'elle voulait qu'il monte à son tour sur le magnifique étalon. Il obéit, se hissant dans un dernier sursaut d'énergie avant que l'obscurité se referme sur lui comme un bloc.

Alannah grimaça en sentant le poids du corps de Xanthier s'affaisser sur elle.

— Mufle! grommela-t-elle. Vous auriez pu rester conscient jusqu'à ce qu'on atteigne la prairie! Maintenant, je suis obligée de vous soutenir pendant toute la montée. Si jamais je vous lâche, je vous laisse là où vous tomberez, je vous préviens!

Elle pressa les flancs de l'étalon pour qu'il reprenne le sentier en zigzag.

— Va doucement, Claudius, murmura-t-elle. Tout doux...

Lorsqu'ils atteignirent le sommet du sentier, Alannah se dirigea vers la maisonnette en contrebas. Le troupeau de chevaux apparut dans le pré. Plusieurs les considéraient avec curiosité, d'autres restaient en arrière, se méfiant de l'odeur inconnue de Xanthier. Alannah souriait et touchait les têtes qui venaient se frotter un instant contre elle, leur murmurant des paroles aimables. En quelques minutes, ils atteignirent la maisonnette.

Alannah tendit l'oreille. Elle n'entendait pas la respiration de Grand-mère au-dehors.

— Grand-mère? appela-t-elle. Où es-tu?

— Quoi? répliqua la vieille femme sur un ton irrité. Je suis en train de laver les couvertures. Elles sentent le renfermé.

— Viens voir! J'ai trouvé quelque chose sur la plage.

— Encore un coquillage ou un bout de bois, mon petit? La maison est déjà pleine de tes trésors.

Alannah sourit d'un air malicieux.

— Très bien, Grand-mère! Si tu ne veux pas voir l'homme que j'ai trouvé, je vais le laisser tomber par terre, tout simplement...

Un silence répondit à sa remarque désinvolte. Alannah tendit l'oreille. Grand-mère avait-elle bougé? S'était-elle avancée pour voir ? N'entendant rien, la jeune femme reprit :

— Je disais que...
— Qu'est-ce que c'est que ça ?

La voix de Grand-mère était étrangement calme et provenait de l'angle de la maisonnette.

— J'ai trouvé un homme, Grand-mère. Il a fait naufrage et a échoué sur la plage. Il est blessé.
— D'où vient-il ? Que fait-il ici ? Est-il venu pour t'emmener avec lui ?

Alannah perçut la peur dans la voix de Grand-mère et bondit à terre pour courir vers elle, laissant Xanthier s'affaisser sur Claudius.

— Grand-mère ! Ne dis jamais ça ! Ce n'est qu'un marin naufragé, qui a trouvé refuge sur notre île par accident. Nous allons le soigner, et quand il ira mieux nous le renverrons chez lui.
— Je savais que cela arriverait un jour...
— Tu ne sais rien du tout ! gronda Alannah. Et lui non plus. Il partira comme il est arrivé.

Grand-mère s'avança jusqu'à l'étalon, qui restait tranquillement immobile avec son fardeau sur le dos.

— C'était peut-être écrit... murmura-t-elle.

Alannah baissa vivement la tête.

— Il ne sait pas, pour mes yeux.

Grand-mère dévisagea la jeune femme, et vit ses joues s'empourprer.

— Il était inconscient quand tu l'as trouvé ?
— Non, il était réveillé. Nous avons parlé. Il s'appelle Xanthier.
— Dans ce cas, comment pourrait-il ne pas savoir ?

Alannah haussa les épaules.

— J'ai fait en sorte qu'il ne s'en aperçoive pas.
— Alannah, tu ne dois pas avoir honte d'être aveugle ! Je t'ai élevée pour que tu sois fière de toi. Tu n'as pas besoin d'avoir des yeux pour voir, mon petit, et tu le sais. Alors ne t'en cache pas, je t'en prie.
— Quand bien même, je préfère qu'il ne sache rien de mon infirmité.

Elle aida Grand-mère à descendre Xanthier de sa monture et à le tirer à l'intérieur de la maison.

— J'ai senti son visage avec mes doigts, dit Alannah. Il a une blessure sur la joue et il faudrait lui faire des points. Il est aussi terriblement brûlé. Il faut le soigner tout de suite.

— Oui, il a besoin de mains habiles… Les miennes me font mal, avec cet orage. La maladie ronge mes os et les déforme… Il faudra que tu le recouses, Alannah.

La jeune femme effleura des doigts le visage de Xanthier pour sentir le contour de sa blessure, le sang séché, les brûlures sur sa joue. Elle sentit aussi les muscles noués par la tension.

— Dormez bien, marin, chuchota-t-elle. Dormez profondément. Votre visage me dit que vous n'avez pas souvent l'occasion de vous le permettre… Je vais nettoyer vos plaies et prendre soin de vous pendant que vous vous reposerez.

Elle se leva, fit un signe de la tête vers l'endroit où Grand-mère faisait bouillir de l'eau, puis sortit chercher les herbes dont elle aurait besoin pour soigner le marin blessé, qui disait s'appeler Xanthier et avait une voix profonde et triste comme un arbre que le soleil ne viendrait jamais réchauffer.

3

L'étranger se réveilla avec un gémissement de douleur. Assise dans l'ombre, Alannah écoutait, aux aguets de tous ses gestes, percevant la moindre variation de son souffle.

Il était très tendu, et son âme était habitée par la fureur. Était-ce seulement parce qu'il était blessé et à la merci de ses hôtes ? se demanda-t-elle. Non, il y avait autre chose. Il y avait en lui une puissance féroce qu'elle ne parvenait pas à comprendre.

Devinant qu'il s'était redressé et regardait autour de lui, donc qu'il l'avait probablement remarquée, elle lui adressa un sourire forcé.

— Je m'étonne que vous ne m'ayez pas laissé mourir sur la plage, dit-il d'un ton ironique.

Le sourire d'Alannah s'élargit.

— Et vous ne vous étonnez guère d'habitude, n'est-ce pas, monsieur le marin ?

— Je ne suis pas marin, mais commodore, chef de centaines de marins.

— Mais vous naviguez, non ? répliqua-t-elle d'un ton moqueur.

Comme il ne répondait pas, elle haussa les épaules.

— Donc, pour moi, vous n'êtes qu'un marin.

— Et vous, vous n'êtes qu'une paysanne ! rétorqua-t-il, très irrité.

Alannah éclata de rire.

— Oui, c'est la vérité ! Mais je suis la princesse de cette île, puisque c'est mon royaume !

Xanthier fit un énorme effort pour ne pas gémir, car une douleur fulgurante lui avait traversé la tempe alors qu'il tentait de se redresser.

— Vous ne voulez tout de même pas dire que vous vivez seule ici ? murmura-t-il. Il y a bien un village quelque part…

— Je vis avec Grand-mère, et nous sommes les seules habitantes de l'île. Voulez-vous de la soupe ? Ou préférez-vous un brouet clair avec un quignon de pain sec ?

Xanthier lui jeta un regard surpris.

— Comment auriez-vous pu entendre ce que je disais sur la plage ? Vous étiez trop loin…

— De la soupe ? proposa de nouveau Alannah en versant avec soin le liquide dans un bol.

Elle savait exactement quelle quantité la louche pouvait contenir et quel était le poids de la louche dans sa main. Elle pouvait donc aisément la remplir jusqu'à ras bord sans rien renverser. Elle se tourna vers Xanthier et lui tendit le bol, attendant que les doigts du marin se referment sur le bol avant de le lâcher. Puis elle posa la main sur la table, sentit une cuillère sous ses doigts et la lui donna.

— Où est votre père ? demanda-t-il. Et votre mère ? Comment communiquez-vous avec le monde extérieur ?

— Comme je vous l'ai dit, il n'y a que Grand-mère et moi ici. Nous n'avons besoin de personne d'autre.

Xanthier demeura silencieux, regardant autour de lui. Sa couche était garnie de belles couvertures, et des meubles simples et bien faits ornaient la pièce. Un rouet occupait un coin, et plusieurs tas de laine étaient amassés à côté, prêts à être filés. Le bol dans lequel il buvait était fait dans un coquillage, et la cuillère était taillée dans un os. La maisonnette était rustique, c'était le moins qu'on puisse dire, mais elle était confortable, chaude et étanche.

— Depuis combien de temps vivez-vous ici ? demanda-t-il enfin, après une autre gorgée de soupe.

Elle était savoureuse, et contenait de la viande. Le liquide chaud lui faisait un bien infini.

— Depuis toujours, répondit Alannah. Comment va votre blessure ?

Xanthier porta les doigts à sa joue et sentit des points réguliers recouverts d'un onguent humide.

— Je vais avoir une drôle de cicatrice, déclara-t-il.

— En effet. Autant à cause de mon aiguille qu'en raison de vos brûlures.

— Vous m'avez recousu ? marmonna-t-il. Qui êtes-vous donc ? Et que faites-vous sur cette île, avec une vieille femme pour toute compagnie ? Comment survivez-vous ?

Alannah se leva, contrariée.

— Vous posez beaucoup de questions. Si vous voulez que nous vous aidions, je vous conseille de respecter notre vie privée.

Comme elle s'avançait vers la porte, elle trébucha sur la jambe tendue de Xanthier.

— Excusez-moi, marmonna-t-il en retirant sa jambe.

— Aucune importance, répliqua-t-elle en continuant d'avancer.

Malgré son calme apparent, Alannah était troublée. L'énergie émanant de cet homme avait quelque chose de profondément dérangeant.

— Finissez votre soupe, dit-elle. Et reposez-vous. Je ne reviendrai pas avant demain matin. Grand-mère va rentrer d'ici peu. Je vous prie de ne pas lui poser trop de questions. Elle est moins tolérante que moi !

Stupéfait, Xanthier regarda la porte qu'elle venait de refermer sur elle. Aucune femme ne lui avait jamais parlé ainsi ! Même celles qui le méprisaient ou le craignaient le regardaient pour lui adresser la parole. Tout le monde savait qu'il valait mieux ne pas manquer de respect au commodore Xanthier O'Bannon.

Il continuait de fixer la porte. Il aurait aimé qu'elle s'ouvre et que la femme rousse revienne. Sa beauté et son insolence le fascinaient. Mais les minutes s'écoulaient et il restait seul dans la pièce.

Acceptant enfin la défaite – du moins temporairement – il se laissa aller contre l'oreiller et contempla les flammes dans la cheminée. Puis il jeta un regard intrigué à la quenouille du rouet, et remarqua à quel point elle était rudimentaire. Les vêtements de l'inconnue, il s'en souvenait maintenant, étaient sobres, dépourvus de rubans et de broderies, mais impeccables. Une femme de qualité n'aurait jamais voulu les porter, mais une paysanne les aurait trouvés plus que charmants.

Entendant un pas s'approcher, Xanthier interrompit son analyse, curieux de voir qui allait arriver. Lorsqu'une vieille femme ouvrit la porte, il fut frappé par son visage triste et las, ses épaules voûtées.

— Ah, le marin est réveillé, finalement! dit-elle en entrant d'un pas traînant. Et Alannah vous a laissé seul... Bah! Au moins vous a-t-elle donné à manger.

— En effet, répondit-il. Une très bonne soupe.

— Quelle impression vous a-t-elle faite? demanda Grand-mère en lui jetant un regard pénétrant. Comment la trouvez-vous?

— Brutale, répliqua-t-il. Et insolente.

— C'est tout?

— Comment, c'est tout? dit-il d'un ton irrité. Je n'ai pas choisi de venir ici, figurez-vous! Je serais beaucoup mieux ailleurs.

Grand-mère haussa les épaules.

— Si elle est brutale, c'est seulement parce qu'elle n'a jamais parlé à personne d'autre que moi. Je la trouve très courageuse de vous avoir porté secours. L'avez-vous remerciée?

Xanthier haussa les sourcils.

— Je n'appelle pas ça porter secours, gronda-t-il. Elle a simplement eu le bon sens de me traîner jusqu'ici.

— Alors vous ne l'avez pas remerciée. Il semble qu'elle ne soit pas la seule à être impolie, monsieur le marin.

Grand-mère secoua la tête, s'assit sur une chaise et se versa de la soupe dans un coquillage.

Xanthier lui adressa un regard furieux. Comment cette vieille peau osait-elle le réprimander?

— Je suis commodore, déclara-t-il. Je dis ce que je veux et comme je le veux.

— Vraiment ? Et cela vous a rendu heureux, jusqu'ici ?

— Je n'ai aucun désir d'être heureux, grommela-t-il. J'ai de plus nobles ambitions.

Grand-mère secoua de nouveau la tête.

— Peut-être comprendrez-vous un jour à quel point vous vous trompez, murmura-t-elle.

Elle mangea en silence, puis s'allongea sur son lit et s'endormit sans plus lui adresser la parole.

Xanthier fronçait toujours les sourcils, troublé par ses paroles. Sa tête lui faisait mal et la douleur dans sa joue était lancinante. Les mots de la vieille femme résonnaient avec une étrange intensité et il trouvait difficile de trouver une réponse adéquate.

Mais le feu mourait dans l'âtre et la pièce serait bientôt plongée dans l'obscurité. Il ne lui restait plus qu'à se reposer, lui aussi.

Alannah fit deux fois le tour de l'île au galop, avant d'intimer à Claudius l'ordre de s'arrêter.

— J'aurais dû le laisser sur la plage, murmura-t-elle. Je n'aurais pas dû lui venir en aide... Nous aurions peut-être dû nous cacher, Grand-mère et moi. Je n'aime pas qu'il soit ici. Ce sont des gens comme lui qui m'ont abandonnée, qui m'ont chassée de leur monde. Cette île est tout ce dont j'ai besoin. Je ne désire rien d'autre, Claudius ! Rien du tout...

L'étalon grogna en tapant du sabot comme s'il était d'accord. Ses oreilles bougeaient, attentives aux paroles de la jeune femme.

Alannah se dirigea vers le sommet de la falaise, puis glissa du dos de l'animal. Debout, elle ouvrit grands les bras, absorbant les senteurs de la nuit.

— La marée est haute, dit-elle. J'entends les vagues lécher les rochers. Cela veut dire que c'est la pleine lune. L'air est pur et vif, avec un petit vent frais. Cela signifie qu'il y a peu de nuages. La pleine lune... peu de nuages... donc la nuit est claire et Grand-mère peut se rendre sans problème jusqu'au point d'eau. Il n'y a que moi qui sache ces choses-là. Cet homme ignore tout de ma façon de vivre. Il dépend probablement de ses yeux, et pourtant il ne voit rien.

Elle renifla, puis se pencha et cueillit sans hésiter une fleur qu'elle glissa derrière son oreille.

— Je l'éviterai jusqu'à ce qu'il soit parti, décida-t-elle. Et après, je ne penserai plus à lui.

Elle marcha jusqu'à un sentier, se guidant aux subtiles variations du sol et de l'air autour d'elle. L'étalon la suivait et ils arrivèrent bientôt à un petit bassin naturel. L'eau douce qui surgissait d'une source souterraine irriguait les prairies verdoyantes. C'était l'endroit préféré d'Alannah. Elle se mit à genoux. La boue tachait sa robe claire, mais elle n'en avait cure. Plongeant les mains dans l'eau fraîche, elle s'en aspergea les joues.

Ses doigts frissonnaient encore du souvenir de la peau de Xanthier. Elle les frotta pour effacer cette sensation, mais la texture étrangère demeurait ancrée dans son souvenir. Finalement, exaspérée, elle se débarrassa de sa robe et plongea dans le bassin, immergeant son corps dans la fraîcheur accueillante. Mais l'eau lui rappela la force liquide qui courait dans les bras de Xanthier, et bientôt elle fut encore plus agitée qu'auparavant.

Ces sensations étaient si nouvelles, si contradictoires! Que lui arrivait-il? En dépit de ce qu'elle venait de dire, il lui tardait d'être près du marin.

Si seulement elle pouvait fuir très loin et retrouver la paix et l'innocence d'antan...

Au matin, Alannah avait recouvré ses esprits. Les mouettes volaient autour d'elle tandis qu'elle marchait calmement jusqu'à la crique, guettant sous ses pieds nus les bulles d'eau révélatrices de ce qu'elle cherchait. Au bout d'un instant, elle enfonça la main sous le sable et saisit une palourde. Elle reprit sa marche en souriant, se penchant de temps en temps pour ramasser d'autres palourdes.

Sur la falaise au-dessus d'elle, Xanthier la regardait.

— Quel âge a-t-elle ? demanda-t-il à Grand-mère, qui s'occupait du jardin tout près.
— Je dirais seize étés, plus ou moins.
— Comment est-elle arrivée ici ? ajouta-t-il en se tournant vers la vieille femme. Et d'ailleurs, comment êtes-vous arrivée ici vous-même, et pourquoi êtes-vous seules sur cette île ?
— Et vous, pourquoi êtes-vous ici ? répliqua Grand-mère.
— J'ai fait naufrage. Je n'ai pas eu le choix.
— Moi non plus, je n'ai pas eu le choix, répondit-elle tranquillement.
— Dites-moi ce qui s'est passé, insista Xanthier.

Lorsque Grand-mère redressa la tête, l'air réprobateur, il tenta une autre approche.

— Écoutez, j'aimerais seulement comprendre comment deux femmes se sont retrouvées seules sur cette île. Comment vous faites pour survivre sans aucune aide...
— Dans la vie, tout est possible. On parvient à tout, avec de la volonté. Même à vivre sans l'aide d'un homme, conclut-elle ironique.
— Vous êtes bien condescendante, accusa-t-il.
— Absolument. C'est le ton que vous méritez, jeune homme !

Xanthier recula, confus. Son arrogance habituelle n'avait aucun effet sur la vieille femme.

Il se retourna pour regarder Alannah sur la plage.

— Elle est très belle... murmura-t-il.
— Oui.
— C'est sans doute la plus belle femme que j'aie jamais vue.
— Hum, hum ! Très belle en vérité, répliqua Grand-mère en s'éloignant peu à peu pour cueillir de petites feuilles vertes qui dégageaient une odeur âcre.

Comprenant qu'il avait perdu son attention, Xanthier balaya du regard le sommet de la colline et aperçut un sentier qui descendait vers la plage. Il se retourna vers Grand-mère, lui adressa un signe de la main et descendit le sentier. Quelques instants plus tard, il était sur le sable. Devant lui, Alannah s'éloignait lentement.

Il la suivit, fasciné par sa grâce. Elle marchait avec une étrange économie de mouvements, comme si elle calculait chacun de ses pas. Elle tenait toujours un bâton et le balançait avec nonchalance devant elle. Puis elle tourna à l'angle et il entendit son rire. Elle semblait ravie.

Xanthier pressa le pas et tourna l'angle à son tour, curieux de voir ce qui amusait la jeune femme.

Il se figea dès qu'il l'aperçut, debout au milieu du lit d'un ruisseau qui coulait vers l'océan. Le ruisseau était bordé d'herbe et la mousse rendait les rochers glissants. Des fougères et des fleurs poussaient à l'envi un peu partout. Mais ce qui le rivait sur place, c'était la scène irréelle qui se déroulait sous ses yeux.

Des papillons blancs tourbillonnaient en tous sens, voletant avec délicatesse autour de la jeune femme. Ses longs cheveux auburn étaient recouverts de leurs ailes blanches. Elle avait fermé les yeux et semblait absolument concentrée, comme si elle ne faisait qu'un avec les papillons…

Alannah respirait doucement, en harmonie avec les insectes autour d'elle. Elle sentait la poudre qui recouvrait leurs ailes, les vibrations de leurs petits corps dans l'air. Souriante, elle leva doucement les mains en écartant les doigts. Aussitôt, des centaines de petits papillons blancs se posèrent sur ses épaules et ses paumes, attirés par le sel de sa peau. Elle était enveloppée dans un manteau vivant d'ailes blanches et palpitantes, comme un nuage irisé.

Xanthier s'avança, hypnotisé par la magie de la jeune femme. Elle se retourna, comme si elle avait su qu'il était là depuis le début, et haussa les mains, envoyant dans l'air une véritable poussière de papillons. Ils tourbillonnèrent de nouveau jusqu'à ce qu'ils trouvent Xanthier et se posent sur lui, dansant leur danse magique avant de s'envoler.

— Ne bougez pas, chuchota-t-elle. Ils ne reconnaissent pas votre odeur.

Xanthier resta complètement immobile, les yeux rivés sur le visage d'Alannah.

— Vous les sentez ? demanda-t-elle.

— Je les vois. Ils sont partout, répondit-il à voix basse.

— Non, fermez les yeux et sentez-les vraiment…

Il hésita, jetant un bref regard autour de lui.

— Vous ne risquez rien, murmura-t-elle. Il n'y a personne d'autre ici. Vous n'avez aucun ennemi qui vous guette. Fermez les yeux et sentez-les.

Il obéit.

— Maintenant, sentez leurs pattes minuscules, leurs soupirs lorsqu'ils flottent autour de vous.

— Comment parvenez-vous à sentir tout ça ? s'étonna-t-il.

— Je passe mon temps à sentir. Et vous ?

— Non, reconnut-il. Jamais.

— Écoutez-les ! Entendez-vous le bruit qu'ils font en battant des ailes ?

— Oui… Un bruit infime.

Alannah eut un sourire approbateur.

— Ils chantent… Ils se parlent entre eux, ils s'envoient des signaux avec leurs ailes.

— Ça, je n'arrive pas à l'entendre, avoua-t-il.

— Si vous preniez le temps d'écouter, vous l'entendriez.

Xanthier ouvrit les yeux et regarda le visage d'Alannah tendu vers le ciel. Sa beauté le frappa de nouveau, mais ce n'était pas seulement à cause de ses traits. Elle irradiait d'une lumière qui semblait venir de l'intérieur. La forme de son visage était parfaite, et la courbe de ses lèvres une merveille de sensualité. Il mourait d'envie de l'embrasser, là, au milieu des papillons aux ailes palpitantes. Pendant une seconde, il fut tenté de goûter à sa beauté. Mais il hésita. Elle était pure et il était souillé. C'était une vierge, et lui n'était qu'un pirate corrompu et maladroit.

Il recula, empli de dégoût envers lui-même pour avoir pensé, même une seconde, qu'elle accepterait ses caresses.

— Parfois j'écoute l'océan, dit-il en regardant les vagues qui lapaient doucement la rive.

Un remous tourbillonnait au bout du ruisseau, à l'endroit où il se mêlait à la mer. Une rangée d'algues s'arrêtait brusquement là où commençait l'eau salée, et se transformait en prairie d'oursins et de moules.

— C'est la mer qui me réconforte, reprit-il. C'est la seule chose qui vaille la peine...

Alannah se tourna vers lui, penchant la tête.

— Vous n'aimez rien d'autre ? s'enquit-elle.

Il eut un rire amer.

— Non. Ou plutôt oui. Je suppose que j'aime me battre.

— Contre qui vous battez-vous ?

Elle fit un pas vers lui. Aussitôt les papillons s'envolèrent et virevoltèrent follement autour d'elle.

— Contre mon frère, ma patrie... Contre l'Angleterre, la France... Peu importe. C'est ainsi que je vis. En guerre contre tous.

Il pivota pour lui faire face. Elle le regardait toujours comme si elle voyait à travers lui, et il plongea dans ses grands yeux verts, fasciné par leur sublime beauté.

Elle cligna des paupières et détourna la tête.

— Je ne comprends pas de quoi vous parlez, mais il y a de la souffrance dans votre voix. Je suis désolée que vous ayez souffert.

Il rit de nouveau.

— C'est bien la première fois qu'on me dit ça ! Votre isolement vous a rendue naïve.

Alannah hocha la tête.

— Je ne sais pas comment les hommes et les femmes se conduisent, ailleurs. Je ne connais que Grand-mère.

Elle se passa la langue sur les lèvres, léchant une goutte d'eau salée.

Xanthier gardait le regard rivé sur sa bouche. L'envie de l'embrasser devenait encore plus forte. Sa voix se fit rauque.

— Il y a beaucoup de choses que font les hommes et les femmes et que vous ignorez, murmura-t-il.

Alannah tressaillit, trébucha sur une pierre et dut faire un effort pour retrouver l'équilibre. Une fois de plus, la présence de Xanthier créait chez elle un tumulte qui lui ôtait tous ses repères.

Xanthier la saisit par le bras pour qu'elle ne tombe pas, puis l'attira vers lui.

— Puis-je vous montrer? s'enquit-il sans cesser de fixer la bouche d'Alannah.

Elle recula, secouant la tête dans son désarroi. Xanthier la tint un instant encore, répugnant à la laisser partir, puis la lâcha. Son visage buriné se ferma et ses yeux gris semblèrent s'éteindre.

— Excusez-moi, Alannah, dit-il en s'écartant.

Elle demeura immobile, consternée, puis tendit la main pour sentir sur son visage pourquoi il lui en voulait tellement, tout à coup. Mais il recula pour éviter son contact.

— Cela ne se reproduira plus, promit-il. Je n'aurais pas dû badiner. J'ai du travail. Je dois construire une tour pour signaler ma présence à mes hommes. Bonne journée, Alannah.

Elle acquiesça, désemparée par sa soudaine froideur, et écouta ses pas rapides s'éloigner sur le sable. Des pas qu'elle commençait à connaître.

Les papillons voletaient au-dessus du ruisseau, leurs ailes fragiles palpitant comme son pouls au creux de son poignet. Elle frissonna et, dans son effort de retrouver la paix de cette matinée ensoleillée, tendit son visage vers le ciel et sa bienfaisante caresse.

4

Durant les jours qui suivirent, Alannah évita Xanthier avec soin. Et pourtant, elle repensait sans cesse à la scène près du ruisseau. Xanthier exacerbait ses sens, et elle savait toujours où il se trouvait, quel que soit l'endroit de l'île où il se rendait.

En vain tentait-elle de comprendre ce qui s'était passé. Il avait voulu lui montrer quelque chose, puis s'était reculé brusquement et s'était excusé... C'était très déconcertant ! Avait-elle omis de dire quelque chose ? De plus, elle ne savait que penser des émotions qui l'envahissaient. Tantôt elle était en colère, tantôt une langueur palpitante s'emparait d'elle, comme si elle était la proie d'un orage intérieur qui ne s'apaisait jamais.

Dans l'incertitude, elle s'efforçait de rester aussi loin de Xanthier que le permettaient les limites de l'île.

Xanthier mit plusieurs jours à bâtir une petite tour de bois pour envoyer des signaux à ses hommes. N'apercevant presque jamais la jeune femme, il comprit bientôt qu'elle l'évitait et cela le troublait plus que de raison. Cette beauté ne connaissait rien à l'art de la séduction, et sa réserve la rendait encore plus attirante.

Alannah ne voulait pas de lui, c'était clair. Il la comprenait... Qui voudrait du monstre qu'il était devenu ? Mais, au fur et à mesure que le temps passait, il en était arrivé à guetter les occasions de la voir.

Elle passait des journées entières avec l'étalon blanc. Elle le montait, marchait près de lui, se reposait sur son flanc. Les chevaux l'acceptaient comme si elle faisait partie du troupeau, et semblaient à peine la remarquer quand elle se déplaçait au milieu d'eux. Les poulains gambadaient autour d'elle, frottant leurs naseaux contre elle comme si elle était une jeune pouliche.

C'était une cavalière émérite, au corps musclé et souple. Une autre femme aurait été terrifiée par l'étalon blanc, mais elle le chevauchait tout naturellement, sans bride ni rênes, à cru. Xanthier n'avait jamais vu une femme aussi douée, ni aussi à l'aise sur une monture. Et pourtant, elle était incroyablement jeune et n'avait reçu aucune éducation. Elle était sauvage, libre, spontanée. Différente.

Cependant, il y avait dans ses mouvements quelque chose qu'il ne comprenait pas. Elle était si gracieuse qu'elle semblait flotter au-dessus du sol, d'une démarche surnaturelle, un peu trop lente. Et ce bâton qu'elle tenait presque tout le temps comme un arc, en le balançant devant elle...

Il porta la main à sa cicatrice. La blessure guérissait vite, mais une crête épaisse balafrait son visage. Dans son pays, les gens ne manqueraient pas de voir dans cette balafre le signe d'une âme marquée par le destin. Il était craint et méprisé. Maintenant, on le trouverait laid.

Il soupira. Il était défiguré et elle était ravissante... Elle l'évitait, et pourtant elle l'attirait. Elle était innocente et lui était blasé. On ne pouvait trouver des contraires plus incontestables !

Comme si elle sentait le regard de Xanthier sur elle, Alannah se tourna vers la tour de bois. Debout dans la prairie d'en bas, entourée d'herbes hautes que faisait frissonner le vent de la mer, elle s'adressa à Grand-mère à quelques pas d'elle.

— Cela fait cinq jours, dit-elle. Est-ce qu'on va venir le chercher ?

— C'est ce qu'il a l'air de croire. Tu veux donc qu'il s'en aille, Alannah ?

— Oui. Il m'empêche de dormir.

Grand-mère eut un accès de toux et se frotta le front. Elle était fiévreuse.

— Moi non plus, je n'ai pas dormi depuis la nuit de l'orage, dit-elle. Mais ce n'est pas pour les mêmes raisons.

— Tu es toujours souffrante, Grand-mère ? Je pensais que tu allais mieux.

— C'est vrai. Jusqu'à ce que le froid du vent du nord me saisisse.

— Et moi qui évitais de rentrer chez nous ! Je suis désolée, Grand-mère. J'aurais dû m'occuper de toi. As-tu pris des infusions ?

— Oui, oui. Je me fais vieille, voilà tout.

— Allons ramasser des herbes dans le jardin et je te ferai une tisane. Il faut que tu te reposes.

Grand-mère soupira.

— Très bien, mon petit. Je vais m'allonger un peu.

Elle s'appuya sur l'épaule d'Alannah, se laissant guider par la jeune femme. L'étalon blanc, en train de paître, releva la tête et suivit leur avancée du regard, puis se remit à manger lorsque les deux femmes disparurent dans le bosquet d'arbres.

Xanthier s'arrêta aussi, remarquant la soudaine sollicitude d'Alannah pour la vieille femme. Il fronça les sourcils, inquiet.

Plusieurs heures plus tard, il revint à la maisonnette avec plusieurs poissons. Il avait terminé sa tour et il ne lui restait plus qu'à attendre. Aussi avait-il fabriqué un hameçon et une ligne avec ce qu'il avait pu trouver dans les débris échoués sur le rivage.

Depuis quand avait-il passé un après-midi à pêcher ? Depuis son enfance, peut-être ? En tout cas, cela faisait si longtemps qu'il ne s'en souvenait pas. Souriant malgré lui, il fredonnait de satisfaction. Mais sa chanson mourut sur ses lèvres lorsqu'en entrant dans la maisonnette il vit l'expression soucieuse d'Alannah.

— Que se passe-t-il ? demanda-t-il de la même voix autoritaire qu'il utilisait envers ses hommes.

Alannah tourna vers lui un visage irrité.

43

— Vous ne voyez pas qu'elle dort ? Ne parlez pas si fort !

Elle lui tourna le dos et Xanthier, confus, referma la porte avant de s'avancer vers le foyer. Là, il posa les poissons sur la pierre plate que les deux femmes utilisaient comme poêle à frire.

— Il est bien tôt pour qu'elle dorme, remarqua-t-il à voix basse.

— Elle est fatiguée. Alors s'il vous plaît, laissez-la se reposer.

Alannah baissa la tête et caressa le visage de Grand-mère, repoussant une mèche de cheveux gris derrière son oreille.

Xanthier se détourna pour préparer le poisson. Il était content qu'Alannah soit dans la maison. Enfin, il avait l'occasion d'être près d'elle ! Sans un mot, il nettoya et vida les poissons, puis en fit des filets qu'il mit à frire sur le feu. Lorsque tout fut cuit, il en plaça deux morceaux dans un coquillage et le porta à Alannah. Elle tendit la main, attendant qu'il place le bol dans le creux de sa paume.

— Merci, murmura-t-elle.

— Je vous en prie. C'est le moins que je puisse faire.

Il restait debout devant elle, attendant qu'elle le regarde, mais elle continuait à fixer le mur tout en mangeant.

Il s'assit sur une chaise.

— C'est la première fois depuis longtemps que vous restez dans la maison en même temps que moi, dit-il. D'habitude, vous partez toujours cinq minutes après mon arrivée.

— Il se peut que je ne vous aime pas, répliqua-t-elle d'un ton acerbe.

Il rit et se pencha vers elle.

— Peut-être que je vous mets mal à l'aise.

Comme elle ne le regardait toujours pas, il secoua la tête et s'écarta, intrigué.

— Pourquoi vous ne me regardez jamais ?

Alannah rougit. Posant son bol de côté, elle se leva et le fixa avec colère.

— Parce qu'il n'y a rien à regarder!

Xanthier se leva à son tour, tout aussi furieux. Il porta la main à sa cicatrice et plissa les yeux.

— Ma cicatrice est donc tellement horrible, pour que vous m'évitiez à ce point? Vous pensez sans doute être trop belle pour moi? Laissez-moi vous rappeler qu'il n'y a personne d'autre, ici!

Comprenant qu'il s'était mépris sur sa réponse, Alannah eut un rire moqueur.

— Vous n'êtes qu'un âne!

— Quoi? rugit-il en la saisissant par les épaules. Je ne laisserai personne me traiter ainsi!

— Eh bien moi, je vous le dis: vous êtes idiot. Et plus vite vous le comprendrez, mieux ce sera! dit-elle en tentant en vain de le repousser.

— Ma cicatrice est donc si répugnante? insista-t-il d'un ton inquiet.

Comme elle ne répondait pas, il la secoua par les épaules.

— Regardez-moi! Est-elle absolument répugnante?

Alannah cligna des paupières, consternée.

— C'est ce que j'essaye de vous faire comprendre. Je ne peux pas la regarder, et si vous n'étiez pas aussi égocentrique, vous sauriez pourquoi!

Xanthier recula comme si elle l'avait brûlé au fer rouge.

— Je sais déjà pourquoi. Vous n'avez pas besoin d'en dire davantage. Mais un homme n'est pas seulement défini par son visage, Alannah, et j'ai l'intention de vous montrer ce que vous ne voyez pas. Vous allez regretter votre arrogance!

Il lui prit le bras et la tira vers la porte.

— La nuit est chaude, Alannah, murmura-t-il d'une voix rauque. Venez vous promener avec moi. Vous aimez vous promener la nuit, n'est-ce pas?

— Lâchez-moi.

— Pourquoi? Auriez-vous peur de moi? Vous, Alannah la forte, qui parcourez l'île comme une reine son royaume? Vous n'avez pas peur, n'est-ce pas? Peur de vos réactions envers un homme aussi défiguré que moi!

— Arrêtez ! Vous ne comprenez rien.
— Grand-mère dort profondément. Elle n'a pas besoin de vous en ce moment. Venez !

Il la poussa devant lui, puis dut la soutenir quand elle trébucha.

— Vous êtes nerveuse, tout à coup ? Votre grâce vous a abandonnée ? railla-t-il en ouvrant la porte, poussant la jeune femme au-dehors avant de refermer derrière eux. Écoutez, tout ce que vous avez à faire, c'est me regarder et je vous laisserai tranquille. Un seul regard, Alannah.

Elle se dégagea et pivota vers lui, les paupières plissées comme si elle le fixait.

— Ça ne marche pas, jeune fille ! Il faut que vous me regardiez *vraiment*. Ça ne suffit pas de tourner votre visage vers moi. Je veux que vos yeux rencontrent les miens. Faites-le et je vous laisserai à votre innocence...

Des larmes d'impuissance emplirent les yeux de la jeune femme qui s'écarta brusquement.

— C'est vous qui êtes aveugle ! s'écria-t-elle en filant vers le sentier. Laissez-moi tranquille !

Xanthier était stupéfait. Pourquoi une telle résistance ? Pourquoi n'avait-elle pas voulu le regarder malgré ses menaces ? Il s'élança derrière elle et la rattrapa en quelques enjambées.

— Que fuyez-vous ? demanda-t-il.
— Et vous, que poursuivez-vous ? répliqua-t-elle avant de s'esquiver dans un sentier de côté et de bondir au-dessus d'un ruisseau qu'elle savait couler en cet endroit.

Xanthier manqua le tournant, s'enfonça dans des broussailles et tomba dans le ruisseau qu'il n'avait pas vu. Trempé, il se releva en jurant. La lune s'était cachée derrière un nuage, les étoiles brillaient faiblement dans le ciel obscur. Soudain, il fut submergé par les ténèbres.

— Vous fuyez parce que vous avez peur de ce que vous ressentez pour moi ! s'écria-t-il. Vous êtes une jeune femme et je suis le seul homme que vous ayez jamais vu. Les émotions que je dois provoquer en vous vous effrayent, n'est-ce pas ?

— Balivernes !

Xanthier pivota en entendant la voix d'Alannah derrière lui et bondit si près de la jeune femme qu'elle poussa une exclamation étouffée, surprise qu'il l'ait située avec tant de précision dans l'obscurité. Elle se remit à courir, se servant de sa mémoire de l'île pour guider ses pas. Elle se concentrait sur la magie de la nuit. Son corps vibrait, ses sens exacerbés la guidaient sans faillir dans la forêt. La brise marine lui caressait le visage et faisait bruire les feuilles autour d'elle.

— Vous voilà ! cria Xanthier en s'engageant à son tour sur le sentier.

En proie à une excitation redoublée, Alannah accéléra l'allure, le défiant en silence de la suivre dans la nuit. Lorsqu'elle atteignit un tournant, elle s'arrêta abruptement et se glissa entre les arbres. Évitant les brindilles susceptibles de craquer sous ses pas, les bras tendus devant elle, elle repoussait les branches basses qui auraient pu lui griffer le visage. Son cœur battait si fort qu'elle ne parvenait plus à entendre autre chose.

Xanthier marchait à pas de loup, scrutant les ombres entre les arbres. Quand il approcha d'un tournant, il s'arrêta et écouta. La forêt était silencieuse. D'instinct, il s'écarta du sentier et entra dans la forêt. Le sang-froid de la jeune femme l'attirait comme un aimant. Elle était toujours tellement parfaite dans ses mouvements, dans ses actes... C'était comme si elle projetait à l'avance tous ses gestes. Xanthier voulait la déconcerter, pour qu'elle soit tout entière livrée à ses émotions, soumise à la loi de son jeune corps. Alors elle le regarderait ! Il l'y forcerait !

Ils prirent conscience de la présence de l'autre en même temps. Elle entendit son souffle derrière elle et il vit sa peau claire dans l'ombre. Alannah s'élança en courant, mais elle était gênée par les nombreuses pierres et par les racines qui surgissaient de terre. Elle dut ralentir l'allure, et utiliser ses sens pour ne pas tomber.

Elle tremblait d'excitation, éveillée par mille sensations nouvelles. Xanthier lui rappelait l'étalon blanc. Il était mâle, lui aussi, puissant et fort, et pourtant il était complètement imprévisible.

Elle sortit enfin du bois et atteignait la prairie du haut. L'espace ouvert lui laissant toute liberté, elle fila dans l'herbe, ses cheveux auburn soulevés par le vent.

Xanthier sortit de sous une branche et se retrouva au bord d'une superbe prairie, au milieu de laquelle Alannah courait à une vitesse qu'il n'aurait pas crue possible chez une femme. Il sourit et s'élança à sa poursuite, optant pour une diagonale qui lui permettrait de l'intercepter. Mais elle changea soudain de direction, comme un daim en fuite. Elle bondit de côté, le distançant rapidement.

Xanthier sentit toute patience le quitter. Cette femme était un vrai démon, ma parole ! Mû par la colère, il la rattrapa en quelques secondes, saisit un pan de sa chemise et la retint. Mais le tissu se déchira. Les yeux de Xanthier s'assombrirent de désir lorsque Alannah pivota pour lui faire face, une épaule dénudée. Vaincue, elle le défiait toujours et détournait déjà le visage.

— Regardez-moi, demanda-t-il.

Elle sourit d'un air mystérieux, mais secoua la tête.

— Alors cessez de vous enfuir !

— Je ne m'enfuis pas, répondit-elle d'une voix aussi douce que la brise marine.

Xanthier s'approcha d'un pas et vit les muscles de la jeune femme se tendre. Il s'immobilisa afin de lui laisser le temps de s'acclimater à sa présence. Elle était aussi nerveuse qu'une pouliche, et aussi entêtée ! Parviendrait-il à l'apprivoiser ?

— Vous m'étonnez beaucoup, dit-il. Vous êtes presque parvenue à m'échapper.

— J'aurais pu si j'avais voulu.

— Vraiment ? s'enquit-il, amusé.

Subitement, il s'avança et prit son visage dans ses mains.

— Un jour, vous me regarderez, je vous le jure !

— J'en doute, répliqua-t-elle.

Il se pencha et effleura la bouche d'Alannah de ses lèvres, sentant son souffle rapide. Elle s'écarta, alarmée.

— Non, chuchota-t-il. Ne fuyez pas cette fois, je veux vous montrer. J'ai besoin de vous sentir…

Elle s'immobilisa, comme hypnotisée. Il y avait de telles vibrations dans les mains de Xanthier, une telle chaleur... Elle était à la fois submergée d'émotions et étrangement calme. Elle posa les mains sur les épaules de son compagnon, autant pour se guider que pour le toucher.

Avec un soupir de soulagement, il la prit dans ses bras et s'empara de sa bouche, doucement, effleurant ses lèvres sans lâcher son visage. Comme elle ne protestait pas, il glissa une main dans le creux de ses reins, l'attirant complètement contre lui. Puis il plongea l'autre main dans sa somptueuse chevelure pour tirer gentiment sa tête en arrière, exposant sa gorge à demi dénudée. Sans cesser d'explorer ses lèvres, il savourait les formes parfaites qui se pressaient contre lui et le tremblement de désir qui les animait.

Alannah se laissait aller aux nouvelles sensations qui l'envahissaient. Elle n'avait aucun désir d'arrêter Xanthier, au contraire. Elle voulait sentir toutes les nuances de son corps et se pressait instinctivement contre lui.

Ravi de la réaction passionnée de la jeune femme, Xanthier glissa la bouche le long de son cou, suivant sa courbe délicate à petits coups de langue. Elle était si douce, si tendre, si extraordinaire...

Alannah se laissait dévorer, agrippée aux épaules de son compagnon. Elle percevait la force de son corps et les vibrations de son désir. Xanthier abandonna brusquement son cou et plongea le visage sur sa gorge, entre ses seins. Puis sa main lâcha la nuque de la jeune femme pour lui arracher sa chemise.

Les globes parfaits de ses seins se soulevaient sous le clair de lune. Xanthier tremblait de désir. Elle était tellement belle qu'il avait peur de la toucher !

Il scruta son visage, craignant qu'elle ne se dérobe. La voyant vaciller vers lui, il la souleva dans ses bras et fit doucement glisser ses jambes autour de lui, si bien qu'elle lui faisait face, les seins dressés dans la nuit.

Accrochée à ses épaules, elle le tenait fermement entre ses cuisses. Comme lorsqu'elle montait l'étalon blanc, elle ajustait le poids de son corps et gardait le buste libre.

Elle rejeta la tête en arrière, confiante en les bras puissants qui la soutenaient.

La bouche de Xanthier se referma sur un mamelon dressé, et il goûta l'ambroisie de la chair vierge qui s'offrait à lui, vive, nerveuse, infiniment douce. Il essayait de se contrôler, mais les gémissements de plaisir d'Alannah le rendaient fou et il accentua ses caresses. Il la désirait si fort qu'il en avait mal. Vaguement conscient qu'il fallait arrêter maintenant, avant d'en être totalement incapable, il tenta de s'écarter. Mais Alannah resserrait son étreinte, absorbée par ses sensations.

Soudain, ils se retrouvèrent sur le sol. En un clin d'œil, Xanthier la débarrassa de ses vêtements et se dénuda à son tour. Allongés sur l'herbe tendre, enivrés des senteurs de la nuit, les corps nus des deux amants formaient deux taches claires dans la prairie baignée par la lune.

— Vous êtes incroyable, murmura-t-il en caressant le corps soyeux d'Alannah, sa taille fine, ses hanches souples.

Il faisait un énorme effort pour ne pas la toucher plus intimement, de peur de l'effrayer.

— J'ai envie de vous, dit-il. J'ai besoin d'être en vous, j'ai besoin de votre pureté.

Il s'allongea contre elle, la laissant sentir sa virilité pour la première fois. Mais c'était lui qui était désemparé, tremblant de lui déplaire, de la faire fuir... Il la dévisageait, cherchant à lire son désir.

Elle le sentit trembler tout aussi nettement qu'elle sentait la puissance de sa virilité contre elle. Il était couvert d'une fine toison qu'elle explorait avec ravissement, sans retenue.

— Je vous veux aussi... murmura-t-elle. Montrez-moi, apprenez-moi...

Alannah fermait les yeux, concentrée sur ses sensations. L'odeur de Xanthier, sa peau, sa voix, les battements de son cœur, son souffle haletant... tout était si nouveau, si exaltant. Il vibrait d'énergie et elle vibrait avec lui.

Soudain, Xanthier sentit le sol trembler sous eux. Il s'écarta d'Alannah et regarda tout autour. Le bruit continuait, sourd, menaçant. Son expérience de la guerre, des trahisons et des intrigues le fit se redresser, aux aguets. D'instinct, il tâtonna dans l'herbe à la recherche de son épée, puis se souvint qu'il n'en avait pas.

— Qu'y a-t-il ? s'enquit Alannah en se redressant.
— Ne me touchez pas, grogna-t-il en distinguant des ombres qui s'avançaient vers eux.

Dans un rayon de lune, il vit alors les chevaux sauvages galoper à toute vitesse dans la prairie. Ils allaient les piétiner, à cette allure ! Il bondit, incita Alannah à se lever et la serra contre lui.

Les apercevant enfin, la jument en tête du troupeau tressaillit, bondit de côté, puis hennit pour prévenir les autres qui la dépassèrent pourtant, incapables de s'arrêter à temps. Ils galopaient autour de Xanthier et d'Alannah, roulant les yeux, agitant la tête. La prairie résonnait du martèlement de leurs sabots.

Puis, quelques secondes plus tard, ils étaient partis.

Xanthier, stupéfait, vit l'étalon blanc à trois mètres d'eux, les narines frémissantes. Il frappa le sol du sabot puis poussa un hennissement orgueilleux, sans rejoindre ses congénères.

Alannah s'écarta lentement.

— « Ne me touchez pas » ? répéta-t-elle d'une voix qui tremblait de déception et d'indignation.
— Je voulais... C'était pour...

Xanthier s'efforçait de trouver les mots pour lui expliquer qu'il n'avait pas voulu la rejeter, mais au contraire la protéger de ce qu'il croyait être une menace. Il n'y parvenait pas, hypnotisé par le visage merveilleux qu'elle levait vers lui.

Comme il se taisait, des larmes glissèrent des yeux de la jeune femme. Elle se dégagea tout à fait de l'étreinte de Xanthier puis s'essuya les yeux d'un mouvement rageur. Une seconde plus tard, elle vacillait vers l'étalon et, s'emparant de sa crinière, bondissait sur son dos.

Sans un mot, elle s'élança au galop, laissant Xanthier seul dans la prairie odorante.

5

La vision du corps nu de la jeune femme sur l'étalon blanc galopant au clair de lune le hanta les nuits suivantes. Il s'agitait sur sa couche, incapable de trouver le sommeil.

Sur l'île, tout lui parlait d'elle. Lorsqu'il voyait des chevaux, il pensait à elle. Lorsqu'il voyait les coquillages qui émaillaient la plage, il pensait à elle. Lorsqu'il sentait l'odeur de l'herbe de la prairie, il mourait d'envie de toucher son corps satiné. Il repensait à ses questions, cherchait comment lui répondre, formait des phrases pour lui expliquer qu'il n'avait pas voulu la blesser… Mais elle ne lui donnait aucune occasion de les prononcer.

À force de se remémorer ces instants merveilleux, ce fut comme s'il assemblait tous les éléments d'un puzzle, et il se dit qu'il lui manquait une information importante. Il y avait quelque chose d'évident qu'il ne comprenait pas, quelque chose qui expliquerait la singularité de la jeune femme. Il réalisa ainsi que chaque fois qu'il lui avait parlé, c'était le soir. Durant la journée, elle l'évitait. Jusqu'alors, il avait cru qu'elle avait développé des manies à cause de sa vie de recluse. Maintenant, il se demandait s'il n'y avait pas une autre raison.

Il savait qu'il n'aurait pas dû songer à elle si souvent. Il aurait dû l'oublier. Ne devait-elle pas rester telle qu'elle, innocente et sereine ? La vie qu'il avait menée faisait de lui une créature sans espoir ni rédemption, et il n'avait pas le droit de souiller cette jeune beauté.

Bientôt il serait parti, et elle continuerait à vivre sur cette île merveilleuse, entourée de chevaux sauvages qui galopaient librement sous l'infini du ciel. Elle n'avait pas besoin de connaître le monde, d'apprendre que des familles et des pays entiers pouvaient se déchirer pour des terres ou de l'argent. Pour une fois dans sa vie, il ferait un cadeau à une personne qui le méritait. Il lui offrirait donc l'absence de connaissances. En sacrifiant son propre désir, il la laisserait s'épanouir dans ce paradis.

Mais plus les jours passaient, plus sa décision devenait difficile à tenir. Et ce matin, sa patience était à bout. Il se tourna sur le côté, s'étirant sur le sol inconfortable de sa tour de bois.

— Seigneur, cria-t-il, il faut qu'on vienne me chercher ! Je sais que je ne mérite pas Votre bonté, mais faites que mes hommes me trouvent, pour elle, pour la sauver !

Il regarda l'horizon. N'y voyant toujours aucune voile, il heurta son front contre le mur.

Alannah consacrait toute son énergie à s'occuper de Grand-mère.

— Bois. Il faut que tu boives !

Grand-mère repoussa la tasse et fit un geste las de la main.

— J'ai assez bu. Laisse-moi me reposer, mon petit.

— Je t'en prie, Grand-mère. Tu me fais peur.

La vieille femme leva les yeux et regarda son visage expressif. C'était un mystère qu'une aveugle puisse montrer plus d'émotion qu'une personne normale.

— Tu étais un si joli bébé... Je me rappelle encore tes yeux.

— Grand-mère, si tu ne bois pas, tu t'affaibliras. Il faut que tu gardes des liquides. C'est toi-même qui m'as appris ça.

— La première fois que je t'ai vue, j'ai dit à Gondin de t'emmener loin d'ici. Je pensais que des gens viendraient te chercher sur l'île, et qu'ils me trouveraient. J'avais peur. Et puis tu t'es mise à pleurer et je t'ai prise dans mes bras. Tes yeux, tes beaux yeux verts... Je n'avais encore jamais vu un nouveau-né avec des yeux verts. Tu étais un véritable don du Ciel. Tu as été ma raison de vivre.

— Tu parles pour ne rien dire, Grand-mère. Tu as besoin de te reposer.

— J'ai tout de suite su que tu avais quelque chose de spécial. Nous étions faites pour nous trouver dans ce bas monde. J'avais besoin de toi et tu avais besoin de moi. Mais tu n'as plus besoin de moi maintenant, mon petit…

— Ne dis pas de sottises ! J'ai grand besoin de toi. Quand tu parles ainsi, tu m'inquiètes.

Grand-mère regarda autour d'elle, le regard soudain aigu.

— Où est-il ? Le marin ?

— Il reste nuit et jour dans la tour qu'il a construite. Il ne la quitte que pour pêcher. Il ne s'approche même plus de la maison.

Alannah rougit, se rappelant leur étreinte dans la prairie. Les sensations étaient encore si puissantes qu'elle ne pouvait les chasser de sa mémoire. Il lui avait révélé un monde dont elle ignorait l'existence jusqu'ici. Un monde qu'elle s'efforçait d'oublier.

— Tu as les yeux les plus fantastiques qui soient, Alannah. Et souviens-toi qu'avec ces yeux-là, tu peux voir bien des choses que les autres ne soupçonnent pas. Ne l'oublie jamais.

— Là, laisse-moi te border. Dors… Quand tu te réveilleras, tu boiras encore un peu de tisane.

Grand-mère soupira et se laissa aller sur l'oreiller rempli d'herbes sèches. Les yeux clos, elle sombra dans le sommeil en marmonnant. Alannah posa doucement la main sur sa poitrine, afin de savoir si elle dormait. Rassurée, elle sortit, siffla, et quelques secondes plus tard Claudius apparut devant elle. Elle s'approcha de lui et se hissa souplement sur son dos.

Elle s'inquiétait pour Grand-mère. La maladie de ses poumons ne guérissait pas et elle ne savait plus comment la soulager. Alannah se laissa conduire à travers l'île pendant une heure, réfléchissant aux remèdes qu'elle pourrait utiliser. Puis elle revint à la maisonnette et reprit sa veille.

Ce soir-là, les vents grondèrent et les nuages s'amassèrent dans le ciel. De grosses averses s'abattaient sur l'île avec de plus en plus de force. Bientôt, une pluie torrentielle recouvrit tout. Alannah enveloppa Grand-mère d'une couverture supplémentaire et écouta la tempête avec inquiétude. Il fallait nourrir le feu et elles allaient sans doute manquer de bois... Elle décida de sortir en chercher avant que la tempête ne se déchaîne.

Une fois seule, Grand-mère se redressa et toussa dans sa main. Lorsqu'elle y vit des gouttes de sang, la vieille femme poussa un soupir résigné. Puis d'autres quintes s'emparèrent de son corps frêle et elle repoussa les couvertures pour se lever. Des taches noires dansaient devant ses yeux et elle vacilla, mais ses frissons s'arrêtèrent soudain et une douce chaleur l'envahit. Elle sourit en voyant un vieil ami s'avancer vers elle.

— Où étais-tu passé? Je ne t'ai pas vu depuis si longtemps... dit-elle à l'apparition.

Comme celle-ci ne répondait pas, Grand-mère ouvrit la porte et regarda au-dehors. Le vent glacé tourbillonnait autour d'elle, mais elle ne le sentait pas. En fait, elle voyait les collines rondes de son pays natal et les fleurs aux couleurs vives qui décoraient le seuil de sa chaumière. Grand-mère sortit dans l'orage, souriante, bercée par les souvenirs.

Deux petits garçons couraient vers elle.

— Mademoiselle Anne! Pouvez-vous venir? La nièce de l'évêque est malade...

— Qu'est-ce qu'elle a encore mangé? répliqua Grand-mère. Elle se fait du mal en grossissant comme ça! Cela la tuera.

— Non, elle n'a rien mangé, justement. Elle a des crampes d'estomac et elle crie.

— Bon, je viens. Laissez-moi prendre mes herbes...

Ils descendirent ensemble le chemin pavé, se hâtant sous le soleil d'été. Soudain, Grand-mère s'arrêta. Un nuage noir était passé devant le soleil et elle frissonna. Les garçons la regardaient d'un air inquiet.

— Venez, mademoiselle Anne! Il faut se dépêcher.

Elle hocha la tête et se remit en route.

Dans la maison du frère de l'évêque, la jeune fille obèse haletait, les yeux agrandis d'effroi.

— Mademoiselle Anne ! murmura-t-elle. Mes entrailles se déchirent... Aïe ! Ça recommence ! Oh, quelle douleur !

— Détends-toi, Leanna. Ce n'est sûrement qu'une indigestion.

— Non ! C'est pire... Bien pire... Mon ventre...

En proie à son hallucination, Grand-mère avança sous la pluie battante et fit le geste de poser la main sur le ventre énorme de la jeune fille. Puis elle releva les yeux comme si elle regardait Leanna.

— Ça bouge... comme si tu étais en travail... Leanna, attends-tu un enfant ?

Leanna la regarda avec stupeur.

— Je ne suis pas mariée, mademoiselle Anne. Comment pouvez-vous me poser une telle question ?

— Bien sûr, bien sûr, murmura Grand-mère. Ce n'est pas possible. Tu n'aurais pas pu porter un enfant neuf mois sans t'en apercevoir...

— Aïe ! Arrêtez cette douleur ! Je vous en supplie !

— Que se passe-t-il ici ? lança une voix stridente.

Grand-mère pivota pour voir entrer l'évêque.

— Votre nièce a mal au ventre, monseigneur.

— Donnez-lui un peu de gingembre pour la calmer et allez-vous-en, mademoiselle Anne. Je ne vous aime pas. Une femme de votre âge devrait être mariée, au lieu de perdre son temps avec des potions et des fioles. Sortez de cette maison chrétienne.

— Je crains que ce ne soit plus sérieux que d'habitude et que le gingembre n'y fasse rien. J'ai besoin de l'examiner.

— Vous allez partir, vous dis-je...

— Au secours ! Je vous en prie, aidez-moi ! Madame, je n'en peux plus... Mon oncle, laissez-la faire ce qu'elle peut. J'ai besoin d'aide, n'importe laquelle. J'ai mal...

L'évêque recula en entendant Leanna hurler de douleur. Un jet de liquide chaud surgit soudain entre les jambes de la jeune fille et trempa le fauteuil dans lequel elle était assise, avant de former une flaque à ses pieds. L'évêque pâlit et sortit de la pièce en vacillant.

Grand-mère revivait l'horreur de jadis. Car Leanna donna bien naissance à un bébé qu'elle n'avait pas eu conscience de porter. Sa corpulence avait caché son état à tous, même à elle-même. Grand-mère tomba à genoux dans la boue, pleurant en se remémorant le nouveau-né tout bleu. Il avait été étranglé par le cordon ombilical, et en dépit de ses efforts, elle n'avait pu lui tirer un seul souffle de vie.

Puis tout était allé très vite. Grand-mère se releva, levant les yeux vers la foule imaginaire qui lui jetait des pierres, l'accusant de sorcellerie.

C'était l'évêque qui excitait leur colère, le visage déformé par la haine. C'était terrible… terrible. Elle regarda la foule furieuse qui la cernait. Personne ne voulait admettre avoir engrossé Leanna, et celle-ci niait avec véhémence avoir péché. Elle se cachait dans l'église, criant que le diable s'était emparé de ses entrailles et que seul le Seigneur pouvait la sauver. Désespéré, mortifié, l'évêque avait tourné sa rage sur la guérisseuse, l'accusant publiquement d'avoir permis à Lucifer de pénétrer le ventre de sa nièce afin qu'il puisse venir sur terre exercer ses méfaits.

Grand-mère était paralysée par ses souvenirs. Elle fouillait sa mémoire, cherchant l'image de la personne qui l'avait sauvée et l'avait installée sur cette île déserte. Mais le visage de cet homme disparaissait dans le brouillard.

— Gondin… murmura-t-elle sous la pluie. Tu n'es pas venu depuis si longtemps… Est-ce que tu m'as abandonnée ?

Elle tendit la main et se sentit soudain soutenue par des bras puissants.

— Gondin ! s'écria-t-elle en s'effondrant contre lui, heureuse d'avoir enfin rejoint son amant tant attendu.

Xanthier saisit Grand-mère dans ses bras, épouvanté de la trouver en pleurs sous l'orage. Elle était glacée, et pourtant sa peau brûlait de fièvre. Il souleva l'une de ses paupières et vit la pupille dilatée.

— Grand-mère ! cria-t-il dans le vent. Vous m'entendez ? Que faites-vous ici ? Où est Alannah ?

Comme elle ne répondait pas, il se dirigea en courant vers la maison avec son frêle fardeau. Quelques minutes plus tard, il pénétrait dans la pièce chaude. Un bref regard lui apprit qu'Alannah n'était pas là, et il se hâta de prendre soin de la vieille femme. Il lui arracha ses vêtements trempés et l'enveloppa dans des couvertures chaudes. Elle toussait de temps en temps et ne semblait pas se rendre compte de ce qui se passait autour d'elle, marmonnant des propos incohérents en gardant les yeux clos.

Xanthier jeta des bûches dans le feu et s'assura que Grand-mère était bien installée. Puis il sortit à la recherche d'Alannah. Elle n'apprécierait sûrement pas son aide, mais il n'aimait pas la savoir dehors sous l'orage.

Il ferma la porte derrière lui et chercha des yeux la silhouette de la jeune femme au travers du rideau de pluie. Il frissonna et se frotta les bras pour se réchauffer. Deux sentiers menaient à la maison. Il choisit celui qui descendait à la plage, puisqu'il était arrivé par l'autre. Courbé contre le vent, il avança, regardant de tous côtés...

Une heure plus tard, il regagnait la maison, épuisé et glacé, certain qu'Alannah devait être pelotonnée devant la cheminée. Mais lorsqu'il entra dans la pièce, il n'y trouva que Grand-mère. Elle s'était redressée sur l'oreiller et avait drapé une couverture sur ses épaules, comme un châle.

— Vous vous sentez mieux, Grand-mère ?

Elle lui sourit tristement et toussa. Du sang couvrit le linge qu'elle avait porté à ses lèvres.

— Où est Alannah ? demanda-t-elle d'une voix faible.

— Je n'en sais rien ! Je l'ai cherchée partout. J'espérais qu'elle serait revenue ici.

— Elle se perd, quand il y a des orages. Elle ne peut plus entendre et elle n'arrive plus à se diriger. Il faut que vous la retrouviez. Elle est tellement imprudente... Je vous en prie, allez la chercher !

Xanthier s'approcha de la vieille femme et s'accroupit à son chevet.

— Pourquoi est-elle ainsi, Grand-mère ?

— Dans votre monde, seuls les forts survivent, répondit la vieille femme. Vous n'avez probablement jamais eu affaire aux malheureux qui se cachent dans les rues obscures des villages.

— Les malheureux ? Que voulez-vous dire ?

— Les infirmes, les difformes…

— Non, répondit-il lentement. Je n'ai pas eu affaire à eux.

— Pourquoi ? Pourquoi les évitez-vous ?

Xanthier fronça les sourcils.

— Parce qu'ils sont inutiles. Ils puisent dans les ressources des bien-portants et ne donnent rien en échange. Ils devraient être tués à la naissance.

Grand-mère secoua la tête.

— Un jour, vous changerez d'avis, murmura-t-elle. Souvenez-vous que toute personne a quelque chose à donner, et que seuls les sots rejettent ceux qu'ils ne peuvent comprendre.

Xanthier se leva, désemparé. La vieille femme devait délirer.

— Ne bougez pas d'ici, Grand-mère. Il faut que j'aille chercher Alannah. Je la ramène bientôt, je vous le promets.

Lorsqu'il trouva le troupeau de chevaux sauvages sans la jeune femme, Xanthier sentit l'inquiétude le gagner. L'étalon blanc était blotti contre ses congénères afin de former un rempart protégeant les jeunes poulains de la pluie. Même si l'orage n'était pas aussi féroce que la nuit du naufrage, le vent faisait rage et ployait les arbres.

Elle connaît bien l'île. Elle y a grandi. J'ai sûrement tort de m'inquiéter, se répétait-il. Mais une peur étrange lui serrait le cœur, et il explorait chaque sentier, balayant du regard la moindre clairière. Elle n'aurait pas été assez stupide pour se risquer sur le rivage, mais il descendit tout de même sur les rochers glissants. Les vagues s'écrasaient comme des mains géantes, mais toujours pas la moindre trace d'Alannah.

Il était épuisé, mais pas une seconde il ne songea à abandonner. Alannah était en danger, sinon elle n'aurait pas laissé Grand-mère. Il se dirigea vers le point le plus haut de l'île, là où il avait construit sa tour à signaux. Alannah ne venait jamais par ici car il n'y avait presque pas de végétation ni d'animaux. Xanthier avançait avec prudence, luttant contre le vent, craignant de glisser sur les pierres moussues. Il allait se diriger vers les broussailles qui poussaient à l'orée du bois lorsqu'il aperçut quelque chose de blanc entre deux rochers.

Il plissa les yeux.

— Alannah! Alannah? appela-t-il.

Un cri faible lui répondit et il s'élança en courant, oubliant toute prudence. Enfin, il la vit, pelotonnée contre le fond de son abri improvisé.

— Êtes-vous blessée, Alannah?

Elle était d'une pâleur de cendre, mais ses yeux étaient toujours aussi éclatants. Quand il s'approcha d'elle, elle tendit la main et lui toucha le visage, effleurant rapidement ses traits.

— Xanthier? murmura-t-elle, incrédule.

Sur ses joues, la pluie se mêlait à des larmes de gratitude.

— Oui, c'est moi. Que faites-vous ici? Vous devriez être chez vous. Venez!

Il lui offrit la main pour l'aider à se lever, mais comme elle ignora son geste, il lui tourna le dos, furieux, et commença à revenir sur ses pas. Elle poussait vraiment les bornes, à ne pas accepter une simple main tendue!

Voyant qu'elle ne le suivait pas non plus, il s'arrêta et lui jeta un regard courroucé.

— Alors? Vous venez? cria-t-il contre le vent.

Alannah frissonnait. Elle avait peur, et le froid semblait avoir pénétré jusqu'à la moelle de ses os. L'orage la laissait totalement désemparée. Le vent sifflait à ses oreilles, oblitérant les sons qui l'aidaient ordinairement à se guider. Elle était perdue, même sur son île si familière. Elle avait appris, par le passé, à rester immobile jusqu'à ce que l'orage s'apaise. Mais elle avait toujours aussi peur.

— Xanthier ? appela-t-elle d'une voix étranglée, en tâtonnant autour d'elle. Vous êtes parti ?

Il s'immobilisa. Alannah ne l'avait pas dédaigné... En fait, elle semblait ne pas l'avoir vu. Toute colère l'abandonna et il revint lentement vers elle, l'observant avec attention. Lorsqu'il ne fut plus qu'à un mètre d'elle, il parla enfin.

— Non, je suis là, Alannah.

Elle se tourna vers sa voix, tentant de sentir d'où il parlait. Comme elle n'y parvenait pas, elle secoua la tête, consternée. Xanthier la prit par le coude pour l'aider à se relever, et elle s'accrocha à lui comme si elle craignait qu'une rafale de vent ne l'emporte au loin. Il l'observait toujours, cherchant à comprendre pourquoi elle se comportait si étrangement. C'était la première fois qu'il la voyait apeurée, dépendante... Il était stupéfait.

Alannah signifia d'un signe de tête qu'elle était prête. Il s'avança et elle fit un pas elle aussi, plaçant ses pieds à l'endroit exact où il avait marché. Xanthier s'arrêta de nouveau, scrutant le visage de la jeune femme, mais elle attendait qu'il continue à avancer.

— Êtes-vous blessée ? demanda-t-il.

Elle secoua la tête et se pressa contre lui. Sa présence la réconfortait tellement ! Elle n'avait jamais éprouvé cela auparavant. Au début, c'était Grand-mère qui était forte. Elle avait élevé la fillette et lui avait appris tout ce qu'elle avait besoin de savoir. Mais au fil des années, les rôles s'étaient inversés et Alannah était devenue son soutien.

Xanthier la guidait avec précaution. Elle trébucha plusieurs fois, glissant sur les pierres mouillées. Mais il la tenait solidement et, pas à pas, ils atteignirent un terrain plus sûr. Pensant qu'elle n'avait plus besoin de lui maintenant qu'il n'y avait plus de rochers, il la lâcha.

— Attendez ! s'écria-t-elle.

Il revint vers elle, ôta sa chemise de laine et l'en enveloppa, apaisant les frissons de la jeune femme. Ignorant la pluie froide qui dégoulinait sur son torse nu, il la contempla, fascinée. Ses vêtements trempés soulignaient ses courbes féminines, son visage ruisselait de pluie et ses cheveux mouillés, presque noirs, serpentaient contre son cou.

Puis, lentement, comme s'il craignait ce qu'il allait voir, il regarda ses yeux. Les arbres se reflétaient dans les grandes pupilles fixes. Il secoua la tête, incrédule, tentant désespérément de se convaincre qu'il se trompait.

Il lui prit la main, la serrant fort dans la sienne, et elle avança à son côté avec un sourire reconnaissant. Elle sentait qu'il la regardait et leva le visage vers lui, ne sachant trop comment réagir.

— Les orages vous inquiètent ? lui chuchota-t-il à l'oreille.

La chaleur de son souffle contre son cou la fit trembler de nouveau et elle s'arrêta pour hocher la tête.

— Oui, je suis désorientée.
— Hum... fit Xanthier en reculant.

Elle ne le regardait pas, les yeux rivés droit devant elle. La vérité, se dit-il enfin, c'était qu'elle ne le voyait pas. Qu'elle ne pouvait pas le voir...

Un tumulte d'émotions s'empara de lui. La stupeur, le déni, la fascination...

— Dans ce cas, je suis content de vous avoir trouvée, ajouta-t-il d'une voix rauque.

— J'aurais attendu le matin, vous savez, dit-elle d'un ton léger, tandis qu'un éclair déchirait le ciel.

— Certes. Mais je vous ai trouvée et j'ai l'intention de vous ramener chez vous.

Il voulait la questionner sur sa vue mais quelque chose le retenait. Il était encore trop tôt. Il avait besoin de réfléchir à la situation. Si auparavant Alannah l'avait intrigué, maintenant elle était pour lui une véritable énigme ! C'était un tel mélange de force et de fragilité.

— Merci, dit-elle.

Il reprit son bras. Ils cheminaient aisément, à présent, mais lorsque le tonnerre gronda ils s'élancèrent en courant dans la prairie. Xanthier éclata de rire, envahi par une étrange sensation de liberté sous les éléments déchaînés. Il saisit Alannah par la taille et la fit tournoyer autour de lui.

Elle s'accrochait à ses épaules nues.

— Que faites-vous ? murmura-t-elle quand il la reposa et la tint serrée contre lui.

Il ferma les yeux et offrit son visage au ciel.

— Je cherche à sentir l'orage. L'orage et vous. Est-ce que vous comprenez ? Sentez-vous ce que je ressens ?

Elle soupira et lui caressa les épaules. Elles étaient dures et lisses... Elle glissa les mains sur les bras puissants de Xanthier.

— Oui, dit-elle alors qu'un autre coup de tonnerre faisait vibrer le ciel. Je crois que je ressens exactement la même chose.

Il baissa le visage vers elle jusqu'à ce que leurs lèvres se touchent. Il les effleura sensuellement, et lorsqu'elle lui offrit sa bouche il recula pour poser un baiser sur ses paupières.

— Vous êtes fascinante, murmura-t-il. Vous êtes la femme la plus mystérieuse que j'aie jamais rencontrée.

Il glissa les lèvres sur le lobe de son oreille et le mordilla tendrement.

— J'ai navigué sur des mers lointaines, j'ai visité de nombreux pays, et pourtant c'est sur cette île minuscule que je vous ai trouvée. Et vous n'avez aucune idée de ce que je veux dire.

Alannah secoua la tête, déconcertée par son changement d'attitude. Il déposa alors un baiser sur sa chevelure trempée.

— Venez... Grand-mère est malade et vous frissonnez. Il faut rentrer.

Elle le suivit en silence, cette fois, mais les frissons qui l'animaient n'avaient plus rien à voir avec le froid de la nuit.

6

Grand-mère gisait sur le sol, le visage livide et les joues tachées de sang. Visiblement, elle était tombée du lit et n'avait pu se relever. Elle tendait la main vers le feu qui s'affaiblissait, cherchant sa chaleur.

Lorsque Xanthier et Alannah entrèrent dans la pièce, son souffle était rauque et déchirant. Alannah se laissa tomber à genoux et tendit les mains pour toucher son front, son cou, sa poitrine.

— Grand-mère ! s'écria-t-elle, affolée.

Empli d'effroi, Xanthier évalua la situation. La vieille femme était plus malade qu'il ne l'avait cru. Il doutait qu'elle survive, maintenant. Il contourna les deux formes à terre et garnit le feu, puis sortit chercher d'autres bûches.

La richesse des émotions sur le visage d'Alannah le mettait mal à l'aise, et cependant il lui enviait sa capacité à s'exprimer. Il avait vu son propre père se faire assassiner sous ses yeux et son épouse plonger vers la mort. Il avait perdu sa patrie, son héritage et son jumeau dans une querelle de famille. Pourtant, en dépit des horreurs qu'il avait endurées – ou peut-être à cause d'elles –, il ne s'était jamais laissé dominer par ses émotions. Et il ne savait même pas comment pleurer la perte d'un être cher...

À son retour, il trouva Alannah en train de sangloter, la tête de Grand-mère sur ses genoux. La jeune femme portait toujours la chemise de laine trempée qu'il lui avait donnée. Il s'agenouilla et, tout doucement, ôta la chemise de ses épaules. Il sortit un bras de sa manche, puis l'autre, détachant le tissu mouillé de sa peau. Puis il tira la couverture du lit et la drapa autour d'elle.

Durant tout ce temps, Alannah l'ignora, concentrant son attention sur la vieille femme qu'elle chérissait. Elle ne pouvait imaginer vivre sans Grand-mère, et pourtant elle sentait sa vie s'éteindre peu à peu.

— Grand-mère, gémit-elle. J'ai besoin de toi… S'il te plaît! L'année dernière, tu es tombée malade mais tu as guéri. Tu peux guérir encore une fois!

— Où est Gondin? murmura Grand-mère.

— Il n'est pas ici. Il n'est pas venu depuis de nombreuses années. La dernière fois, il t'a dit qu'il ne pensait plus pouvoir faire le voyage.

— Il ne nous aurait pas laissées seules ici, chuchota Grand-mère avant qu'une quinte de toux ne lui déchire la poitrine. Il faut que tu le trouves. Que tu trouves ta famille, la mienne aussi…

— Chut! Économise tes forces.

Alannah se leva et tira Grand-mère vers elle, puis la souleva et l'aida à se rallonger sur le lit. Elle l'enveloppa de couvertures supplémentaires.

— Ne t'inquiète de rien, je vais prendre soin de toi. Maintenant, occupe-toi de respirer et de récupérer.

Grand-mère ouvrit les yeux et dévisagea Alannah. Puis son regard se posa sur Xanthier qui se tenait derrière elle, silencieux.

— Elle va avoir besoin de vous, déclara-t-elle. Protégez-la, je vous en conjure! Protégez-la de ceux qui lui voudraient du mal. Protégez-la de ses impulsions, de son impression d'immortalité. Elle n'est pas comme les autres… Il faut que quelqu'un s'occupe d'elle, quelqu'un qui l'aime et la respecte. C'est une âme libre!

Xanthier allait répondre lorsque Alannah le devança.

— Ne parle pas ainsi, Grand-mère! Je n'ai besoin de personne, surtout pas d'un marin. J'ai l'île et les chevaux. Je suis parfaitement capable de m'assumer.

— Promettez-moi, chuchota Grand-mère d'une voix de plus en plus faible. Occupez-vous d'elle…

— Arrête! cria Alannah.

Cette fois, Xanthier s'avança.

— Je la protégerai, je vous le promets, Grand-mère.

— Il y a des choses... qu'il faut que vous sachiez. Sur elle et sa famille... Sur moi.

— Si vous cherchez à me faire peur, c'est inutile, répliqua-t-il.

— Vous devriez vous montrer plus humble, Xanthier, murmura la vieille femme. J'ai peur que vous ne soyez pas celui qu'il lui faut, mais je n'ai pas le choix. Je prie qu'un jour vous sachiez ce que cela signifie, l'extrême dénuement, la solitude... Ce jour-là, vous comprendrez ce que c'est d'aimer.

Elle toussa de nouveau et ses paupières se fermèrent.

— Grand-mère, ne parlez plus ! supplia Xanthier. Reposez-vous. Je ferai ce que vous me demandez, quelles qu'en soient les conséquences.

Elle acquiesça avant de retomber sur l'oreiller. La brève conversation l'avait épuisée, mais elle avait obtenu la promesse qu'elle voulait, et elle savait que Xanthier tiendrait parole. L'image de Gondin s'imposa à son esprit, et elle se tourna vers sa présence réconfortante...

La vaste vallée verte de son village lui apparut peu à peu et elle sourit. Comme c'était beau ! Le paysage s'étendait à perte de vue, colline après colline.

Gondin marchait vers elle. Il était jeune et lui tendait un bouquet de fleurs jaunes.

Puis son visage se transforma. Il était ridé, à présent, et des cheveux blancs se mêlaient à ses boucles brunes. Un canot se balançait derrière lui sur la mer, et il se tenait sur la plage. Il lui donnait d'autres cadeaux. Un rouet, deux moutons, un couteau... des objets utiles qui lui faciliteraient la vie sur l'île. Les larmes coulaient sur les joues de Grand-mère lorsque, avec un sourire timide, il lui tendit quelque chose qu'il avait tenu caché derrière son dos.

— Qu'est-ce que c'est ? demanda-t-elle.

— Un paquet de graines, répondit-il. Je t'ai apporté des fleurs, comme autrefois. Il faudra que tu les fasses pousser. Comme ça, chaque fois que tu les verras, tu sauras que je pense à toi.

L'océan s'éloigna… Il n'y avait plus de barque. Il n'y avait plus de Gondin. Grand-mère marchait au milieu des fleurs et tentait de les décrire à la fillette aveugle qui cabriolait à son côté. L'enfant hochait la tête, mais Grand-mère n'était pas sûre qu'elle comprenait. Elle se pencha, prit la main d'Alannah et la posa doucement sur un pétale. Elles souriaient.

Puis la fillette s'éloigna elle aussi et l'esprit de Grand-mère ne fut plus rempli que de fleurs et de soleil. Des bouquets jaunes et des fleurs pourpres. Du chèvrefeuille rose et du jasmin blanc. Des bruyères, des marguerites, des roses odorantes…

Grand-mère sombra paisiblement dans l'étreinte des pétales, tandis que sa respiration cessait et que son âme s'envolait.

Près d'elle, Alannah baissa la tête, abîmée dans le chagrin. Il lui semblait que son propre cœur s'était arrêté de battre et que le monde autour d'elle s'était effondré. Sans Grand-mère, elle était perdue.

Elle avait peur, elle était en colère, elle était coupable. Elle ne savait plus quoi ressentir.

Elle s'allongea près du corps immobile et l'entoura de ses bras. Elle la gronda, la secoua et finalement la caressa, embrassant ses joues ridées. Elle tint les mains usées entre les siennes, évoquant des souvenirs, les nombreuses choses qu'elles avaient faites ensemble. Puis, au fil des heures, quand la pluie se calma et ne fut plus qu'un crépitement régulier sur le toit, Alannah s'endormit, épuisée.

Lorsqu'elle se réveilla, Xanthier était parti, mais il avait posé un long bâton contre l'embrasure de la porte. Alannah le trouva et le prit dans ses mains, remarquant que non seulement il en avait ôté l'écorce mais qu'il avait poli les petits nœuds marquant l'emplacement des branches où elles avaient été coupées. Le haut de la canne était sculpté de motifs décoratifs, simples et élégants.

Alannah cessa soudain de penser à son chagrin. Le bois était chaud et convenait exactement à la paume de sa main. Elle effleura le bâton, prenant note du travail que Xanthier avait dû faire pour qu'il soit si parfait. Elle le pressa contre ses lèvres, remerciant silencieusement le marin.

Il savait, maintenant... sans aucun doute. Il savait qu'elle était aveugle, s'il lui faisait un tel présent ! Il avait compris la vérité, et pourtant il ne s'était pas détourné, empli de dégoût. Au contraire, il lui avait donné un témoignage de son attention.

Dans les ténèbres de cette journée, une pensée confiante s'épanouit dans son cœur et elle tint le bâton serré contre elle.

Puis elle le posa et revint vers Grand-mère. Son corps était froid. Son âme était partie. Tandis que le soleil se levait et inondait l'île, Alannah lava et habilla la vieille femme. En larmes, elle creusa une fosse derrière la maisonnette, et y plaça le corps frêle avant de le recouvrir de terre. Puis, tenant son nouveau bâton, elle s'éloigna à la recherche des chevaux.

Elle les trouva dans la prairie d'en bas, en train de brouter paisiblement l'herbe couverte de gouttes d'eau. L'étalon blanc leva immédiatement la tête et hennit. Puis il s'avança vers elle en balançant la queue et posa la tête sur son épaule.

— Grand-mère m'a élevée, exactement comme moi je t'ai élevé. Elle va me manquer, tu sais. Je suis terrifiée sans elle.

L'étalon souffla doucement des naseaux. Il ne bougeait pas, la laissant s'appuyer contre lui et laisser libre cours à son chagrin.

Elle montait à cheval comme si elle ne faisait qu'un avec lui. Son corps bougeait au rythme de l'animal, et ses cheveux flottaient derrière elle, magnifiques. C'était une cavalière d'exception, et son absence de vision ne faisait que rendre plus profond son lien avec l'étalon.

Elle sentait les minuscules modifications de son pas qui signalaient un changement de direction ou un bond soudain. Et, tout aussi important, le cheval sentait les ordres de la jeune femme à la moindre pression de ses muscles.

Alannah demanda silencieusement à l'étalon de filer aussi vite qu'il le pouvait, mais il n'y avait pas tellement d'endroits où aller sur l'île, et ils se retrouvèrent bientôt à leur point de départ. Effrayée, désemparée, elle ne quittait plus Claudius, dormant sur son dos lorsqu'il se reposait, errant avec lui lorsqu'il broutait l'herbe. Elle mangeait et buvait très peu, se contentant de fruits sauvages et de gorgées d'eau dans les ruisseaux. Pendant des jours, ils ne se séparèrent pas un instant, jusqu'à ce que peu à peu, lentement, Alannah se mette à accepter son deuil.

Xanthier la surveillait de loin. Il voulait l'aider, mais l'expérience lui avait appris que comprendre les choses par soi-même était plus important que tout. Il devait quant à lui tenter d'apaiser le tumulte de ses propres sentiments. Sa conception du monde était rudement ébranlée, car il avait toujours pensé que seuls les forts pouvaient – ou devaient – survivre. La cécité d'Alannah remettait en question tout son univers et il craignait pour cet être plein de force et de beauté, que l'infirmité irrémédiable séparait à jamais des autres.

De plus, il éprouvait pour elle une attirance étrange, comme s'il pouvait absorber la bonté qui émanait d'elle et se purifier à son contact. Au fil des jours, comme aucun navire n'apparaissait à l'horizon, Xanthier passait moins de temps à attendre des secours. Ce qu'il désirait vraiment, c'était gagner le cœur d'Alannah.

Le cinquième soir, elle vint le trouver. Il était assis sur la plage devant un petit feu de camp, en train de faire rôtir un lapin. Il regardait les flammes en pensant à ses actions passées, lorsqu'il entendit le bâton de la jeune femme fouetter doucement l'air, avant que ses pas résonnent sur le sable.

— Alannah ! dit-il dans un souffle.

Elle émergea lentement de l'obscurité, le visage illuminé par les flammes dansantes.

— Il y a un siège à votre gauche, dit-il, espérant qu'elle resterait.

Elle hésita, puis balança son bâton vers la gauche et situa la souche d'arbre. Comme elle s'asseyait, Xanthier goûta la viande.

— Avez-vous faim?

Elle se lécha les lèvres et hocha la tête. Les yeux de Xanthier se posèrent aussitôt sur la bouche de la jeune femme. Ses lèvres pleines luisaient dans la lumière orangée du feu. À l'aide de sa dague, il trancha un morceau de viande croustillante, puis la ficha sur la pointe du poignard, souffla dessus et la lui tendit.

L'odeur de la viande rôtie était si succulente qu'Alannah en avait l'eau à la bouche. Elle ne nourrissait essentiellement de légumes et de coquillages, car chasser était trop difficile pour elle. Mais ce mets semblait irrésistible. Elle se pencha et ouvrit la bouche pour laisser Xanthier déposer le morceau de viande sur sa langue. Puis elle tira doucement la viande avec ses dents pour la dégager du poignard.

Le regard assombri de désir, Xanthier coupa un autre morceau de viande. Alannah se pencha de nouveau. On aurait dit un oiseau recevant la becquée, songea-t-il. Une coulée de jus s'échappa du coin de ses lèvres et elle l'essuya distraitement tout en dévorant sa bouchée. Puis, une fois encore, elle pencha la tête vers lui.

Il détourna les yeux avec effort, coupa un autre morceau. Elle entrouvrit les lèvres et se passa lentement la langue sur la lèvre supérieure. Xanthier posa la viande dans sa bouche et attendit. Lorsqu'elle dégagea le morceau avec ses dents, il tourna lentement la dague sur le côté plat. Elle le tâta du bout de la langue.

Le souffle rauque, il retira doucement le poignard, de peur qu'elle ne se blesse. Mais elle se pencha davantage et lécha délicatement, érotiquement, le jus qui dégoulinait de la lame. Xanthier abaissa le poignard pour ôter une goutte sur le menton de la jeune femme.

— Je veux rester ici, murmura-t-il.
— Rester ? répéta-t-elle d'une voix de gorge.
— Je veux rester avec vous sur cette île.

Alannah lui caressa le visage, lissant les épaisses cicatrices qui striaient sa joue.

— C'est un petit monde, dit-elle. Les chevaux, l'océan... il n'y a rien d'autre.
— Il y a vous. Je veux vous connaître, vous comprendre...
— Mais je suis aveugle.
— Le manque de vision n'est pas une limite pour vous. Vous êtes en harmonie avec le monde qui vous entoure. L'océan vit dans vos yeux et le lever du soleil est né dans votre chevelure. Vous m'avez montré ce que c'est que la vraie vie, et je me rends compte que j'ai passé trente ans sans vivre un seul jour. Comprenez-vous ? Je suis plus vivant que je ne l'ai jamais été ! Chaque jour que Dieu fait, je me suis réveillé l'âme pleine de fureur et le sang bouillant de rage, alors que vous avez vécu dans la paix et la joie. Je veux que vous m'appreniez comment vivre sans combattre, Alannah. Mais je veux aussi vous montrer ce que cela signifie d'être une femme. Vous éprouvez quelque chose pour moi... je le vois dans la façon dont vous tremblez quand je suis près de vous. Vous sentez mon excitation et vous y réagissez positivement. Je veux éveiller votre corps.
— Pourquoi ? chuchota Alannah. Pourquoi est-ce important pour vous ?

Xanthier rit et recula, levant les yeux vers les étoiles.

— Je ne sais pas très bien, Alannah. Mais je sais que ma vie en dépend.

Il la regardait, observant la façon dont elle réagissait aux nuances de sa voix. Elle semblait sensible à des différences que d'autres n'auraient pas remarquées.

Il savait que son salut était dans les bras d'Alannah. Il avait besoin de goûter sa pureté, de partager sa force et sa tranquillité, car son âme à lui, turbulente et malmenée, était à l'agonie.

— J'aimerais que vous restiez, répliqua-t-elle. J'aimerais vous montrer tout ce que je sais de mon île. J'aimerais aussi découvrir les secrets dont vous parlez.

Il sourit et s'approcha d'elle pour lui prendre la main.

— Nous avons tout le temps, Alannah. Tout le temps du monde...

7

Le vent balaya les frais brouillards matinaux et l'île fut bientôt inondée d'un soleil radieux. La saison des orages touchait à sa fin, mais de temps en temps, des averses s'abattaient sur le paysage. Comme Alannah et Xanthier quittaient la plage pour regagner la maisonnette, il fut surpris de voir à quel point l'île était belle, ce matin.

Les prairies étincelaient de la pluie de la nuit précédente et la cime des arbres scintillait sous les reflets de la lumière. Xanthier regardait autour de lui, émerveillé. Il se tourna vers Alannah, remarquant qu'elle aussi semblait transportée.

— Comment savez-vous qu'il fait un temps exceptionnel ? lui demanda-t-il.

Elle sourit.

— Le soleil me frappe les épaules, et l'air pur me remplit la poitrine. Les oiseaux chantent. Comment ne pas s'apercevoir que c'est une journée superbe ? Je vais vous montrer... Restez ici, ordonna-t-elle avant de rentrer dans la maison.

Elle en ressortit quelques minutes plus tard, une étoffe à la main. Elle marcha jusqu'à lui et caressa son visage avec le tissu.

— Avez-vous confiance en moi ? murmura-t-elle.

Il acquiesça en la dévisageant avidement.

— Alors tournez-vous, ordonna-t-elle avant de lui bander les yeux. N'ayez aucune crainte ! Je serai là, je vous aiderai. Détendez-vous, ajouta-t-elle en le prenant par le bras. Venez !

Il se figea, désorienté.

— Cette démonstration n'est pas nécessaire, dit-il. Je vous crois sur parole.

— Faites-moi confiance! répliqua-t-elle en le tirant pour qu'il avance. Le sentier est devant nous, à cinq pas.

Xanthier tendit son autre main pour s'assurer de ne pas heurter un arbre. Il fit un pas hésitant et s'arrêta.

— Sentez-vous l'ombre de l'arbre sous lequel vous êtes? demanda-t-elle. Il est sur votre droite.

Xanthier hocha la tête, étonné de sentir le changement de température. Il fit un autre pas, puis trébucha contre un buisson.

Alannah éclata de rire.

— Il faut avancer lentement jusqu'à ce que vous sachiez où vous êtes. Vous aviez oublié ce buisson? Il a toujours été là. Vous n'avez pas pu ne pas le voir.

Xanthier eut une grimace dépitée.

— C'est vrai. Je m'en souviens, maintenant. Mais il faut une excellente mémoire pour se rappeler où sont tous les arbres et tous les buissons... Écoutez, je ne crois pas que ce soit une bonne idée...

Ignorant ses protestations, Alannah l'entraîna sur le sentier.

— Vous allez traverser la forêt. Je veux que vous sentiez l'île autour de vous. Entendez-vous les animaux et le bruissement des feuilles? Sentez-vous les différentes espèces d'arbres? Les différentes sortes d'herbes dans la prairie?

Xanthier suivit Alannah sous la frondaison.

— C'est ici que vous avez couru la nuit où je vous ai suivie, dit-il.

— Oui. C'est le sentier que je connais le mieux. Il mène à la prairie du haut.

— Vous étiez très rapide, ce soir-là. J'ignorais que vous ne voyiez rien. Vous êtes étonnante.

— Grand-mère m'a toujours dit que tout est possible.

— Vous avez eu beaucoup de chance, Alannah... Bon sang!

— Attention! s'écria-t-elle, retenant Xanthier alors qu'il trébuchait sur une grosse racine.

Elle rit en l'entendant ronchonner.

— Il faut glisser le pied un peu au-dessus du sol pour sentir ce qu'il y a dessous, expliqua-t-elle.

— Attendez, dit-il en penchant la tête de côté. J'entends des écureuils.

Il resta immobile, écoutant les petits cris des écureuils qui bondissaient de branche en branche.

— Je ne les avais pas entendus jusqu'ici, ajouta-t-il en souriant.

Alannah sourit à son tour. Cela lui plaisait de partager son univers avec lui, et de le savoir vulnérable. Son cœur se mit à battre plus fort, et elle se demanda s'il sentait son excitation.

— Il y a beaucoup d'autres choses, murmura-t-elle.

Percevant un soudain changement dans l'air, Xanthier tourna la tête vers sa compagne.

— Oui ? fit-il. Je suis prêt.

— Plus d'hésitation ? s'enquit-elle en lui lâchant la main.

Elle recula, l'incitant à la suivre sans guide.

Elle le narguait ! C'était nouveau, et Xanthier décida de relever le défi. Il glissa précautionneusement le pied par terre et fit un pas vers elle.

— Vous êtes devant moi, n'est-ce pas ?

Elle se déplaçait presque silencieusement, le souffle court, guettant les pas de Xanthier derrière elle.

— Soyez prudente, Alannah ! Si vous avez l'intention de me provoquer, préparez-vous aux conséquences.

— Gardez votre bandeau, répliqua-t-elle d'une voix tremblante.

Xanthier mit quelques instants à répondre.

— Si c'est ce que vous voulez, murmura-t-il.

Elle descendit prudemment le sentier vers la prairie. Xanthier aimait dominer, mais en cet instant ils étaient à égalité.

Devant elle, les fleurs sauvages oscillaient sous la brise, et elle entendait le frémissement des herbes aussi distinctement qu'elle sentait la chaleur du soleil. De temps en temps, un bruit sourd accompagné d'un grognement indiquait que les chevaux paissaient de l'autre côté. Alannah s'élança et siffla.

Le bruit de la course de la jeune femme guida Xanthier, qui la suivit sans hésiter. Lui aussi perçut la chaleur du soleil lorsqu'il quitta l'abri des arbres et entra dans l'espace ouvert. Mais le sifflement d'Alannah le fit tressaillir. Il se figea. Qu'avait-elle prévu ? Puis il entendit un hennissement.

Quelques instants plus tard, l'étalon blanc arrivait devant eux et Alannah se tourna vers Xanthier.

— Savez-vous monter à cheval ?

— Bien sûr ! répondit-il. J'ai des chevaux de guerre pour les batailles et d'autres pour le voyage. J'ai même couru quelques courses.

— Alors vous ne montez pas à cheval par plaisir.

— Je fais peu de choses par plaisir. Mais je vous montrerai volontiers l'une d'entre elles…

— Eh bien, aujourd'hui, vous allez apprendre quelque chose de nouveau, promit Alannah.

— Vous aussi, rétorqua-t-il.

Il la sentit frissonner et il sourit.

— Ne pas vous voir et ne pas voir vos réactions est difficile, mais finalement je vous comprends mieux comme ça, dit-il. Votre cœur bat très fort et vous êtes inquiète, en dépit de votre belle assurance. Est-ce moi qui vous rends nerveuse ?

— Je ne suis jamais nerveuse, répliqua Alannah, le souffle court.

— Non, bien sûr, dit-il en riant, tendant la main pour la toucher.

Elle tressaillit aussitôt. L'étalon baissa la tête et heurta doucement Alannah, aussi conscient de la tension qui habitait la jeune femme que l'était Xanthier.

Comme il hennissait de nouveau, Alannah s'empara de sa crinière et d'un bond s'installa à califourchon sur son dos. Quelques secondes plus tard, Xanthier la rejoignait. Il entoura la taille de la jeune femme de son bras, tandis que de l'autre il s'agrippait à la crinière de l'étalon. Ce dernier se cabra, furieux de sentir ce nouveau poids sur son échine.

Alannah et Xanthier s'accrochaient à leur monture, serrant ses flancs sous leurs jambes. Le cheval lança une jambe en l'air, manifestant son déplaisir, puis s'élança brusquement en avant. Les autres chevaux hennirent à leur tour, et le troupeau entier galopa bientôt derrière lui en une masse tonitruante.

Xanthier tenait Alannah fermement contre lui, craignant de tomber avec elle. Il se courba, l'enveloppant tout entière, au cas où le cheval passerait sous une branche basse. Il allait arracher son bandeau afin de contrôler l'étalon sauvage lorsqu'il sentit le corps souple d'Alannah se lover contre lui. Elle blottit la tête dans son cou.

— Utilisez vos sens, chuchota-t-elle. Faites confiance au cheval. Sentez comment il bouge, sentez le vent sur vos joues. Ne soyez pas dépendant de vos yeux!

Au prix d'un immense effort de volonté, il laissa son bandeau en place. Le cheval traversa la prairie et descendit vers la plage. Xanthier continuait à serrer le corps d'Alannah contre le sien, et peu à peu, le calme de la jeune femme l'apaisa. Le bruissement des herbes fit place au bruit mat des sabots sur le sable, et l'odeur des fleurs et des feuillages fut remplacée par l'odeur de la marée. Ils galopaient maintenant sur la plage. Xanthier se détendit, commençant à apprécier l'incroyable beauté de leur course.

Le vent se mêlait aux mèches folles de la jeune femme. Il respirait son odeur, sentait ses cheveux sur son visage. L'écume de l'océan l'éclaboussait comme la main caressante d'une amante. Il cria, pressant le cheval d'accélérer l'allure, et celui-ci bondit sur le sable.

Alannah se délectait du plaisir de son compagnon. Voilà ce qu'elle avait voulu lui donner! Elle avait senti la colère qui le nouait et savait qu'il avait besoin de s'abandonner, de croire en quelque chose. Si elle avait insisté pour lui bander les yeux, ce n'était pas seulement pour qu'il monte à cheval pour le plaisir, ou pour sentir les choses sans les voir. Elle voulait qu'il éprouve le sentiment de liberté que procurait la découverte d'un monde bienveillant.

Ils parcoururent la péninsule et suivirent la côte qui abritait la crique à son extrémité. Le vent tomba et l'air vibrait de chaleur. Xanthier lâcha la crinière de l'étalon et posa la main sur la taille d'Alannah. Il la tenait avec tendresse, avec révérence même.

Elle retint son souffle alors qu'il glissait les doigts sous sa chemise et caressait sa peau nue. Elle tira involontairement la crinière de l'étalon et il se tourna pour entrer dans l'océan. Alannah et Xanthier poussèrent une exclamation de surprise en sentant l'eau les éclabousser, mais le cheval continua sa course et s'enfonça dans l'eau jusqu'à la poitrine. Les jambes des cavaliers étaient trempées. Enfin, Claudius s'arrêta et resta au milieu des vagues, la tête haute.

Xanthier se laissa glisser dans l'eau, entraînant Alannah avec lui. Des odeurs puissantes tournoyaient autour d'eux. Celles du cheval, de la mer, du varech et de leurs jeunes corps pleins de désir. Xanthier tenait la jeune femme contre lui, sachant qu'elle n'aurait pas pied. Les vagues déferlaient autour d'eux avant d'aller s'écraser sur la côte avec un fracas régulier.

— Je veux que vous sentiez mon corps, chuchota-t-il en la serrant plus fort. Et je veux sentir le vôtre.

Il releva sa chemise et la fit lentement passer au-dessus de sa tête. Contrairement aux autres femmes qu'il avait dévêtues, il ne pouvait voir la nudité d'Alannah. Il pouvait seulement la toucher. La différence était très érotique, et il sentit son excitation monter d'un cran. Il hissa Alannah encore un peu plus haut contre lui et, avec une lenteur calculée, glissa les lèvres sur la pointe dressée d'un sein.

Alannah crut s'évanouir. Elle s'abandonna contre le bras qui la retenait, laissant Xanthier continuer son exploration. Il lui avait fait confiance, tout à l'heure. Alors elle faisait de même envers lui. Il avait accepté la vulnérabilité que l'on éprouvait lorsqu'on ne voyait plus rien, elle pouvait maintenant le suivre dans l'inconnu. Il avait renoncé, temporairement, à toutes ses défenses… Elle pouvait donc oublier les siennes.

Il sentait la douceur de la peau de la jeune femme sous le goût de l'eau salée. Sa langue lui servait de guide dans la découverte de son intimité, et il s'abîmait dans les délices de ce corps plein et offert. Il effleura sa poitrine de sa joue, ravi par la perfection des courbes contre son visage.

L'étalon hennit quand le reste du troupeau les rattrapa et fit un cercle autour de la péninsule. Abandonnant les humains, il se hissa hors de l'eau. Une fois sur le sable, il s'ébroua avant de s'élancer vers ses compagnons.

Xanthier souleva Alannah dans ses bras et sortit de l'eau lui aussi, puis se dirigea vers le pré d'herbe douce qui bordait la plage. Il marchait à pas lents afin d'éviter les cailloux. Lorsqu'il sentit la douceur moelleuse de l'herbe sous ses pieds, il pencha de nouveau la tête pour prendre dans sa bouche un mamelon dressé.

— Cette fois je ne vous laisserai pas m'arrêter, murmura-t-il. Je vous désire depuis l'instant où je vous ai vue, et où vous m'avez tout de suite méprisé. Il faut que vous soyez à moi !

— Je ne vous méprisais pas. Vous me faisiez peur.

— Et maintenant ? Je vous fais toujours peur ?

Alannah noua les bras autour du cou de son compagnon et s'abandonna contre son torse puissant.

— Oui, chuchota-t-elle.

Xanthier s'agenouilla et la déposa sur le sol. Il lui toucha le visage, effleurant ses lèvres, son front.

— Je vais vous donner la preuve que vous n'avez rien à craindre. Avez-vous confiance en moi ?

Pour toute réponse, elle toucha son bandeau, puis lui caressa les joues. Doucement, comme si elle n'était pas certaine de ce qu'elle devait faire, elle l'attira vers elle.

Il s'abandonna, cherchant les lèvres sensuelles de la jeune femme. Pour la première fois, il l'embrassait sans la voir, et ne songeait plus qu'aux sensations puissantes qui l'envahissaient.

Plus rien n'existait au monde que ce baiser sur cette île minuscule au large de l'Écosse. Il se laissait aller de tout son poids, sentant la pression des seins nus d'Alannah contre sa chemise mouillée, enivré par le goût de la bouche innocente qui s'offrait à lui. Elle répondait avec passion à son exploration silencieuse, se cambrant sous lui, s'accrochant à ses épaules.

Il glissa les lèvres le long du cou de la jeune femme. Il sentait les battements fous de son cœur, portant maintenant son attention sur la gorge pleine et satinée. Le plaisir d'Alannah s'intensifiait à chaque nouvelle caresse. Ses mains découvraient le corps puissant de Xanthier, tandis qu'elle goûtait le contact de ses cuisses musclées contre les siennes. Elle effleura son dos, ses reins, puis fit glisser sa chemise mouillée par-dessus sa tête. Il retint son souffle quand leurs torses nus se rencontrèrent, peau contre peau. Des frissons d'énergie semblaient animer le corps d'Alannah.

Elle se laissa dépouiller de sa jupe sans protester. Il s'écarta un instant, puis revint contre elle, glissant ses cuisses nues entre celles de la jeune femme. Leurs corps ne faisaient plus qu'un à présent. Ils tremblaient et frissonnaient l'un contre l'autre, ardents, brûlants de désir. Xanthier ne se lassait pas de sentir sous ses doigts les courbes douces de la jeune femme. Il parcourut son corps, utilisant sa langue pour sentir le goût de sa peau. Elle gémit, arc-boutée, totalement offerte à cette volupté inconnue.

D'instinct, elle s'ouvrit à lui. Il se pressa contre elle, sentant contre son sexe dressé la douceur humide qui trahissait l'attente passionnée d'Alannah. Elle le désirait tout autant que lui, et comme il s'attardait dans le flot de sensations qui le transperçaient, elle gémit d'impatience.

— Xanthier...

Il glissa doucement en elle, enivré par l'intensité de son plaisir. Elle était souple et ferme. Il s'écarta pour s'emparer de sa bouche, et comme elle l'accueillait avec une ardeur renouvelée, il la posséda tout à fait. Elle ouvrit les genoux, laissant des vagues de délices absorber la brève douleur qui la traversa, avant de chercher de nouveau les lèvres de Xanthier pour le rituel millénaire des amants.

Il allait et venait en elle, savourant chaque instant, se retenant pour qu'elle soit à l'unisson. Mais bientôt, elle laissa ses hanches commander leurs mouvements, impatiente d'atteindre l'extase qui montait en elle. Accrochée aux épaules de Xanthier, elle enfonçait les ongles dans sa peau, le retenant comme si elle craignait de sombrer dans un monde inconnu. Soudain elle poussa un cri, envahie par des ondes d'émotions qui tournoyaient en elle, exacerbaient ses sens au point qu'elle n'était plus qu'une vibration de plaisir. Tout explosa, et elle se retrouva propulsée dans un nuage de bonheur.

Xanthier poussa un cri de triomphe, s'enfonçant plus encore, explosant lui aussi sans aucune retenue. Il s'effondra sur elle, stupéfié par l'intensité de ses sensations, incapable de la moindre pensée. Une joie pure vibrait dans tout son être. Pendant de longues secondes, ils restèrent immobiles, totalement satisfaits, comblés.

Enfin, lorsque Xanthier eut retrouvé son souffle, il roula sur le côté et enveloppa la jeune femme de ses bras. Dans un geste languide, elle défit le bandeau de son compagnon, mais il garda les yeux clos pour demeurer encore un peu dans l'univers merveilleux qu'ils avaient partagé.

Jamais plus il ne serait le même.

Alannah lui avait montré un autre aspect de la réalité, un lieu où rien d'autre ne comptait que de toucher et sentir, écouter, humer tout l'éventail des parfums du monde. Il n'avait aucun regret. Il ne voulait pas retourner en arrière, regagner l'univers où des frères se battaient pour des terres et le pouvoir. Ici, dans les bras de cette femme, il avait trouvé la paix pour la première fois de sa vie.

8

— Parlez-moi de votre famille, dit Alannah en se blottissant dans les bras de Xanthier, plusieurs semaines plus tard.

— Pourquoi ? Le passé est derrière moi.

— Je suis curieuse. Moi, je n'ai pas de passé, ni d'autre famille que Grand-mère.

Xanthier hocha lentement la tête.

— Évidemment, je comprends que vous soyez intéressée... Mais en vérité, mon passé est trouble et fort triste.

— Tout de même, je veux savoir... insista Alannah.

Il la serra plus fort et frotta la joue contre la sienne.

— J'ai grandi sans amour ou presque, dit-il enfin. Mon père m'a élevé après avoir envoyé ma mère en exil le jour de ma naissance. C'était un homme très dur, qui ne supportait pas la moindre manifestation de faiblesse. Dès que j'ai su marcher, on m'a appris à me battre.

— Pourquoi ? À quoi cela pouvait-il vous servir ?

Xanthier eut un rire amer.

— Je ne peux pas vous expliquer ! Vous ne comprendriez pas, parce que les raisons de ces luttes n'existent pas sur votre île. En Écosse, je me battais pour le pouvoir et la richesse, sans souci du déshonneur ou du respect. Je ne me sentais vivant que dans la bataille contre quelqu'un ou quelque chose. J'avais un compagnon... Il s'appelait Kurgan et sa raison de vivre était aussi de se battre. Pendant des mois nous avons parcouru les collines, à la recherche de quelque chose à anéantir. Tout ce qui nous intéressait, c'était de détruire.

— Que lui est-il arrivé ?

— Je l'ignore, et ça m'est égal. Nous ne sommes pas amis et en fait, il me garde une forte rancune. Il y a quelques années, nous étions tous deux engagés dans une bataille qui s'est très mal passée. J'ai fait sortir mes hommes du village quand j'ai vu qu'il n'y avait que des femmes et des enfants. Mais cela n'a pas arrêté Kurgan. Il a ordonné à sa troupe de réduire le village en cendres, et tous ces malheureux ont péri.

— C'est affreux !

— Oui. Mais n'allez pas croire que je me sois comporté en héros ce jour-là. J'ai quitté la bataille parce que je pensais que la récompense ne valait pas le risque que je prenais.

— Je ne vous crois pas. Vous ne vouliez pas faire du mal à des gens sans défense.

Xanthier appuya le front contre celui d'Alannah.

— J'aimerais que ce soit vrai, mais vous ne me connaissez pas. Je n'ai jamais prêté attention à personne. Ce jour-là n'était pas une exception. Quant à Kurgan, dès que j'ai reçu ma commission en guerre qui a fait de moi un corsaire commandant de nombreux vaisseaux, nous avons pris des chemins séparés. Depuis, mes campagnes se déroulent uniquement sur la mer.

— Qu'est-il arrivé à votre mère ? Je me suis toujours demandé ce qu'était devenue la mienne.

— Eh bien, elle a élevé mon frère jumeau dans un endroit retiré des Highlands. Elle l'a élevé pour qu'il soit mon exact opposé. Mon jumeau est bon, aimant et attentionné. Moi, non.

— C'est faux ! protesta-t-elle. Vous êtes un homme bien ! Je n'aime pas quand vous parlez mal de vous-même.

— Alannah, si vous m'aviez rencontré auparavant, vous m'auriez méprisé, comme le fait mon jumeau. Il essaye de m'accepter, mais mon caractère lui répugne.

— Je n'arrive pas à le croire, Xanthier !

— C'est pourtant la vérité. Je le sais parce que nous sommes liés l'un à l'autre par notre origine commune.

Nous sentons les émotions de l'autre, quelle que soit la distance qui nous sépare. Et je sais ce qu'il pense de moi.

— Cela doit être très perturbant.

— Pourquoi se préoccuper de ce qu'on ne peut changer ? Lui et moi, nous ne nous entendrons jamais. J'ai fait beaucoup de choses terribles et il ne pourra pas me les pardonner.

— Comment êtes-vous devenu corsaire ?

— Il me fallait fuir l'Écosse. Je n'avais pas de terre que je pouvais appeler mienne, pas de famille auprès de qui rester. Même les campagnes de rapines avaient cessé de m'intéresser. Le roi Malcom m'a envoyé chercher, m'a donné un vaisseau et le droit de piller les mers en son nom. En quelques années, j'ai capturé de nombreux navires pour le roi. J'ai cinq bâtiments sous mes ordres, maintenant – mais j'ignore combien ont coulé dans la tempête. Quoi qu'il en soit, je suis immensément riche et puissant. On me respecte et on me craint.

Alannah éclata de rire.

— C'est ce que vous tentez de me faire croire ! Pour moi, vous n'êtes qu'un marin qui a fait naufrage sur mon île.

— Vous vous moquez de moi, grommela-t-il en lui effleurant le cou de ses lèvres.

Elle secoua la tête et déposa un baiser sur sa joue.

— Vous battre ainsi vous rendait heureux ?

— Nullement... J'étais constamment sur la brèche, comme si je cherchais quelque chose d'autre. Je pensais que je voulais plus de richesse et plus de pouvoir. Aujourd'hui je me rends compte que c'était vous que je cherchais sans répit.

Ils se turent un instant.

— Vous avez dû avoir une vie passionnante, murmura enfin Alannah.

— Hum... fit Xanthier en continuant sa lente exploration de la gorge de la jeune femme. On pourrait le dire, en effet. J'étais toujours occupé, toujours en train de projeter une action.

— Ici, c'est différent. Les jours se fondent les uns dans les autres. À part les orages, la vie est simple, détendue et prévisible.

— Oui, et c'est merveilleux, reconnut-il en souriant.

— Votre ancienne vie ne vous manque pas ? Vous ne vous ennuyez jamais ici ? Et les femmes ? Elles étaient belles, n'est-ce pas ? Aucune n'était aveugle ni infirme, j'imagine...

Xanthier la poussa sur le sol et lui mordilla l'épaule.

— Vous m'apportez toute l'excitation dont j'ai besoin. Cette vie est morte, pour moi. Je veux être avec vous. Je n'ai besoin de rien d'autre.

Elle lui sourit, mais un frisson d'inquiétude la traversa. Elle noua les bras autour du cou de Xanthier et le serra contre elle, espérant qu'il ne changerait jamais d'avis.

Alannah pencha la tête, à l'écoute des mouvements de Xanthier. Le printemps finissait et dans son sillage, un été éclatant réchauffait les prairies et apaisait la mer. Plusieurs poulains nouveau-nés gambadaient dans les hautes herbes et un groupe de lapins broutait le trèfle non loin de là. L'eau de la crique était assez chaude pour y nager et le lit du ruisseau des papillons bourdonnait de libellules. Au fur et à mesure que les semaines se changeaient en mois, la jeune femme apprenait à évaluer les humeurs de Xanthier par le timbre de sa voix et la vivacité de ses actes. Ses perceptions extrasensorielles étaient tout entières tournées vers lui.

C'était un homme complexe. Parfois il était serein et facile à vivre, mais parfois c'était une véritable masse de colère, animée d'une frustration refoulée. Il avait beau se défendre du contraire, Alannah devinait qu'une existence paisible et idyllique ne le satisfaisait pas entièrement. D'après ce qu'il avait révélé de sa famille, la jeune femme sentait combien son passé le hantait. Guerroyer sur l'océan avait été pour lui le moyen de fuir les siens, mais aussi de se fuir lui-même.

En vérité, l'île lui offrait un simple répit, elle en était de plus en plus persuadée. Grand-mère lui avait assez parlé du monde extérieur pour qu'elle puisse comprendre les différences entre sa vie de corsaire et son quotidien de naufragé. De plus, les visites de Gondin l'avaient rendue consciente de la complexité des choses sur le continent. Grand-mère appelait cela la civilisation... Mais qu'est-ce que cela signifiait, au juste ? Comment les gens parlaient-ils ? comment agissaient-ils entre eux ? comment se passaient leurs journées ? Avant Xanthier, elle avait à peine songé au monde extérieur. Désormais, elle y pensait constamment.

Et aujourd'hui, Alannah sentait la nature turbulente de Xanthier bouillonner sous un mince vernis de calme. Ses mouvements étaient brusques, son pas impatient... Il avait besoin de mettre son énergie dans un travail physique.

— Il nous faut du bois, dit-il en s'éloignant.

Alannah murmura son assentiment, tout en sachant qu'il y avait déjà une pile de bûches derrière la maison, et alla trouver l'étalon blanc.

— Xanthier est malheureux, Claudius, et je crains d'être la cause de son mécontentement. C'est un homme du monde, et moi je ne suis qu'une paysanne aveugle sur une île déserte.

L'étalon répondit par un grognement, tendu dans une énergie retenue. Il se contrôlait en présence de la jeune femme, mais il s'agitait facilement.

— Du calme ! gronda-t-elle comme il s'éloignait d'elle en dansant. Sois gentil, Claudius, emmène-moi faire une promenade...

Le cheval baissa la tête et revint vers elle. Dès l'instant où elle bondit sur son dos, il s'élança à toute allure vers un arbre tombé qui formait un obstacle naturel. Alannah s'agrippait à sa crinière, serrant les cuisses sur ses flancs. Elle le sentit prendre son élan et se coucha à demi pendant qu'il sautait par-dessus le tronc. Puis ils descendirent au galop l'étroit sentier, croisant Xanthier.

Alannah restait presque allongée sur le cou de l'animal, le pressant d'aller plus vite, plus vite encore. Ils traversèrent ainsi la prairie du bas et arrivèrent à la plage.

L'étalon ralentit spontanément. Enveloppée de la crinière blanche qui cascadait autour d'elle, Alannah offrait son visage au vent et écoutait le bruit mat des sabots du cheval sur le sol mouillé.

Pas à pas, elle laissa la joie de l'animal apaiser son âme. Xanthier lui répétait souvent que sa nouvelle vie le satisfaisait. Tous les jours, il lui disait qu'il voulait rester avec elle. Elle avait besoin de le croire, en dépit de ses craintes. La constante attention qu'il lui accordait, et sa tendresse, n'étaient donc pas des preuves suffisantes de ce qu'il éprouvait pour elle ?

Grand-mère lui manquait, mais la passion de Xanthier remplissait ses nuits et sa tristesse était atténuée par l'amour qu'elle ressentait pour lui. Elle se redressa et ouvrit grands les yeux, se délectant de sentir le vent lui cingler le visage. Puis elle pressa l'étalon d'avancer, et ils galopèrent jusqu'au bout de la plage. Là, l'odeur vive des feuilles avertit Alannah de la proximité de la colline boisée.

Elle ramena le cheval à un petit galop contrôlé avant de bondir sur le flanc de la colline. L'étalon évitait soigneusement les branches basses des arbres et Alannah pressait son corps contre le sien. La fraîcheur de l'ombre lui donnait la chair de poule. Elle avait hâte qu'ils sortent des arbres et arrivent sur la falaise aride qui dominait l'océan. La tour à signaux de Xanthier s'y dressait toujours, abandonnée maintenant. Aucun feu n'y brûlait depuis des mois.

Xanthier ne voulait plus que ses hommes le retrouvent, c'était évident. Il fallait qu'elle cesse de douter de lui. Aucun bateau ne viendrait les déranger et ils continueraient à partager leur vie de félicité, isolés du monde.

Claudius s'arrêta et dressa l'oreille tout en balayant du regard la vaste étendue bleue. Sa queue cingla l'air. Il sentait sa maîtresse se détendre enfin. Il hennit, comme pour marquer sa joie, et balança de nouveau sa queue en entendant le rire satisfait d'Alannah.

Elle frotta le cou en sueur de l'animal avant de s'arc-bouter en arrière en s'allongeant souplement, jusqu'à ce que sa tête touche la croupe de Claudius. Puis elle ouvrit les bras et soupira, heureuse de sentir la chaleur du cheval sous elle et le soleil au-dessus.

Ce qu'elle ignorait, c'était que les grands yeux bruns de l'étalon fixaient d'un air songeur un petit point sombre à l'horizon.

Ce soir-là, Xanthier, en réparant une étagère, fit tomber un sachet de velours sur le sol.

— Qu'est-ce que c'est? demanda-t-il en tendant l'objet à la jeune femme.

Elle le prit dans sa main et se rembrunit.

— Grand-mère l'a trouvé dans la couverture qui m'enveloppait, dans le canot où on m'avait placée.

Xanthier ramassa le sachet, l'ouvrit et en examina le contenu.

— Il y a de l'or, remarqua-t-il.

— Oui, c'est ce que disait Grand-mère... C'était peut-être un don pour encourager ceux qui me trouveraient à me garder.

— Alannah, ces pièces ont une grande valeur.

— Quelle importance pour moi? Ici, l'or n'a pas de sens.

Il acquiesça et continua son exploration.

— Il y a aussi un très beau collier. Très ancien. On dirait qu'il provient d'un héritage. Il y a quelque chose de gravé au dos...

C'étaient des armoiries. Xanthier les contempla, le front plissé. Le dessin lui paraissait familier, mais il était à demi effacé et il n'arrivait pas à l'identifier.

Inconsciente de l'examen auquel se livrait Xanthier, Alannah continua à parler.

— Lorsque j'étais jeune, je passais souvent mes doigts dessus pour en mémoriser les lignes et les tracer moi-même. J'ai fini par user la surface du métal. Grand-mère disait que les pierres du collier avaient la même couleur que mes yeux. Est-ce vrai?

La mélancolie dans sa voix lui fit lever le regard vers elle. Posant le sachet sur la table, il alla vers la jeune femme et lui prit le visage dans les mains.

— Ces pierres sont des émeraudes et elles font partie des joyaux des dieux, murmura-t-il. Elles sont d'un vert profond, du même vert que les feuilles et les algues. C'est la couleur de la vie. Vos yeux sont verts, eux aussi, mais ils brillent encore plus fort que ces pierres, parce que vous êtes l'essence même de la vie et de la beauté.

Alannah leva les mains et lui toucha les joues, sentant la cicatrice sur la peau lisse de la pommette. Xanthier était à cette image. Une partie de lui était rude et laide, l'autre douce et aimable.

— Quelle est la couleur de vos yeux ? demanda-t-elle.
— Ils sont gris.
— Et qu'est-ce qui est gris dans la nature ?
— Vous rappelez-vous le jour de mon naufrage ? Le ciel était plein de nuages chargés de pluie. Ils ont caché le soleil et la tempête a éclaté. C'est cela, le gris. La couleur des nuages d'orage.
— Les orages sont passionnants et puissants, comme vous, dit-elle en glissant la main sur son torse.
— Je vais vous montrer ce que c'est, la puissance, gronda-t-il en la soulevant dans ses bras, oubliant momentanément le sachet de velours et son contenu.

Il l'allongea sur le sol et lui ouvrit les cuisses avec son genou.

— Je vais vous montrer ce que sont la force et la passion, là, par terre. Imaginez… je suis l'océan en furie et vous une innocente créature marine… je m'enroule autour de vous, je vous emporte, je m'empare de vous…
— Tout est gris autour de moi… Je sens vos doigts sur ma peau et je nage, longuement, tout contre vous…
— Vous êtes vivante dans mon immensité… Vous dansez dans l'eau.
— Vous m'effrayez et pourtant vous m'attirez. Vous êtes mon élément et sans vous, je mourrais.

— Sans vous, je n'aurais plus de raison de vivre... renchérit Xanthier en s'emparant des lèvres de la jeune femme.

Elle répondit à son baiser et lui entoura le cou de ses bras pour l'attirer plus près. Ils frémirent tous deux, traversés par une onde d'énergie et de passion.

— Prenez-moi, murmura-t-elle. Maintenant ! J'en meurs d'envie !

Xanthier poussa un grognement de plaisir avant de s'allonger sur elle. Il souleva sa robe, mais ne la pénétra pas tout de suite. Il la berça contre lui, s'enivrant de la douceur de leurs chairs avant l'union intime.

— Xanthier ! supplia-t-elle. Ne me faites pas languir ! Je vous veux maintenant !

Tout en contenant encore son désir, il ondulait des hanches, jouant avec l'attente d'Alannah pour la porter à son paroxysme. Elle le saisit par les épaules et enfonça les ongles dans ses muscles, avant de le repousser d'un coup de reins pour s'allonger sur lui.

— Je vous avais prévenu ! s'exclama-t-elle en renversant les rôles pour lui immobiliser les bras. C'est mon tour...

Elle se pencha, ouvrit sa chemise et effleura le torse de Xanthier de ses lèvres, caressant sa peau, donnant des petits coups de langue jusqu'à ce qu'elle atteigne son nombril.

— Vous aimez attendre ? insista-t-elle avant de jouer encore avec sa langue au creux de son nombril. Vous allez être servi !

Il gémit et prit la tête de la jeune femme dans ses mains.

— Que faites-vous ? s'enquit-il d'une voix rauque.

— Je goûte votre corps... je veux vous goûter en entier !

Elle abandonna le ventre de Xanthier pour continuer vers le bas sa lente exploration, défaisant son vêtement au passage.

— Arrêtez ! ordonna-t-il.

Sa voix tremblante fit sourire Alannah.

— Pas encore, murmura-t-elle en glissant les doigts sur ses cuisses musclées.

Puis elle pencha le visage sur son aine et frotta sa joue sur le sexe dressé. Enfin elle y porta les lèvres.

Il gémit et elle poursuivit son jeu érotique, alternant sa joue et sa bouche pour une caresse dont elle ne se lassait pas. Vibrant comme un arc, Xanthier tenta de la repousser mais elle résista.

— Je veux connaître tout votre corps, dit-elle. Avec ma bouche...

Il s'abandonna, plongeant les mains dans sa somptueuse chevelure tandis que la langue et les lèvres d'Alannah continuaient leur prodige de volupté. Rien n'était plus naturel que cette course folle vers le plaisir, au milieu de l'orage de ses sens. La bouche de la jeune femme était chaude, intense, refermée sur lui comme pour le gainer dans une extase fulgurante.

Alannah s'abandonnait tout entière au désir de son amant, captant la moindre variation de son plaisir, envahie elle aussi par des ondes de délice. Il tremblait maintenant, tout son corps se tendait et elle sentit qu'il tentait encore de l'écarter. Elle résista, se noua à lui et imprima à sa bouche un rythme précipité. Soudain, il ne put résister plus longtemps et son plaisir explosa, souverain. Il poussa un cri. Alannah restait soudée à lui, grisée par les soubresauts qui se mêlaient aux battements sourds de leurs cœurs, au goût salé de leurs sueurs. Xanthier se cambra, délivré, puis se détendit, infiniment apaisé.

Alannah releva lentement la tête. Elle sentait sa chaleur ardente, le léger tremblement qui l'agitait encore, son souffle court, et la joie puissante qui courait dans ses veines.

Souriante, elle se blottit contre lui et s'endormit.

Xanthier gardait les yeux rivés au plafond, le corps envahi de sensations merveilleuses. Un bout de papier attira son attention et il se souvint du mystérieux sachet. Avec mille précautions pour ne pas réveiller Alannah, il tendit la main vers la table et ouvrit la lettre.

Il la parcourut rapidement d'abord, puis la relut, incrédule. Son expression joyeuse laissa peu à peu place à un rictus de colère. Non! songea-t-il, atterré. Ce n'était pas possible! Si on découvrait un jour la vérité révélée par cette lettre, Alannah et lui seraient séparés à jamais...

Il se libéra doucement de la jeune femme endormie et marcha jusqu'à la cheminée. Il hésita un instant, le regard rivé aux flammes, puis jeta brutalement la lettre dans le feu et sortit, conscient d'avoir commis l'irréparable.

Derrière lui, la lettre voleta jusqu'au sol. Une flamme vint l'effleurer, puis se retira, laissant presque intacte la preuve d'un singulier destin.

Deuxième partie

Le royaume d'Écosse

9

Au point du jour, alors que le ciel se teintait de rose et d'orange, un navire jeta l'ancre au large de l'île. Son capitaine observait la côte, perplexe, lorsque son second vint le rejoindre sur le pont.

— Cette île n'a pas l'air différente des autres, déclara-t-il. Il n'est pas ici, capitaine !

— Pourtant, quelqu'un a construit une tour à signaux.

— Elle date peut-être de plusieurs années. Si le commodore était ici, il aurait veillé à ce qu'un feu y brûle constamment.

— Nous allons tout de même envoyer des hommes à terre. Nous avons l'obligation de trouver le commodore. Et croyez-moi, s'il est en vie et que nous ne poursuivons pas nos recherches, il nous le fera payer cher. Il nous poursuivra jusqu'aux confins de la terre ! Ce n'est pas un homme qu'on traite à la légère.

— À vos ordres, capitaine Robbins, répliqua le second.

Puis il se tourna vers l'équipage et cria :

— Embarcations à la mer !

Pendant que les hommes descendaient les canots et s'y entassaient, le capitaine Robbins continuait à observer l'île. Soudain, obéissant à une impulsion, il décida de se joindre aux recherches et confia le bâtiment à son second.

Un récif protégeait l'île mais une péninsule saillait dans la mer, formant une crique abordable. Le capitaine ordonna à ses hommes de ramer jusqu'à cet abri naturel. À mi-chemin, un bruit sourd lui fit lever la tête.

Stupéfait, il aperçut alors un troupeau de chevaux sauvages, galopant en haut d'une falaise. Le troupeau forma un cercle et s'arrêta, guidé par un étalon blanc dont la robe semblait scintiller dans la lumière du petit matin.

— Jamais je n'ai rien vu de pareil, murmura l'un des hommes. Des chevaux sur une île déserte !

— Ils doivent valoir une fortune, renchérit un autre. Regardez-les ! Regardez l'étalon !

Le capitaine Robbins acquiesça, impressionné lui aussi. Pourtant, quelque chose le mettait mal à l'aise. Ces bêtes magnifiques n'avaient rien des poneys sauvages d'Écosse. Ils semblaient plutôt appartenir à l'écurie d'un riche seigneur. Il plissa les yeux et inspecta le paysage, cherchant une trace d'habitation humaine.

— Allons d'abord examiner la tour, dit-il. Laissez deux hommes pour garder les canots.

Les marins lui jetèrent un regard étonné.

— Garder les canots ? Pour quoi faire ? Y a personne ici !

Le capitaine les contempla d'un air sévère.

— Nous n'en savons rien, répliqua-t-il. Faites ce que je vous dis !

Les hommes tirèrent les embarcations sur la plage et deux d'entre eux restèrent campés devant, l'épée tirée, pendant que les autres grimpaient la falaise vers la tour. Robbins fut le premier à l'atteindre et examina la corde qui fixait les rondins.

— La corde n'est pas usée, remarqua-t-il. La tour est relativement neuve. Le commodore a séjourné ici, j'en suis certain.

Il pénétra à l'intérieur. L'âtre était froid, mais des restes de charbon de bois étaient éparpillés tout autour. Un soupçon horrible s'empara du capitaine. Était-il arrivé malheur au commodore une fois qu'il avait trouvé refuge sur l'île ?

— Nous allons nous séparer en plusieurs groupes, ordonna-t-il en ressortant. Il faut le trouver !

Xanthier marchait dans le bois, son bandeau bien serré sur les yeux. Un oiseau piqua vers lui sur sa droite, et il dut se pencher pour éviter la créature.

— Eh bien! s'exclama-t-il. Je crois que j'étais attaqué!

Alannah éclata de rire.

— Comment avez-vous deviné qu'il fonçait sur vous? D'habitude, il faut que ce merle vous donne un coup de bec pour que vous le remarquiez!

— Je commence à mieux sentir les choses.

Il avançait prudemment, prenant soin de ne pas trébucher sur des branches tombées ou de poser le pied dans le terrier de quelque rongeur.

— Vous vous débrouillez très bien! déclara Alannah. Mais je ne comprends pas pourquoi vous persistez à mettre ce bandeau.

— Je veux connaître votre univers. Si je peux me déplacer sans voir, je vous comprendrai mieux.

— Vous me comprenez parfaitement. C'est vous qui restez une énigme!

Xanthier secoua la tête, tendit le bras sans hésiter et attira la jeune femme contre lui.

— Alannah, vous m'intriguez. Je sais que vous avez des sentiments pour moi, mais parfois je crains que vous ne reteniez vos émotions. Cela me fait peur.

La jeune femme s'écarta.

— Vous n'avez pas de raison d'avoir peur, lança-t-elle en s'avançant de son pas gracieux. Hormis cet oiseau, peut-être…

Xanthier lui prit la main pour la retenir.

— Vous ne comprenez pas ce que je veux dire. Je veux tout connaître de vous, jusqu'à ce que nous ne fassions plus qu'un seul et même être.

— Et vous croyez y arriver simplement en fermant les yeux?

— Mais oui! Lorsque je m'isole de mes sensations visuelles, je deviens une autre personne. Il me semble que j'entre dans un monde nouveau, que vous avez créé pour nous deux seulement.

Alannah rougit et noua les bras autour de son cou.

— C'est ensemble que nous avons créé ce paradis, murmura-t-elle. Nous sommes les deux versants du monde... la lumière et l'obscurité.

— Vous êtes la lumière de ma vie, le feu de ma passion...

Il baissa la tête, trouvant sans peine les lèvres de sa compagne.

— Ma belle Alannah! chuchota-t-il. Sentez-vous comme je suis différent, les yeux bandés?

Ils sombrèrent enlacés sur le sol moussu.

— Vos mains n'ont pas besoin de voir, dit-elle.

— J'ai envie de vous, Alannah. Terriblement!

— Moi aussi.

Il glissa les lèvres sur la gorge de la jeune femme, enivré par la douceur de sa peau. Puis, brusquement, il se figea et releva la tête, écoutant intensément.

— Xanthier, se lamenta Alannah, n'arrêtez pas...

— Chut! fit-il en arrachant son bandeau pour regarder autour de lui.

— Qu'y a-t-il? Ce sont les chevaux, voilà tout... Revenez!

— Non! Écoutez!

Elle soupira et se redressa sur un coude, avant de froncer les sourcils à son tour. Elle se mit à genoux.

— J'entends quelque chose de nouveau, déclara-t-elle avec calme. On dirait un tissu qui claque au vent. Vous devenez vraiment bon, si vous entendez les bruits avant moi!

Xanthier déposa un baiser sur ses cheveux avant de se lever tout à fait et de l'entraîner avec lui.

— Restez derrière moi, ordonna-t-il, inquiet.

— Pourquoi? Que se passe-t-il? demanda-t-elle en se penchant pour ramasser la canne qu'il avait sculptée pour elle.

— J'ai juré de vous protéger. Tant que nous ignorons qui a envahi notre île, je préfère prendre les devants.

— Que voulez-vous dire? Vous parlez du bruit qui vient de la plage?

— Oui. Ce que nous avons entendu, ce sont des voiles. Les voiles d'un navire. J'ai vécu avec ce bruit jour et nuit pendant des années. J'espère que ce sont mes hommes. Sinon...

Alannah pencha la tête, percevant la nervosité de sa voix. Elle frissonna de peur, puis se reprit. Pourquoi s'alarmer si vite ? Ce n'était qu'un bateau. Et quoi qu'il advienne, Xanthier voulait rester sur l'île avec elle.

Ils avancèrent sans bruit entre les arbres, revenant sur leurs pas. Comme ils approchaient de la côte, le claquement des voiles s'amplifia et des voix d'hommes retentirent.

Soudain, un autre bruit se fit entendre, comme deux objets métalliques se frottant l'un contre l'autre.

— Des épées ! murmura Xanthier.

Il respirait vite, envahi de souvenirs de batailles et de duels où la poignée de l'épée, dans sa main, semblait l'extension naturelle de son bras. Cette sensation était accompagnée de la lourdeur poisseuse du sang...

Enfin, ils atteignirent la plage. Il toucha la main d'Alannah et y déposa un baiser.

— Si c'est eux... commença-t-il.

— Oui ? s'enquit-elle, le cœur battant.

— Si c'est eux, ne craignez rien. Je ne romprai pas la promesse que j'ai faite.

Elle frissonna et voulut le retenir pour lui demander ce qu'il voulait dire exactement. Mais il s'était déjà avancé à découvert. Aussitôt, le bruit métallique cessa et l'air sembla vibrer de tension.

La main d'Alannah se crispa sur sa canne. Qui était là ? Qui avait fait ce bruit avant de les apercevoir ?

L'homme qui aiguisait son épée se figea en voyant le couple émerger de la forêt. C'était une apparition tellement inattendue, tellement incroyable qu'il restait bouche bée de stupeur.

Son compagnon s'était aussi immobilisé. Les deux hommes échangèrent un regard incrédule.

— Commodore ? demanda l'un d'eux d'une voix hésitante. C'est vous ? Qu'avez-vous sur la figure ? Ces cicatrices...

Xanthier les foudroya du regard.

— Est-ce ainsi que vous accueillez votre commodore après des mois de disparition ? gronda-t-il. Pourquoi avez-vous mis si longtemps à venir ?

— Commodore ! plaida l'autre marin. Vous êtes vivant ! On vous a trouvé ! Le capitaine Robbins disait bien que vous auriez survécu au naufrage... On a repêché un autre de vos hommes d'équipage, mais il est mort quelques jours après.

— Eh bien, moi, je n'ai aucune intention de mourir !

— Non, sir. Euh, bien sûr que non...

Le marin gardait les yeux rivés sur les blessures de Xanthier, mais il se retint de dire quoi que ce soit sur le sujet et porta son attention sur Alannah.

— En tout cas, vous avez eu de quoi vous distraire ici ! s'exclama-t-il d'un ton grivois. C'est un sacré beau morceau !

Xanthier bondit, arracha l'épée du marin et la pressa contre sa gorge.

— Comment osez-vous parler de la femme du commodore comme d'une vulgaire prostituée ?

— Je... savais pas que c'était votre dame, commodore... balbutia nerveusement le malheureux. Je ne lui aurais jamais manqué de respect si j'avais su...

— Vous ne devriez parler d'aucune femme de cette façon.

Le marin regarda Xanthier d'un air éberlué.

— Mais, commodore, c'est vous qui nous avez appris la loi de la mer : ce qu'on trouve, on le prend ! Je pensais que c'était une fille de l'île et que vous en faisiez usage pour votre plaisir tant que vous étiez ici...

Xanthier abaissa son épée, dégoûté.

— Votre nom, marin ?

— Douglas, sir.

— Vous êtes rétrogradé, Douglas. À partir de maintenant, vous laverez le pont, vous aurez moindre ration et vous me serez reconnaissant de vous avoir laissé la vie sauve.

— Oui, sir ! s'écria Douglas, jetant un coup d'œil haineux à la jeune femme. Merci, sir.

— Et vous, dit Xanthier en désignant de son épée l'autre marin, rappelez-moi votre nom ?
— Tanner, sir, répondit l'homme en détournant les yeux.
— Partagez-vous les opinions de votre ami ?
— Non, sir.
— Parfait. Faites appeler le capitaine, je n'ai pas de temps à perdre !

10

Alannah se tourna vers Xanthier, oppressée et furieuse.
— Vous avez menacé de le tuer! murmura-t-elle.
— Vous n'avez donc rien entendu? Cet homme vous a insultée!
— Jamais je ne vous avais senti si en colère...
— Il méritait une punition.
Elle tourna les talons, obligeant Xanthier à la suivre.
— C'était méchant et tout à fait inutile, lança-t-elle.
— Voyons, Alannah, je vous ai protégée!
— Je n'ai pas besoin de ce genre de protection! s'écria-t-elle en se mettant à courir.
— Vous devriez m'être reconnaissante!
— Moi? Et en quel honneur? s'exclama-t-elle en faisant volte-face, les poings sur les hanches.
— C'est pourtant évident!
Elle se détourna.
— Je ne comprends pas. Pourquoi devrais-je vous être reconnaissante?
— Une femme est toujours contente d'avoir un protecteur.
Alannah secoua la tête, confuse.
— C'est ce que vous pensez être pour moi? Mon protecteur?
— Bien sûr! J'ai promis à Grand-mère de m'occuper de vous et j'ai prouvé que je tenais parole.
— J'ignorais que vous n'étiez animé que par le sens du devoir!
— Alannah, il n'y a pas plus grand sentiment pour un homme que de protéger une femme. Ne comprenez-vous pas?

— Tout ce que je comprends, c'est que pour vous, je suis une obligation. Je refuse d'être traitée ainsi. Je n'ai besoin de l'aide de personne !

— Oh que si ! Comment pouvez-vous dire une chose pareille ? Vous êtes aveugle, l'auriez-vous oublié ?

— Allez-vous-en ! cria-t-elle, folle de rage. Quittez mon île ! Je n'ai pas besoin de vous !

— Alannah, pour l'amour du Ciel, qu'est-ce qui vous prend ?

— Je suis tout à fait capable de vivre seule, et même si je ne l'étais pas, j'aimerais mieux mourir que d'être traitée comme ça.

— Vous avez besoin de moi ! protesta-t-il. Encore plus maintenant que jamais. Si seulement vous saviez…

— Quelle arrogance ! Comment croyez-vous que je vivais, avant de vous connaître ? Je ne suis pas une impotente !

Il soupira.

— Vous déformez mes paroles. Je voulais seulement dire que vous devriez être contente d'accepter ma protection.

— Vous n'avez donc rien appris, sur cette île ? Vous n'avez rien appris de moi ?

— Je connais mieux la réalité que vous, répliqua Xanthier, hors de lui. Vous vivez dans un rêve ! Je viens d'un pays où les hommes sont des guerriers et les femmes leurs vassales. Ces marins ne comprennent rien à votre monde, mais ils comprennent le mien. Je leur ai montré comment se conduire avec vous et ils ont réagi à mes menaces. Dans le monde réel, le pouvoir est fondé sur la force, la richesse et la réussite. Nous nous battons dans des tournois, nous rivalisons dans les guerres. C'est à qui sera le plus fort et personne ne fait de quartier, croyez-moi ! J'ai survécu parce que je comprends ces règles, et parce que je sais les manier.

Alannah se laissa tomber sur le sol de la forêt, les yeux emplis de larmes.

— Répondez-moi, murmura-t-elle d'une voix tellement basse qu'il dut s'approcher, vous croyez que j'ai besoin de vous ?

— Oui.
— Pourquoi ?
Xanthier demeura silencieux.
Alannah hocha la tête.
— Vous voyez, c'est pour cela que je suis en colère. Vous avez décidé de me protéger, mais vous ne savez pas pourquoi. Alors que la seule chose que j'attends de vous, c'est votre amour. Et vous ne m'en montrez guère, commodore !

Xanthier leva furieusement les bras et s'éloigna. Cette fois, elle dépassait les bornes ! Il n'avait jamais vu pareille entêtée !

Assis en face de Xanthier et d'Alannah dans la maisonnette de l'île, le capitaine Robbins but dans un coquillage et prit une bouchée de poisson enveloppé dans des feuilles parfumées.
— C'est délicieux, commenta-t-il.
— Merci, dit Alannah en se servant à son tour.
— Comment faites-vous ? Je veux dire, comment arrivez-vous à le faire cuire ?
— Que voulez-vous dire ? s'étonna-t-elle.
— Comment pouvez-vous le faire cuire sans voir le feu ?
Alannah rougit et détourna la tête.
— Question d'habitude, sans doute, marmonna-t-elle.
— Ça suffit, ordonna Xanthier. Il n'est pas nécessaire de parler de son handicap, Robbins !
— C'était un compliment, commodore.
— Elle n'a pas besoin de compliments non plus, gronda Xanthier.

Alannah releva la tête, ses yeux verts assombris par la colère.
— J'ai appris comment accomplir de très nombreuses tâches, capitaine, même avec mon « handicap ».
— Vous montez aussi à cheval ?
— Oui.
— Ce sont des bêtes incroyables, mademoiselle Alannah. Plus rapides que toutes celles que j'ai pu voir.
Elle sourit.

— C'est vrai. Claudius, l'étalon, va plus vite qu'une mouette qui plonge !

— Il vaudrait une fortune aux courses.

— Aux courses ? répéta Alannah sans comprendre.

Xanthier se leva et ranima le feu.

— Le capitaine parle de courses de chevaux. En ce qui me concerne, je préfère les courses de navires sur l'océan.

Robbins acquiesça.

— En effet, c'est absolument fantastique de voir tant de bâtiments grouiller sur l'eau, tous ensemble dans la même direction...

— Et les chevaux ? Pourquoi font-ils la course ?

Xanthier se tourna vers la jeune femme.

— Pour l'argent et la renommée. On n'est rien sans l'un ou l'autre, en Écosse.

Elle se mordit la lèvre et se leva en hâte.

— Autrement dit, je ne vaux rien parce que je n'ai ni argent ni renommée ?

— Excusez-moi, murmura le capitaine. Je ne voudrais pas troubler votre intimité... Il est temps pour moi de retourner au navire.

— Ne vous donnez pas cette peine ! s'écria Alannah. J'allais partir.

Elle s'empara de sa canne et quitta la pièce sans se retourner.

Xanthier la regarda sortir en serrant si fort les dents que ses cicatrices paraissaient des sillons blancs sur ses joues tannées.

— Je ne voulais pas vous créer d'ennuis, commodore... murmura Robbins.

— Ne vous excusez pas, répliqua Xanthier, et finissez votre repas. Je me faisais du souci pour Alannah et votre arrivée n'a fait que compliquer les choses, voilà tout. J'ai eu récemment certaines informations qui ont changé mes projets. Avant de me retirer sur cette île pour y vivre, je dois rentrer en Écosse avec elle.

— Avec tout le respect que je vous dois, commodore, cette femme est aveugle. On va l'ostraciser, ou pire encore. Peut-être vaudrait-il mieux que vous la laissiez ici.

Xanthier regarda les objets familiers qui décoraient les murs de la pièce : de magnifiques coquillages, des tentures habilement tissées, des bouquets d'herbes sèches. La maisonnette était un refuge et il devait le quitter. Il enfouit son visage dans ses mains, accablé.

— C'est impossible, capitaine, dit-il en relevant la tête. J'espère remédier à la situation, mais ce n'est pas gagné.

— Cela ne vous ressemble pas, de vous déclarer vaincu avant la bataille ! répliqua le capitaine.

— Ce sera ma dernière bataille, Robbins. Pour la première fois de ma vie, j'ai trouvé ce que je veux, et je n'aurai de cesse de l'obtenir. Seulement, mon épée ne me servira à rien, cette fois.

Le capitaine se leva.

— Avec votre permission, sir, je retourne sur le navire. Avez-vous des instructions à me donner ?

— Préparez le navire pour le voyage de retour. Il faut que je parle au roi. De toute façon, je dois lui remettre les trésors que j'ai amassés en son nom.

— Et ensuite ?

— Ensuite nous distribuerons les prises, nous vendrons les vaisseaux et nous partagerons les bénéfices avec les hommes d'équipage.

— Et Mlle Alannah ?

— Je compte lui dire qu'elle doit m'accompagner pour un court voyage.

— Est-elle au courant de la situation que vous avez découverte ?

— Non, et je n'ai pas l'intention de lui dire quoi que ce soit.

Le capitaine Robbins s'inclina, perplexe, et reprit le chemin de la crique où l'attendait le canot.

Le clapotis des vagues, tranquille et régulier, était bien différent du tumulte qui agitait les deux habitants de l'île, songea-t-il en faisant signe au matelot de prendre les rames. Deux êtres que tout séparait, apparemment...

Sauf l'amour.

Une fois seul, Xanthier parcourut la forêt à la recherche d'Alannah. Il la trouva dans la prairie du haut, près des chevaux. Elle lui tournait le dos et il l'attira contre lui en l'enlaçant par la taille.

— Alannah, cela ne sert à rien de nous disputer ! Quoi que j'aie fait, je vous en demande pardon. Mon seul but est de vous rendre heureuse.

— Je ne vous crois pas. Vous me dissimulez quelque chose, je le sens ! Vous pensez que vous pouvez faire des mystères, mais vous oubliez que je perçois vos intentions. Que me cachez-vous exactement ?

— Rien, marmonna Xanthier. Vous vous inquiétez pour rien. En fait, je suis venu vous demander de m'accompagner pour un court voyage en Écosse.

— En Écosse ? Et pourquoi ?

— Pour plein de raisons, la principale étant que je ne veux pas vous laisser seule ici.

— Vous me trouvez donc vraiment bonne à rien ? demanda-t-elle tristement.

— Nullement. Vous êtes courageuse et pleine d'allant. Et très belle, aussi.

— Mais vous croyez que je ne peux pas survivre seule parce que je suis aveugle, n'est-ce pas ?

— Alannah ! répliqua-t-il, exaspéré. Il n'y a pas que cela qui vous rend vulnérable. Vous êtes une femme, vous êtes jeune, vous manquez d'expérience. Pourquoi refusez-vous la réalité ? Pourquoi refusez-vous notre alliance ?

— On ne peut s'allier qu'entre personnes qui se complètent l'une l'autre. Comme Grand-mère et moi.

— Justement, nous sommes merveilleusement complémentaires, murmura-t-il en pressant son corps contre la jeune femme.

Elle s'écarta.

— Quelles sont mes qualités, selon vous ?

— Vous êtes magnifique, souple, svelte et audacieuse. J'ai besoin de vous.

Frustrée, Alannah fronçait les sourcils.

— Je parlais de mes qualités, insista-t-elle. De mes capacités à survivre. Pas de votre désir.

— Vous n'avez pas besoin de capacités particulières, Alannah. Je serai votre force et vous serez ma paix. C'est cela, notre alliance.

— Alors nous ne serons pas à égalité.

— C'est évident. Quelle idée bizarre ! Si vous aviez grandi en Écosse, vous ne parleriez pas ainsi. Les hommes et les femmes ne sont pas égaux. Vous êtes censée m'aimer et me faire honneur, et moi je suis supposé vous protéger et prendre soin de vous.

Alannah tourna le visage vers les chevaux qui broutaient non loin.

— Ce n'est pas ainsi qu'ils vivent, eux, murmura-t-elle. L'étalon est certainement le plus fort, mais il offre plus que sa force au troupeau. Il leur donne sa sagesse, son expérience, et sa coopération. La jument de tête est plus qu'une simple poulinière. Elle est intelligente, elle a le pied sûr, c'est un membre important de leur famille. Elle trouve la nourriture et le moyen d'y accéder. Lui devine quel temps il va faire, et elle choisit les abris selon leurs besoins. Ce sont des alliés et ils sont complètement égaux.

— Vous ne nous comparez tout de même pas à ces animaux ?

— Pourquoi pas ? Ce sont des créatures que je comprends.

— Justement ! Vous ne comprenez pas les gens, ni ce qui se passe dans le monde réel ! Les hommes sont des hommes et les femmes, des femmes. Acceptez-le une fois pour toutes, Alannah.

— Je ne suis pas obligée d'accepter quoi que ce soit ! cria-t-elle en faisant volte-face. Tout d'un coup, vous changez tout entre nous. Que faites-vous du respect dont vous me parliez hier ? Que faites-vous de ce que nous partagions jusqu'ici ?

— Je n'ai rien changé, Alannah ! cria-t-il à son tour. C'est vous qui êtes têtue et déraisonnable ! J'ai juré à Grand-mère de toujours vous protéger, et c'est ce que je ferai. Si cela ne vous convient pas, tant pis ! Moi aussi, je peux être obstiné !

— Oh! gronda Alannah, ulcérée. Allez-vous-en! Je me doutais que vous partiriez un jour. C'est ce que vous avez peur de me dire, n'est-ce pas? Vous voulez regagner votre univers, continuer vos batailles et vos pillages, séduire de belles femmes qui peuvent vous regarder dans les yeux! Ce que nous avons vécu ne signifie rien pour vous!

— Comment pouvez-vous dire une chose pareille? demanda-t-il d'une voix où se mêlaient le chagrin et la colère. Je vous veux. Je veux ce monde-ci. Je veux votre amour. J'ai l'intention de passer le reste de ma vie dans vos bras. Mais il faut que nous fassions ce voyage en Écosse. J'ai des responsabilités que je ne puis négliger, hélas.

Alannah lui tourna brusquement le dos.

— Non. Je refuse!

— Il faut que vous veniez. Vous n'avez pas le choix.

— Je ne quitterai pas cette île!

— Ne me rendez pas les choses plus difficiles.

— Je vous en prie! Je sais qu'il se passe quelque chose, je le sens. Ne me demandez pas de partir.

— J'aimerais mieux que vous veniez de votre plein gré, déclara-t-il d'une voix dure, mais j'emploierai la force s'il le faut.

— Vous n'oseriez pas!

— Ce ne sera que pour une quinzaine de jours. Nous serons vite de retour. Puisque vous voulez montrer votre force, c'est l'occasion. Acceptez ce voyage, je vous en conjure!

Xanthier saisit la jeune femme par les épaules et la força à se retourner vers lui.

— Je vous en prie! Comprenez que je ne peux pas vous laisser seule sur cette île. Faites-moi confiance. J'ai mes raisons.

Il leva la main alors qu'Alannah allait l'interrompre.

— Je sais que vous avez vécu ici pendant seize ans, mais c'était avant que je vous rencontre. Je ne veux pas qu'il vous arrive malheur. Vous pourriez faire une chute de cheval et tomber de la falaise. Vous êtes mienne, et je ne prendrai aucun risque!

— Vous prenez bien le risque de ne pas me respecter !
— Vous ne savez plus ce que vous dites ! Vous allez venir, un point c'est tout, ordonna Xanthier, à bout d'arguments.
— Il n'en est pas question !

— Lâchez-moi ! Je vous déteste ! cria Alannah en martelant de ses poings le torse de Xanthier.

Ignorant ses protestations, il la souleva de terre et la bascula sur son épaule. Elle éclata en sanglots.

— Comment pouvez-vous me traiter ainsi ? Je croyais que vous m'aimiez...

Ses grands yeux verts étaient emplis de larmes qui roulaient sur ses joues. Elle avait plaidé sa cause toute la soirée, et maintenant sa voix se brisait de fatigue.

— Vous ne me laissez pas le choix, répliqua-t-il en s'éloignant de la maisonnette.

Tenant fermement son précieux fardeau, il marchait aussi vite que possible sur le sentier menant à la plage. Lorsqu'il passa devant le buisson où il avait trébuché quand elle lui avait bandé les yeux pour la première fois, son cœur se serra violemment en songeant aux jours heureux. Mais il se força à continuer sa marche.

— Vous n'avez aucune idée de la dureté du monde, reprit-il. Je ne veux pas que vous en souffriez.

— Comment pouvez-vous dire ça ? cria-t-elle. C'est vous qui êtes dur et méchant ! C'est vous qui me faites souffrir !

Elle lui frappait le dos de ses poings lorsqu'un hennissement aigu la fit s'interrompre.

— Claudius ! s'exclama-t-elle. Qu'est-ce qu'il a ? Est-il blessé ?

— Non. Je l'ai fait monter sur le navire. J'ai pensé que vous aimeriez qu'il vous accompagne.

Ils atteignirent enfin la plage.

Xanthier déposa Alannah dans un canot, puis y pénétra à son tour avant qu'elle ait eu le temps de s'en échapper.

— Réfléchissez avant de chercher à vous enfuir, dit-il. Avec Claudius sur mon bateau, vous resteriez ici sans votre meilleur ami.

— Mais pourquoi me faites-vous ça ? *Pourquoi ?*

Il fit signe à ses marins de pousser l'embarcation et, quelques instants plus tard, ils ramaient vers le navire, laissant rapidement le récif derrière eux.

S'emparant solidement d'Alannah qui se débattait toujours, Xanthier grimpa l'échelle de corde. Une fois sur le pont, il se dirigea vers sa cabine, ferma la porte et lâcha la jeune femme sur le lit.

Elle bondit aussitôt et se rua vers la porte, se guidant à son instinct.

— Arrêtez ! ordonna-t-il en s'interposant. Où croyez-vous aller ? Si vous m'y obligez, je vous attacherai au lit. Calmez-vous et promettez-moi de rester tranquille !

Pour toute réponse, elle se libéra d'une secousse et tenta de nouveau d'ouvrir la porte.

— Petite sotte ! gronda-t-il en la retenant par le bras.

Il la ramena sur le lit, prit l'une des cordes du baldaquin, l'enroula autour du poignet de la jeune femme et la noua au pilier de bois.

— Alannah, déclara-t-il en voyant son visage effrayé, je ne veux pas vous faire de mal. Je veux seulement vous protéger.

— Je ne vous le pardonnerai jamais, répliqua-t-elle avant d'éclater en sanglots.

Impassible, il tourna les talons et sortit de la cabine, refermant avec soin la porte derrière lui.

Xanthier contempla l'île pendant qu'on relevait l'ancre. Des mouettes se laissaient porter par le vent, lui rappelant les papillons blancs du ruisseau et la beauté inouïe de ce petit morceau de terre. Trahir la confiance d'Alannah et abandonner l'île des Chevaux sauvages était ce qu'il lui avait le plus coûté de toute sa vie.

C'était encore plus dur que lorsqu'il avait abandonné sa patrie, plus dur que de couper tous les liens avec sa famille. Car Alannah lui avait apporté davantage qu'il n'aurait cru possible... Mais il avait juré de la protéger, et il tiendrait parole, à n'importe quel prix. Dans deux semaines ils seraient de retour, et plus rien ne s'opposerait à leur bonheur.

Le capitaine Robbins suivit son regard.

— L'emmener de force est-il la meilleure chose à faire, commodore ? demanda-t-il.

— Je n'ai pas le choix. Je dois la protéger. Elle est parfois très imprudente, c'est trop dangereux de la laisser seule ici. D'autant que je m'inquiète aussi pour l'île. Maintenant que nous l'avons découverte, quelqu'un va tôt ou tard en réclamer la propriété. Quand je serai en Écosse, j'ai l'intention de la revendiquer pour elle. Jusque-là, faites jurer aux hommes de se taire. Si quelqu'un parle de l'île – ou d'elle – il aura affaire à moi.

— Commodore, les chevaux valent une fortune et tout le monde ici a vu que vous l'aviez kidnappée ! On ne peut pas demander aux hommes de garder le silence sur des choses pareilles, c'est impossible. Ils vont raconter ce qu'ils ont vu et dire que vous avez enlevé Alannah de force. Cette femme n'appartient à personne, pas plus que cette terre. D'ici peu, quelqu'un va essayer de s'approprier l'une ou l'autre, ou même les deux.

— Je ne le sais que trop ! grommela Xanthier. Pourquoi croyez-vous que j'ai employé une telle méthode ?

Il fit les cent pas sur le pont. Le sang qui lui montait au visage accentuait la marque enflammée de la cicatrice qui lui balafrait la joue. Il paraissait plus menaçant que jamais.

L'équipage n'en menait pas large.

— Où sont les autres navires ? s'enquit-il. Y a-t-il eu d'autres naufrages durant la tempête ?

— Seulement le vôtre, commodore. Les autres vaisseaux vont regagner l'Écosse ce mois-ci. Nous nous sommes séparés pour partir à votre recherche.

Xanthier se forçait à l'écouter, obsédé par Alannah. Il ne supportait pas de la voir si furieuse. Combien de temps encore serait-elle en colère ? Les deux semaines à venir allaient lui sembler bien longues... Pourvu qu'il puisse rapidement réussir ce qu'il avait en tête! Il voulait retourner vivre sur son île enchantée avant que le passé ne puisse les rattraper et les séparer à jamais.

Il ferma les yeux. Même si Alannah le haïssait, il était convaincu que l'emmener en Écosse était la seule chose à faire. Deux semaines seulement, se répétait-il. À la prochaine lune nouvelle, ils reviendraient enfin libres, et pour toujours.

Lorsqu'il entra dans la cabine, Alannah était assise sur le lit, sa chevelure emmêlée dissimulant à demi son visage aux traits tirés.

— Avez-vous enfin accepté la situation? demanda Xanthier.

— Je vous méprise! Vous pensez que vous pouvez me traîner sur l'océan pour satisfaire votre caprice, comme si ce que je désirais n'avait aucune importance! Je ne voulais pas vous croire, quand vous m'avez dit que vous étiez un guerrier brutal et sans cœur. Maintenant, je sais que vous aviez raison. Vous êtes désinvolte, intransigeant et totalement monstrueux! Et dire que je croyais vous aimer...

Xanthier serra les dents.

— Tout ce que je fais, c'est pour vous. Si vous vouliez seulement me faire confiance...

— Plus jamais! Conduisez-moi près de Claudius.

— Je ne veux pas que vous vous promeniez sur le bateau. Vous pourriez trébucher et passer par-dessus bord.

Alannah plissa les yeux et se leva, frémissante de colère.

— Donnez-moi mon bâton et détachez-moi!

— Promettez-moi de ne rien faire de stupide. Nous sommes en plein océan et nous allons très vite.

— Je ne vous promets rien du tout!

— Pour l'amour du Ciel, cessez de résister ainsi, c'est idiot! cria-t-il, exaspéré.

Il vint vers elle et voulut la prendre dans ses bras.

— Ne me touchez pas! hurla-t-elle.

— Et vous, ne criez pas! gronda-t-il en la secouant. Je vous interdis de me repousser. Je ne vous le permettrai pas…

— Alors il est grand temps que vous appreniez à accepter d'être déçu, car je vous résisterai de toutes les fibres de mon corps.

Furieux, il la repoussa contre le pilier du lit et lui écrasa la bouche de ses lèvres. Elle se tortilla pour s'esquiver et lui décocha un coup de pied dans le tibia.

— Arrêtez! hurla-t-elle. Je vous interdis de m'embrasser, vous m'entendez?

— C'est ce qu'on va voir, rétorqua-t-il avant de prendre le visage de la jeune femme dans ses mains.

Il l'embrassa rudement, tentant de dominer sa rébellion. Mais elle le mordit jusqu'au sang.

— Iriez-vous jusqu'à abuser de moi? s'exclama-t-elle avec mépris lorsqu'il s'écarta en étouffant un gémissement. Êtes-vous aussi monstrueux que votre visage?

Xanthier recula comme si elle l'avait brûlé.

— Nous sommes amants! s'écria-t-il, stupéfait. Je n'abuse pas de vous!

— Si! Je ne vous accepte plus. Ne posez plus la main sur moi!

Le corps vibrant de frustration et de désir, le cœur battant à tout rompre, Xanthier tira d'un coup sec sur la corde et libéra la jeune femme.

— Allez-y! Débrouillez-vous! Allez voir votre cheval adoré et bavardez avec les marins! Et tentez de garder l'équilibre dans le roulis… J'ai fait ce que je devais et vous vous montrez ingrate. Vous dites que vous ne me pardonnerez jamais? Eh bien moi, je ne vous pardonnerai pas votre manque de confiance. Bien le bonjour, Alannah!

11

Alannah traversa le pont en vacillant. Difficile de garder l'équilibre sur un sol qui penchait toujours dans une direction différente ! D'une main, elle tenait sa canne devant elle, utilisant l'autre pour explorer l'espace tout autour, à la recherche d'objets sur lesquels s'appuyer. Soudain, elle fut projetée sur le côté et poussa une exclamation effrayée. Elle cligna des yeux, chercha de nouveau son équilibre et reprit sa marche.

Elle n'arriverait à rien en allant au hasard. Il fallait absolument qu'elle se serve de ses sens.

Elle huma le vent, se concentra sur le balancement du bateau et le rythme de la houle. Elle devait apprendre à ne faire qu'un avec son environnement, comme sur l'île. Peu à peu, elle se familiarisa avec le mouvement des vagues et put anticiper le moment où elles s'écrasaient contre la coque ou l'entraînaient dans un creux.

C'était relativement aisé, car elle avait toujours vécu près de l'océan. Il y avait quelque chose d'incroyablement érotique à flotter ainsi sur la mer, comme si le vaisseau dominait l'océan par la seule vertu de sa vitesse. Alannah atteignit le bastingage et offrit son visage au vent, se laissant envelopper d'une caresse grisante.

Bientôt, elle serait en Écosse. Dans ce pays, parce qu'elle était aveugle, tout serait un obstacle et un défi. De plus, c'était une terre qui l'avait rejetée... Des frissons de frayeur la traversèrent, et elle les réprima aussitôt. Elle ignorait ce qu'elle ferait une fois parvenue au rivage, mais elle était décidée à affronter dignement chaque épreuve.

Au bout d'un moment, le capitaine Robbins la rejoignit.

— Vous semblez bien féroce, Alannah! remarqua-t-il. Avez-vous l'intention de combattre les serpents de mer?

— Non, je pense à ce qui m'attend là-bas. Je sais que ce sera difficile.

— Vous êtes très forte. Je sais que vous serez à la hauteur. Ne craignez rien.

— Jamais, murmura-t-elle, jamais je ne montrerai ma peur...

— Il n'y a rien de mal à cela. C'est de ne pas dominer sa peur qui est lâche. Vous devriez peut-être faire part de vos inquiétudes au commodore. Il saura comment vous réconforter.

— Je ne veux pas de son réconfort. J'aime mieux être seule.

Il aurait mieux valu qu'elle ne connaisse jamais la beauté des caresses de Xanthier, ni la douceur de sa compagnie, songea-t-elle. Mais à quoi bon ressasser le passé? Elle avait eu la joie de se réveiller dans ses bras et de sentir son regard sur sa peau. Elle l'avait aimé, et il était impossible d'oublier ce qu'elle avait ressenti.

Alannah leva de nouveau le visage vers le ciel, car en dépit de ses paroles elle avait toujours peur.

— Je voudrais vous demander quelque chose, dit-elle.

— Je vous répondrai avec joie, répliqua le capitaine Robbins d'un ton grave.

— J'aimerais apprendre des choses sur l'Écosse. Comment on se comporte à table, comment on danse, comment se passent les conversations des gens... Je me sens très ignorante.

— Ce sera un honneur de vous mettre au courant.

— J'ai aussi une autre requête... Je me demande si vous pourriez m'aider à en savoir plus sur ma famille.

— Votre famille? Je vous croyais orpheline.

— C'est vrai. On m'a trouvée dans un canot quand je n'étais qu'un nourrisson, mais il y avait un petit sac dans mes vêtements, contenant plusieurs objets. La veille de votre arrivée, nous examinions tout cela avec Xanthier.

J'ai accroché le petit sac à mon cou et il est toujours sous ma robe.

— Êtes-vous certaine de vouloir retrouver votre famille ? Parfois, il vaut mieux ne pas déranger les fantômes.

— J'y ai beaucoup réfléchi. Je me suis demandé qui ils étaient et pourquoi ils m'avaient chassée. Si je suis obligée de revenir en Écosse, c'est peut-être le destin. Je me sens obligée de chercher toutes les informations possibles.

— Je vous aiderai de mon mieux.

— Merci.

Comme le capitaine s'éloignait, Alannah frissonna de nouveau. Parviendrait-elle à retrouver sa famille ? Et que leur dirait-elle alors ? Il était probable que les siens ne seraient pas heureux de la voir, mais au moins elle en aurait le cœur net.

Alannah redressa la tête d'un air fier. Le temps était venu d'affronter l'inconnu.

Un peu plus tard, Xanthier la trouva appuyée contre la stalle de Claudius. Il s'approcha lentement, incertain de l'accueil qu'elle lui ferait. Alannah se raidit, sentant sa présence.

— Que voulez-vous ? s'enquit-elle d'un ton sec.

Aussitôt, la colère le reprit.

— J'ai invité le capitaine Robbins à dîner avec nous et le repas va être servi, dit-il entre ses dents. Je dormirai ensuite avec l'équipage, car je n'ai aucune envie d'être près de vous quand vous vous conduisez d'une façon aussi infantile !

— C'est vous qui agissez en tyran sans me laisser le moindre choix ! Je suis bien aise que vous alliez dormir ailleurs. Si vous restiez, je ne pourrais pas trouver le sommeil.

Il étouffa un juron et s'éloigna, sans voir le geste spontané qu'Alannah esquissait malgré elle pour le retenir.

Le capitaine Robbins hocha la tête d'un air satisfait.

— Vous apprenez vite, Alannah !

— J'ai une excellente mémoire. Grand-mère disait que c'était pour compenser ma cécité.

— Après le dîner, voulez-vous que je vous montre des pas de danse ? Avec votre permission, commodore, naturellement.

Xanthier acquiesça, dépité qu'Alannah ne lui ait pas adressé la parole de toute la soirée. Par contre, elle semblait très à l'aise en compagnie de Robbins !

Une jalousie atroce lui serrait le cœur.

— Oui, j'aimerais beaucoup danser ! s'écria Alannah en souriant au capitaine. Grand-mère m'a appris quelques pas.

— J'ignorais que vous aimiez ça, s'étonna Xanthier, de plus en plus chagriné.

Elle feignit de ne pas l'avoir entendu.

— Parlez-moi encore des réceptions, capitaine !

— Il y a beaucoup de choses à manger et de merveilleuses distractions. Des conteurs ou des acrobates, souvent. Le plus grand événement de l'année aura lieu dans la quinzaine. C'est la fête annuelle du roi.

— En quoi cela consiste-t-il ?

— Des tournois, des joutes, des jeux, des courses, des bals…

— Des courses ? De quelle sorte ?

— Des courses de chevaux, répondit Robbins.

— Vraiment ? Vous m'avez dit que mon étalon pourrait faire des courses.

— En effet. Il est extraordinairement fort et rapide. Mais il ne pourrait pas participer à ce genre de compétition.

— Et pourquoi cela ?

— Il est sauvage. Personne ne pourra le monter.

— Mais moi, si ! s'exclama Alannah en fronçant les sourcils.

Robbins éclata de rire.

— C'est impossible, Alannah ! Vous êtes une femme ! Mais laissons cela et venez danser.

Xanthier fulminait, mais gardait le silence. Si danser pouvait faire plaisir à Alannah et la distraire de sa colère, il était prêt à la laisser faire.

Au bout d'une heure, cependant, il se sentait beaucoup moins conciliant. Il n'avait cessé de boire de la bière et maintenant, légèrement ivre, regarder le corps souple d'Alannah virevolter au son d'une musique imaginaire l'excitait dangereusement. Il finit par se lever et posa les deux mains sur la table avant d'adresser un signe de tête à Robbins.

Ce dernier acquiesça en silence, et termina leur figure de danse avant de s'écarter de sa cavalière. Xanthier prit aussitôt sa place. Alannah tourbillonna, le sourire aux lèvres. Puis elle fit un pas en avant, un en arrière et plongea dans une élégante révérence.

— Capitaine Robbins, s'exclama-t-elle en riant, vous ne dansez plus! N'arrêtez pas encore. Je veux finir cette…

Elle avait tendu la main, s'attendant à trouver celle du capitaine, et rencontra la main puissante de Xanthier. Elle s'immobilisa, méfiante.

— Où est passé le capitaine?

— Aucune importance, déclara-t-il en l'attirant vers lui pour continuer la série de pas.

Elle vacilla, le cœur battant.

— Seriez-vous lâche, Alannah? Peut-être vous est-il difficile de danser avec moi en maintenant la distance que vous souhaitez?

— Pas du tout, protesta-t-elle.

Xanthier s'approcha encore jusqu'à l'effleurer. Elle s'écarta, mais il lui prit la taille et la fit pivoter vers lui.

— Votre corps vous trahit, Alannah. Je sens votre trouble.

— Vous avez trop d'imagination.

— Non, je vous connais bien. Vous tremblez et vous avez rougi. Vous avez envie de moi.

Elle cessa brusquement de danser.

— Si vous étiez un vrai gentleman, vous ne vous conduiriez pas ainsi!

— Très bien. Je m'arrête, mais vous vous trompez si vous croyez que je ne recommencerai pas.

Alannah se taisait. Il avait vu juste, mais elle ne l'avouerait à aucun prix…

Cette nuit-là, elle se tourna et se retourna dans le grand lit, effrayée, angoissée et malade de désir. Elle n'avait jamais dormi ailleurs que sur l'île des Chevaux sauvages et elle avait déjà le mal du pays.

Il était très tard lorsqu'elle sombra enfin dans un sommeil agité.

Au bout de quelques instants, un cauchemar lui arracha un cri. Presque aussitôt, Xanthier fut près d'elle et contempla son beau visage inquiet. Elle avait toujours dormi calmement, auparavant. Jamais il ne l'avait vue aussi torturée dans son sommeil...

Il s'agenouilla près du lit, tout doucement pour ne pas la réveiller, et lui caressa le front. Elle gémit, le souffle rapide comme après une course, et repoussa la couverture d'un coup de pied. Mais Xanthier continua à lui caresser le visage, cherchant à lui offrir l'apaisement qu'elle avait refusé dans la journée.

Elle cessa bientôt de gémir et se tourna vers lui. Il lui lissa les cheveux d'un geste tendre. La toucher le calmait aussi. Elle était tellement belle, tellement unique! Il effleura son front et ses tempes du bout des doigts, heureux de voir qu'elle ne s'agitait plus, que son visage était détendu.

Elle soupira dans son sommeil et blottit sa joue contre la main de Xanthier. Il sourit, ferma les yeux et s'endormit, la tête posée sur le bord du lit.

— Alannah, préparez-vous à descendre dans la cabine! Nous serons à quai dans quelques heures, ordonna Xanthier avant de s'éloigner.

La jeune femme avait continué à lui battre froid durant tout le voyage. Elle refusait de lui parler et n'acceptait ses caresses, la nuit, que lorsque son corps à demi endormi ne pouvait plus lui résister. Au matin, il partait toujours avant qu'elle ne se réveille.

— Que se passera-t-il une fois à terre? demanda-t-elle.
— Je vais m'occuper de mes affaires et nous rentrerons.
— Et que vais-je faire pendant ce temps?

— Vous m'attendrez ici.

Elle pinça les lèvres dans une moue furibonde et se détourna. S'il croyait qu'elle allait rester enfermée dans ce navire pendant qu'il irait se promener, il était aussi naïf que tyrannique !

— Puis-je savoir en quoi consistent vos affaires ? s'enquit-elle.

— Non. Il n'est pas nécessaire que vous le sachiez.

— Je vois.

Il lui en coûterait, de la traiter ainsi ! Elle n'avait pas l'intention de se laisser faire !

Elle écouta le pas de Xanthier s'éloigner mais ne bougea pas. L'air était déjà différent de la pleine mer. Une odeur de terre parvint à ses narines. Claudius trépignait déjà d'impatience. Il avait grand besoin d'exercice, lui aussi !

Xanthier aboya des ordres à son équipage qui manœuvrait pour amener le navire à quai. Alannah descendit finalement dans sa cabine, écoutant le tumulte du port.

Les marins déchargeaient des ballots de marchandises et les entassaient sur des chariots tirés par des bœufs. Le port grouillait d'une foule malpropre, et les odeurs de corps mal lavés et d'ordures qui flottaient sur l'eau montaient par le hublot. Alannah plissa le nez, écœurée.

Sur le pont, Xanthier grimaça lui aussi de dégoût.

— On est bien loin de votre île paradisiaque, n'est-ce pas, commodore ? remarqua Robbins.

— C'est épouvantable ! Capitaine, j'ai à vous parler. Je me donne trois jours pour régler mes affaires. Trouvez où le roi est en résidence d'été, je veux m'y rendre sur-le-champ. Alannah restera sur le bateau. Enfermez-la, pour sa sécurité.

— J'aimerais vous accompagner, sir. Le second peut veiller sur elle.

Xanthier regarda Robbins d'un air surpris.

— Comme vous voudrez.

— Il se peut que votre tâche soit plus difficile que vous ne le pensez, expliqua Robbins. Le roi ne sera pas content d'avoir à se passer de vos services.

— Il le faudra bien, pourtant! Trouvez-moi des chevaux et dix hommes pour veiller sur les prises de ma course. Avec une telle offrande, le roi devrait me donner tout ce que je veux, c'est-à-dire la possession de l'île d'Alannah. Une petite île au large de la côte n'a pas grande valeur pour le roi Malcom. Il sera largement gagnant.

— Et vos autres affaires? demanda Robbins.

— Je les traiterai en privé. Je compte aussi donner une dot à ma fille.

— Avez-vous l'intention de la voir pendant votre séjour?

— Non. Je ne l'ai pas revue depuis sa naissance, et cela ne me manque pas. Je n'ai aucune affection pour elle, mais mon devoir me commande de penser à son avenir.

Robbins vit le visage de Xanthier se crisper tandis qu'il se détournait, comme si le souvenir de sa fille le torturait.

— Et votre frère jumeau? Allez-vous lui dire adieu?

— Je l'ai fait il y a cinq ans. Nous n'avons plus aucune raison de nous parler.

Tout en disant cela, Xanthier était malgré tout submergé d'émotion. Brogan devait penser à lui... Chaque fois que l'un des deux vivait de grands bouleversements, son jumeau percevait l'anxiété de l'autre.

Durant ces derniers mois, ces sensations avaient diminué car Xanthier s'était senti paisible et satisfait. Maintenant que son inquiétude ressurgissait et qu'il rassemblait ses forces pour faire face aux problèmes, leur lien semblait se renouer comme par magie. Brogan devait avoir senti son arrivée.

— Mon frère est heureux avec son épouse Matalia, leur fils Mangan et ma fille, reprit-il. Je serais un intrus, dans leur bonheur. Et maintenant, si vous voulez vraiment m'accompagner, occupez-vous de tout pendant que je vais faire mes adieux à Alannah.

— À vos ordres, commodore.

Après des adieux frustrants, Xanthier était d'une humeur massacrante. Le voyage jusqu'à la petite ville où le roi et la reine résidaient pour l'été avait pris un jour de plus qu'il ne l'escomptait, et la soudaine passivité d'Alannah, lors de son départ, l'avait inquiété. Elle avait même souri d'un air mystérieux quand il s'était retourné sur le seuil de la cabine pour lui jeter un dernier regard…

Xanthier pénétra dans la grande salle du château royal, conscient des petits cris horrifiés qui retentissaient à son passage. Depuis qu'il avait quitté l'île des Chevaux sauvages, il n'avait cessé d'être en butte à ce type de réaction. Ses blessures l'avaient défiguré, partageant son visage en deux parties. Les nobles traits hérités de ses ancêtres, à gauche, laissaient place à une immense balafre qui déformait sa joue droite. Il faisait peur à voir.

Une femme leva les yeux vers lui, gémit et s'effondra sur le sol, évanouie. Sa voisine, au lieu de lui porter secours, gardait le regard rivé sur Xanthier en agitant son éventail, comme hypnotisée.

— C'est bien Xanthier O'Bannon, n'est-ce pas ? murmura-t-elle. Son frère est le comte de Kirkcaldy. J'ai entendu dire que Xanthier est devenu fabuleusement riche… Il paraîtrait même que ses richesses rivalisent avec celles du roi !

— Il a une terrible réputation, renchérit une autre femme en se pressant pour mieux le voir.

Elle gardait les yeux écarquillés et haletait presque.

— Comme son visage est grotesque… Mais il est vraiment fascinant ! Quelle carrure athlétique ! À la mesure de sa réputation, je crois, non ?

— Tout à fait… chuchota la première des dames. Cependant, on ne peut en parler entre gens bien élevés. Sa vie est une succession d'horreurs… Le pire, c'est la mort soudaine de sa femme, Isadora de Dunhaven. Elle est tombée des tours de Kirkcaldy alors que les deux frères se disputaient le pouvoir. De plus, la fille de Xanthier, Isabelle, est maintenant élevée par Brogan et son épouse Matalia. Il paraît que Xanthier n'a plus aucun contact avec son enfant. Il l'a complètement abandonnée.

De telles rumeurs étaient chuchotées de bouche à oreille tandis que Xanthier s'avançait dans la foule, si bien que le niveau sonore de l'assemblée augmenta sensiblement. Le roi Malcom leva les yeux, curieux de voir qui avait engendré un tel intérêt.

— Margaret, murmura-t-il en se penchant vers la reine, il semble que le frère O'Bannon soit revenu.

La reine Margaret sourit en caressant la grosse croix d'or qu'elle portait en pendentif.

— Fort bien. On le disait naufragé en mer, ces derniers mois. Je suis heureuse qu'il n'ait pas perdu son butin.

— Oui, il est temps de remplir nos coffres, surtout avec les festivités qui commencent dans trois semaines… Je vais faire quérir son frère, ajouta le roi. Cette famille souffre depuis trop longtemps de ses querelles, et cela affecte l'équilibre du pouvoir dans notre pays.

Margaret se tourna vers son mari.

— C'est peut-être le bon moment, en effet. Ils sont brouillés depuis trop longtemps et Xanthier a des obligations qu'il néglige.

Malcom acquiesça, très satisfait de sa princesse anglaise. Les croyances catholiques de son épouse entraient souvent en conflit avec celles de l'Église celte, mais elle était totalement dévouée à son conjoint, et il ne regrettait pas de l'avoir choisie après qu'elle eut été exilée en Écosse. Lui aussi avait connu l'exil, mais en Angleterre. Par conséquent, les deux monarques se comprenaient parfaitement.

Xanthier approcha des trônes royaux.

— Majestés, murmura-t-il en s'inclinant.

— Lord Xanthier, nous sommes contents de vous voir. Cela fait bien longtemps… Certains croyaient que vous aviez péri en mer, en même temps que mon vaisseau.

— Comme vous le voyez, Majesté, j'ai survécu et je vais bien. Mes bâtiments sont rassemblés au port, remplis de trésors. Un collier d'or serti de rubis plairait-il à la reine ?

— Un tel cadeau serait fort apprécié, admit Margaret avec un sourire approbateur.

Le roi Malcom se pencha vers Xanthier.

— Dans une semaine, nous recevrons dans notre appartement. Vous souhaitez sans doute requérir une audience ?

— Je pensais parler tout de suite à Votre Majesté, répliqua Xanthier.

— Nous ne serions guère favorables à toute requête avant une semaine, lança le roi d'un ton glacial.

Xanthier acquiesça et recula. Malgré sa hâte d'en finir avec les formalités, il devait faire preuve de patience.

Même s'il se sentait coupable en pensant à Alannah, enfermée dans la cabine du bateau...

Il serra les dents en se frayant de nouveau un passage parmi la foule au côté du capitaine Robbins. Les femmes reculaient d'un air effrayé en tenant leurs jupes serrées contre elle, et les hommes posaient discrètement la main sur la poignée de leurs épées. L'atmosphère hostile exacerbait son humeur déjà fort irritée, surtout lorsqu'une dame fit un commentaire désobligeant.

— Je vois que la méchanceté de lord Xanthier éclate sur son visage. Un visage aussi défiguré ne peut être que l'œuvre du châtiment de Dieu. On dirait un monstre.

Xanthier se figea, puis se tourna vers l'effrontée.

— Lady Catherine de Dunhaven, dit-il en reconnaissant la silhouette replète de son ex-belle-mère.

— Vous devriez avoir honte de vous montrer ici, répliqua lady Catherine d'un ton hargneux. Après ce que vous avez fait à ma douce enfant...

Sa voix se perdit dans un murmure devant l'expression féroce de Xanthier.

— Je ne dirai pas de mal des morts, madame, grondat-il, et je ne dirai donc rien sur Isadora. Mais n'oubliez pas que j'ai peu de scrupules et que je suis capable de changer d'avis si vous persistez à vouloir parler d'elle.

— Eh bien! s'exclama lady Catherine, indignée. Comme vous pouvez être déplaisant! Je ne vous ai jamais aimé, et je n'ai permis à ma fille de vous épouser que parce qu'elle était tombée amoureuse de vous.

— Votre fille, madame, était tombée amoureuse du titre de comtesse.

— Parlons-en ! Vous n'avez même pas su garder votre couronne de comte ! Isadora est morte en disgrâce à cause de vous.

Xanthier plissa les yeux de colère, se retenant de saisir son interlocutrice pour la forcer à s'asseoir sur une chaise et entendre la vérité sur sa fille. Mais il avait tourné cette page maudite et n'avait aucune envie d'en reparler.

— Je vois de qui Isadora tenait son caractère, grommela-t-il en se détournant. Partons d'ici, capitaine Robbins. Cette salle commence à empester !

Le capitaine s'inclina brièvement devant les gens qui les entouraient. La stupeur et la fascination se lisaient sur leurs visages, et il se dit que Xanthier ferait bien de les éviter autant que possible durant la semaine à venir.

— La salle de jeu... murmura-t-il en désignant une porte sur le côté.

Les femmes n'avaient pas accès à cette salle réservée aux hommes, et le capitaine espérait que Xanthier y serait mieux reçu. Il s'aperçut de son erreur en voyant quatre ou cinq hommes se lever à leur entrée, le regard rivé sur Xanthier.

— C'est une gageure de voyager avec vous, remarqua Robbins.

— Vous n'êtes pas obligé de rester, répliqua Xanthier. Comme vous le constatez, on ne m'aime guère sur ma terre natale...

— On ne vous aime nulle part, je suis navré de vous le dire. C'est la même chose en France, en Angleterre ou en mer. Il semble que je sois le seul imbécile à ne pas avoir compris ce qu'on vous reproche.

— C'est curieux, en effet, dit Xanthier avec une grimace d'amertume. Vous paraissez pourtant très intelligent. Je ne comprends pas pourquoi vous persistez à m'accompagner.

Le capitaine le regarda, conscient de la douleur profonde qui se cachait sous ces propos ironiques.

— Vous m'avez sauvé la vie, lord Xanthier. Et c'était à un moment où vous aviez tous les droits de me tuer.

— De quoi parlez-vous ?

— Il y a plusieurs années, j'étais un ivrogne doublé d'un imbécile. Je vous ai attaqué un soir, pour de l'argent. Vous m'avez remis sur le droit chemin. Je me souviendrai toujours de l'éclat du couteau dont vous m'avez menacé…

Il se rappelait aussi l'éclat d'acier des yeux gris de Xanthier.

— Je ne m'en souviens pas. J'ai eu tant d'assaillants…

— J'étais sûr que vous alliez me tuer. Mais vous n'en avez rien fait. Au contraire, vous m'avez porté jusqu'à une auberge où vous m'avez mis au lit pour que je dessoûle. Vous m'avez dit de trouver un sens à ma vie.

— J'ai fait ça, vraiment ? murmura Xanthier, surpris.

— Le matin, j'ai décidé que c'était vous qui aviez raison. J'avais pris l'habitude de boire pour mettre du piment dans une existence ennuyeuse. Or vous aviez une vie passionnante. Vos grands voyages et vos nombreuses aventures m'intriguaient. J'ai attendu quelques jours, puis je suis allé demander du travail sur votre vaisseau.

— Oui, je m'en souviens. Vous m'avez dit que vous n'aviez pas d'expérience mais que vous étiez prêt à travailler dur. Et c'est ce que vous avez fait, Robbins. Vous avez vite appris et vous êtes vite monté en grade. Vous m'avez impressionné. Il est rare qu'un homme devienne capitaine en si peu de temps.

Robbins éclata de rire.

— Je ne le serais jamais devenu si vous n'aviez pas capturé tant de navires ! Vous aviez un besoin désespéré d'hommes d'équipage.

— Oui, c'est en partie vrai. Mais vous vous êtes bien débrouillé et je suis content de vous.

— Il semble que je sois l'une des rares personnes à vous satisfaire. Assurément, personne à la cour ne vous montre de l'amitié.

— Il y a une autre personne, Robbins, qui me satisfait pleinement.

Le capitaine hocha la tête.

— Nous allons bientôt regagner le navire, commodore.

— J'aimerais déjà y être, grommela Xanthier avant de s'avancer dans la salle de jeu.

Il jeta un regard noir à l'un des hommes qui le regardaient et posa la main sur son épée.

— Vous avez quelque chose à dire ? gronda-t-il.

L'homme se leva, écarlate.

— Votre réputation vous a précédé, commodore, marmonna-t-il. Je n'ai aucune envie de tâter de votre épée.

Xanthier était un guerrier redouté et les années d'exil qu'il s'était imposées en mer avaient affiné encore son maniement de l'épée. L'homme recula prudemment, puis tourna les talons et quitta promptement la pièce.

Un homme aux cheveux d'un roux sombre se leva alors et s'avança.

— Mon vieil ami ! J'avais pourtant entendu dire que vous aviez disparu en mer.

Xanthier le fusilla du regard.

— Ne m'appelez jamais votre ami, Kurgan. Nous étions des alliés sur le champ de bataille, ce qui n'a rien à voir avec l'amitié.

Une rage sourde l'animait et il serra les poings pour se retenir d'étrangler Kurgan.

— Comme vous voudrez, répliqua ce dernier. Mais avec vos nouvelles cicatrices, j'aurais pensé que vous seriez reconnaissant aux quelques personnes qui sont encore capables de se tenir près de vous.

— Je ne vous ai jamais aimé, gronda Xanthier. Et je vous suggère de rester aussi loin de moi que possible.

Kurgan plissa ses yeux verts et le toisa. La jalousie le dévorait. À chaque bataille, ils avaient été en concurrence, et le plus souvent c'était Xanthier qui gagnait. Kurgan avait été excessivement content lorsqu'il avait appris la mort de Xanthier, et sa déception en le voyant bien vivant n'en était que plus vive. Mais il était fort versé dans les manières de la cour et cacha sans peine son animosité, s'inclinant en un salut cérémonieux.

— Pour ma part, j'ai l'intention de ne pas vous lâcher. Vous êtes revenu pour une raison précise, et je la découvrirai. Ensuite, vous pouvez vous attendre à me voir intervenir.

Il lui décocha un sourire froid, puis quitta la pièce d'un pas nonchalant.

Xanthier le regarda sortir, dégoûté de lui-même. Parmi toutes les personnes qu'il n'aurait pas dû provoquer, Kurgan était le pire. Il tourna un regard de braise vers ceux qui auraient pu entendre leur conversation.

Certains s'inclinèrent légèrement d'un air respectueux, d'autres sortirent. Lorsqu'il fut clair que plus personne ne le menacerait, il lâcha la poignée de son épée.

— Eh bien, capitaine Robbins, vous venez de voir à quel point mon propre pays me chérit.

— Je m'étais attendu à une certaine froideur.

Xanthier eut un rire désabusé et désigna une table vide devant laquelle ils s'installèrent. On leur servit des chopes de bière. Il but une longue gorgée et sentit ses inquiétudes se dissiper. Puis il essuya la mousse de sa bouche et fixa le mur derrière le capitaine Robbins. Des souvenirs lui traversaient l'esprit. Il se rappelait le jus de baies que faisait Alannah, et son visage rieur quand elle lui avait montré comment trouver les baies les plus mûres et les plus parfumées. Au lieu de s'inquiéter de l'hostilité de la cour, de lady Catherine ou de la multitude d'ennemis qu'il s'était faits au fil des ans, il pensait à l'amour qu'Alannah lui avait donné si librement...

Comme il avait hâte de la rejoindre et de regagner son île ! Mais il fallait attendre encore une semaine avant de pouvoir parler aux monarques.

Une semaine qui lui semblait une éternité.

12

Alannah l'attendit pendant huit jours, mais au bout du neuvième sa colère avait laissé place à une ferme résolution. Xanthier avait juré de la protéger et, au lieu de cela, il l'avait enfermée sur le bateau car il avait honte de montrer une infirme. Ce n'était pas la première fois qu'on la rejetait. Sa propre famille l'avait abandonnée sur un frêle esquif, la confiant à l'océan. Puis Grand-mère l'avait élevée loin du monde, même lorsque les visites de Gondin auraient permis à l'enfant de retourner sur le continent.

Et maintenant, Xanthier la laissait ici parce qu'il la jugeait inapte à la vie du monde extérieur.

Assise dans l'étroite cabine, assaillie de solitude, elle perdait espoir. Il l'avait quittée ! Tous ses mots d'amour ne signifiaient rien... Il s'était servi d'elle et l'avait mise à l'écart. Exactement comme elle l'avait craint, il était retourné dans son monde et l'avait complètement oubliée.

Mais elle n'avait pas l'intention de rester confinée plus longtemps. Elle allait s'enfuir, connaître enfin une autre terre que l'île des Chevaux sauvages, rencontrer d'autres personnes. De plus, elle voulait retrouver sa famille. Elle ne laisserait personne, pas même Xanthier, disposer de sa vie à cause de sa cécité.

Quand le soleil se coucha, elle rassembla ses affaires. Elle emportait le sachet de velours, une couverture et son bâton. Et alors que le ciel se zébrait d'orange et de pourpre, elle posa l'oreille contre la porte pour écouter. Aucun son... Apparemment, la voie était libre ! Elle leva doucement la clenche et ouvrit la porte.

À présent, elle devait se laisser guider par ses sens. Le bateau craquait doucement, heurtant parfois le quai. Au bout du couloir montaient des odeurs qui ne pouvaient tromper, ainsi que des bruits entrechoqués. On préparait le dîner… Alannah reconnut les voix du cuisinier, du second et de deux marins.

Maniant son bâton, elle longea le couloir et posa sa main libre contre l'écoutille. Elle sentait la vibration de centaines d'autres paumes qui s'étaient posées elles aussi sur le bois, comme si leur énergie s'était communiquée au bateau. Elle retint son souffle, songeant à Xanthier. Une onde de désir et de nostalgie s'empara d'elle, la laissant un instant indécise. Devait-elle l'attendre encore ?

Sa rêverie fut interrompue par le hennissement de Claudius. Alannah soupira. Il fallait partir. Elle n'allait pas rester là à attendre Xanthier comme une brebis dans son enclos, obéissant sans broncher aux ordres de son maître !

Elle ouvrit l'écoutille de quelques centimètres, puis la poussa encore et se faufila au-dehors. Là, elle s'arrêta, s'efforçant de découvrir son environnement avec ses sens. Elle était seule. Claudius hennit de nouveau, et Alannah se déplaça rapidement vers sa stalle, une énorme boîte close rivée au pont par des boulons.

— Claudius, chuchota-t-elle. Ne fais pas de bruit ! Ce soir nous allons mettre pied à terre…

Elle ouvrit la clenche à tâtons, puis s'écarta. L'étalon blanc bondit et fila sur le pont, puis s'arrêta brusquement devant le bastingage à l'autre bout du bateau. À l'intérieur, les hommes se turent, alertés par les bruits de sabots. Le second cria quelque chose, et la jeune femme sentit son cœur tressaillir de peur dans sa poitrine.

— Claudius ! dit-elle en s'avançant maladroitement vers le cheval.

Il pivota et revint vers elle. Ses sabots glissaient sur la surface lisse du pont, et Alannah dut s'accrocher à sa crinière pour se hisser sur son dos. Il se cabra aussitôt en hennissant. Elle se pencha en avant pour ne pas tomber.

— Du calme ! ordonna-t-elle.

L'étalon secoua la tête, rejetant sa crinière de tous côtés. Il piétinait le sol et agitait sa queue, mais ne protestait plus. Alannah le fit alors tourner face au quai. À cet instant, l'écoutille fut repoussée et les marins sortirent d'un seul élan.

— Revenez! cria le second en courant vers eux.

Effrayé, l'étalon fit un bond en avant.

— Vous allez vous écraser sur le bastingage!

Alannah s'accrochait au dos de Claudius et pressait les jambes autour de lui. La peur la faisait frissonner et elle sentait les muscles tendus de l'étalon. Elle n'hésita plus.

— Saute! murmura-t-elle. Saute, Claudius!

L'étalon bondit sur la passerelle et atterrit sur le quai dans un fracas de sabots. Il vacilla un instant, cherchant son équilibre.

Sur le quai, des cris retentirent. L'étalon hennit, se redressa et fila droit devant lui, effrayé.

Il s'élança dans les rues étroites du village, sautant au-dessus des petits obstacles. Alannah le tenait de toutes ses forces, priant avec ferveur pour que les yeux du cheval les guident dans ce territoire inconnu.

Claudius glissait sur les pavés inégaux, galopant comme un fou sans savoir où il allait, n'écoutant que son instinct, fuyant la geôle du bateau. Apercevant enfin une route qui menait hors de la ville, il tourna à droite pour la rejoindre.

Alannah sentit l'étalon vaciller en changeant brusquement de direction. Loin derrière eux, les marins donnaient l'alerte.

— Plus vite, Claudius! dit-elle en donnant un coup de pied dans les flancs de sa monture. Plus vite!

L'étalon tendait le cou vers la liberté, lancé dans un fabuleux galop. Au bout de dix minutes, ils atteignirent une forêt. Soudain, dans un tournant, l'animal poussa un hennissement de peur, planta ses pattes avant dans le gravier et dérapa. Un enfant hurla de terreur à quelques centimètres des sabots du cheval.

— Claudius! cria Alannah en serrant frénétiquement son cou. Arrête-toi tout de suite!

Elle sentait le mouvement des sabots dans l'air, comme si Claudius ne savait pas comment éviter l'enfant, qui hurla de nouveau. L'étalon fit un brusque mouvement sur le côté et Alannah glissa dangereusement sur son flanc.

— Au secours! gémit-elle, s'accrochant de tous ses muscles à sa monture.

Ses sens étaient en tumulte et elle ne parvenait pas à s'orienter. L'étalon tomba sur le sol tandis que l'enfant continuait à hurler.

Alannah sentait qu'elle lâchait prise. Une seconde plus tard, une douleur vive lui traversa la tête et résonna dans tout son corps.

Elle ouvrit la bouche pour respirer, mais le souffle lui manquait. Son cœur battait très fort et elle ne sentait plus ses jambes. Elle tenta de rouler sur le côté.

Impossible...

Elle ne pouvait plus bouger! Une souffrance atroce l'envahissait, comme si des milliers d'aiguilles lui perçaient la chair. Le choc de sa chute la paralysait de la tête aux pieds.

Elle ouvrit ses yeux aveugles, offrant son regard mort au ciel du crépuscule. À cet instant une main d'enfant lui caressa le visage, douce et légère, presque timide.

13

Isabelle se pencha sur la belle femme étendue sur la route. Le grand étalon blanc avait manqué la piétiner mais la femme avait réussi à le repousser, sans selle ni bride. D'ordinaire, seul son cousin adoré parvenait à impressionner la fillette. Mais là, elle était médusée.

Aujourd'hui, c'était son cinquième anniversaire. C'était justement à cause de cela qu'elle avait conduit son poney hors du domaine familial, seule et sans prévenir personne. Elle détestait les interminables banquets. Et puis, à quoi cela rimait-il de fêter son anniversaire sans son père ni sa mère ?

Imprudente comme à son habitude, elle avait chuté de son poney en pleine forêt et s'était fait très mal à la cheville. Lorsque l'étalon avait surgi à toute allure dans le tournant, elle avait bien cru qu'elle allait mourir. Mais non ! Le cheval était tombé pour l'éviter, et sa cavalière aussi.

Celle-ci respirait difficilement, les yeux clos. Elle devait avoir très mal, se dit Isabelle en lui caressant timidement la joue. L'étalon s'était remis debout et venait plaquer ses naseaux contre sa maîtresse, comme pour l'inciter à se relever...

Alannah percevait les divers signes annonçant la nuit autour d'elle. Les insectes s'étaient tus et un air froid envahissait la vallée. Elle sentait que Claudius et l'enfant la regardaient.

Millimètre par millimètre, elle bougea les orteils et s'étira. Au bout d'un moment, la douleur s'atténua. Son corps se détendait enfin... Lentement, veillant à ne pas réveiller la douleur par quelque mouvement brusque, elle se mit à quatre pattes et rampa jusqu'au bord de la route.

Le cheval et l'enfant la suivirent.

Alannah tâtonna autour d'elle à la recherche de son bâton, ne trouvant que des brindilles et du gravier. Une vague de désespoir l'envahit. Elle se sentait tellement impuissante ! Et puis elle avait peur, perdue et blessée sur cette route inconnue...

— Vous cherchez quelque chose ? demanda l'enfant.

Alannah se tourna vers elle.

— Ma canne. J'en ai besoin.

— Elle est sur votre gauche, répliqua Isabelle en regardant la femme d'un air intrigué. Vous ne la voyez pas ?

Alannah étendit la main, sentit son bâton et le serra, soulagée. Puis elle se leva en grimaçant.

— Non, répondit-elle. Je ne vois rien. Je suis aveugle.

— Ah ! s'exclama Isabelle, perplexe. Je n'ai jamais rencontré d'aveugle.

— Moi non plus, dit Alannah en souriant.

Isabelle éclata de rire.

— Je m'appelle Alannah.

— Moi, c'est Isabelle.

— Ravie de te rencontrer, Isabelle. J'ai l'impression que tu es blessée. Tu bouges difficilement...

La fillette jeta un regard dépité sur sa cheville.

— Je suis tombée de mon poney et je me suis tordu la cheville.

— Où est ton poney, à présent ?

— Il s'est enfui.

— Et comment vas-tu rentrer chez toi ?

— Je sais pas, répliqua la fillette en haussant les épaules.

Alannah pencha la tête de côté, percevant une grande insécurité dans sa voix. La fillette semblait farouche et solitaire... Nul doute qu'elle se sentait abandonnée, elle aussi. Elle lui faisait penser à une agnelle qui aurait voulu agir comme une tigresse.

— Si tu me montres le chemin, je te ramènerai, dit Alannah.

Une heure plus tard, chevauchant toutes deux Claudius, elles atteignaient le sommet d'une colline qui dominait une large vallée. Isabelle la décrivit à Alannah.

— Notre château est à droite. Autour il y a un grand mur de pierre avec des tours à l'intérieur. La tour de gauche est plus grande parce que, quand le grand-père de mon oncle l'a construite, ils n'ont pas pu niveler le sol. Je l'aime bien.

— Si elle est aussi belle que ton âme, ce doit être une tour bien agréable.

Isabelle éclata de rire.

— Personne n'a jamais dit que mon âme était belle ! Au contraire, on dit que je suis un démon et que je n'arrête pas de faire des bêtises.

— C'est ce que tu veux que l'on pense de toi, n'est-ce pas ?

Isabelle regarda sa nouvelle amie par-dessus son épaule. Décidément, la femme aveugle ne ressemblait à aucune des grandes personnes qu'elle connaissait.

— Vous voulez entrer dans le château avec moi ? Je vous présenterai à mon oncle et à ma tante.

— Eh bien, je... je ne sais pas...

— Mais si, venez ! Il fait presque nuit. Vous m'avez aidée, et maintenant c'est mon tour. Et puis votre cheval doit avoir faim.

Alannah songea au jour où elle avait trouvé Xanthier sur la plage et l'avait recueilli. Les larmes lui montèrent aux yeux. Il lui manquait tellement !

— Entendu, dit-elle.

— Chic !

Comme elles se mettaient en route, un groupe à cheval surgit soudain du portail du château et galopa vers elles.

Penaude, Isabelle baissa la tête.

— Mon poney a dû rentrer, gémit-elle. C'est sûrement mon oncle et ses hommes ! Je vais me faire gronder...

— Ne crains rien. Ils doivent être soulagés de t'avoir retrouvée. Allons les rejoindre !

Alannah pénétra dans le hall du château d'un pas lent mais ferme, guidée par Isabelle, balançant doucement son bâton devant elle. Des échos de pas et de voix, le tintement d'ustensiles et de plats, le froufrou de robes, tout cela formait une immense masse mouvante autour d'elle. Le château avait une odeur puissante, celle de nombreux corps rassemblés dans un même espace. On cuisait du pain dans les cuisines, on marchait non loin sur de la paille sèche... Même l'air était différent. Il était frais – comme lorsqu'on passe sous un arbre très grand – mais immobile, comme figé.

En dépit de l'étrangeté du château, Alannah se sentait à l'aise. Les odeurs, les bruits et les mouvements autour d'elle parlaient d'un autre monde qui l'emplissait de curiosité. Des serviteurs, des soldats, des petits seigneurs et des dames s'arrêtaient pour la regarder passer. Sa riche chevelure auburn suscitait l'envie de nombreuses femmes. Qui était cette dame au port de reine ? se demandait-on. À l'évidence elle était aveugle, et pourtant elle se servait de sa canne non comme une infirme, mais comme une déesse de l'Antiquité.

Un murmure d'admiration s'éleva pendant qu'elle s'avançait vers la comtesse Matalia et le comte de Kirkcaldy, laird Brogan O'Bannon. Toujours guidée par Isabelle, Alannah monta les marches de l'estrade qui soutenait leur table.

Le comte se tourna vers l'assemblée.

— Mes amis, laissez-moi vous présenter Mlle Alannah, qui vient d'un pays au-delà de la mer. Il me serait agréable que tout le monde lui souhaite la bienvenue. Elle a trouvé notre Isabelle et l'a ramenée saine et sauve à la maison. Nous avons une dette envers elle.

Un chœur de saluts répondit, et un petit garçon accourut vers Isabelle.

— Ma cousine ! dit-il en la tirant par la main. Pourquoi tu boites ?

— Je suis tombée de mon poney, mais j'ai rencontré une dame magique. Mademoiselle Alannah, je vous présente mon cousin Mangan.

— Très honorée, dit Alannah en s'inclinant vers le garçon.

Puis elle tendit la main et lui caressa les cheveux. Cet enfant rayonnait de force et de bonheur, songea-t-elle.

— Il faut que tu prennes soin de ta petite cousine. Elle a besoin de toi.

— Oui, mademoiselle. Je sais.

— Filez, les enfants ! dit Matalia en souriant. Je vais conduire Mlle Alannah à sa chambre.

Comme les enfants sortaient en gambadant, Matalia prit le bras d'Alannah et l'entraîna vers l'escalier.

— Il doit vous tarder de vous rafraîchir et de vous reposer. Veuillez excuser les enfants, ils sont excités comme des puces. Nous parlerons demain. Je vous remercie encore une fois de ce que vous avez fait pour Isabelle. Cette enfant est si difficile à contrôler… Et pourtant, nous l'adorons.

Alannah se força à sourire. Tout son corps était endolori et la fatigue lui faisait tourner la tête. Sa canne rebondissait sur les marches au fur et à mesure qu'elle montait. Cet escalier ne semblait jamais finir !

— Est-ce encore loin ? demanda-t-elle.

— Il reste environ trente marches jusqu'au palier. Pourrez-vous les monter ?

— Bien sûr, répliqua Alannah en tentant d'ignorer les battements de son cœur.

Elle n'avait jamais eu le vertige. Depuis toujours, elle avait grimpé les collines, les falaises, les arbres. Mais elle évoluait maintenant dans une structure construite par les hommes et elle ne comprenait pas sa nature.

Enfin, elles arrivèrent à l'étage. Matalia la conduisit dans une petite chambre où un bon feu flambait dans la cheminée. Un plateau de nourriture l'attendait sur une table.

— Avez-vous besoin d'aide ?

— Non, merci. Vous êtes très aimable.

Mille pensées la tourmentaient, et elle préférait rester seule. Que penserait Xanthier de sa fuite lorsqu'il l'apprendrait ? Partirait-il à sa recherche ?

— C'est bien normal, dit Matalia. Reposez-vous ! Nous nous verrons demain matin.

Alannah lui adressa un sourire reconnaissant.

Aussitôt la porte refermée sur son hôtesse, elle explora la pièce, tâtonnant pour trouver le lit, la table, les chaises, les malles et la fenêtre. Désormais, elle saurait se mouvoir dans cet espace, soigneusement mémorisé.

Ensuite, rassurée, elle dîna légèrement et se laissa tomber sur le matelas moelleux. Parviendrait-elle à dormir, dans ce lieu inconnu ? Sa vie avait tellement changé en l'espace de quelques jours. Elle avait perdu sa liberté, puis l'avait retrouvée... Mais pour combien de temps ? Et qu'en ferait-elle ?

Elle soupira, se tourna sur le côté et sombra dans un sommeil profond, peuplé de rêves où Xanthier chevauchait un destrier en criant son nom. Au loin, les vagues de l'océan couvraient sa voix, l'étouffaient, l'emportaient...

14

Xanthier brandit son épée alors que le soleil se levait sur le château royal. Furieux d'être l'otage du roi alors qu'Alannah l'attendait, il ne songeait qu'à une chose : se libérer de l'énorme frustration qui l'accablait.

Le capitaine Robbins recula, faisant tout de suite parade, mais Xanthier avançait toujours, le visage grimaçant de rage.

— Faites attention! cria le capitaine en bondissant en arrière.

— Tenez votre épée, tonnerre! Je n'ai donc pas d'adversaire à ma mesure? Qui veut se battre, ici? demanda-t-il en interrogeant du regard les hommes qui les entouraient.

Tous eurent un mouvement de recul. Aucun n'avait envie d'affronter O'Bannon, surtout dans son humeur actuelle!

Xanthier repoussa son ami une nouvelle fois et pressa son épée sur son torse.

— Commodore, je vous rappelle que je ne suis pour rien dans vos problèmes, lança Robbins.

— Bon sang! grogna Xanthier en rabaissant son épée d'un geste rageur. Cela me rend fou d'attendre ainsi!

— Vous avez audience aujourd'hui. Un peu de patience...

— Le roi va probablement l'annuler, comme les deux fois précédentes.

— Je vous conseille tout de même de faire un brin de toilette. La reine Margaret n'apprécierait guère votre odeur de fauve!

Xanthier gronda dans sa barbe et s'éloigna à grands pas vers la chambre qu'il occupait au château. Chaque jour passé dans ce lieu augmentait son désir d'en partir. Ah, fuir ces gens, ces odeurs, le chaos qui régnait dans la ville! Retourner à la solitude et à la tranquillité de l'île, avec Alannah…

Que pensait-elle de son absence prolongée? Comment supportait-elle la vie sur le vaisseau? Où étaient les chevaux, les prairies, les papillons blancs?

Tout en ôtant ses vêtements trempés de sueur pour une brève toilette, Xanthier songeait à la jeune femme. Il ne lui avait jamais parlé d'amour. Toutes les fois qu'ils avaient dormi ensemble ou s'étaient tenu la main sous la brise marine, il ne lui avait jamais dit qu'il l'aimait.

Soudain, il se jura que dès l'instant où elle serait de nouveau dans ses bras, il lui avouerait ses sentiments.

Il faisait grand jour quand il s'engagea dans le couloir menant aux appartements du roi et de la reine. Il frappa en soupirant, s'attendant à un énième refus. Mais, à sa grande surprise, la porte s'ouvrit en grand.

— Commodore O'Bannon, dit le valet en livrée. Leurs Majestés sont enclines à vous recevoir.

Xanthier s'avança aussitôt et s'inclina devant les souverains.

— Nous avons entendu beaucoup de rumeurs, Xanthier O'Bannon. Est-il vrai que vous voulez abandonner la mission que je vous ai confiée?

— Oui, Votre Majesté. Je désire m'installer.

— Et où souhaitez-vous vous installer? questionna la reine.

— Dans une île au large de la côte, Majesté. Je voudrais vous en demander les titres de propriété.

— A-t-elle de la valeur?

— Seulement pour moi. Elle est petite et la terre ne peut être exploitée.

La reine regarda son mari d'un air interrogateur.

— La fête annuelle va débuter bientôt, déclara le roi. Il nous sied de réfléchir à cette question. Nous vous ferons part de notre décision après les festivités.

— Majesté, fit Xanthier d'un ton furieux, je me permets d'insister. J'attends depuis des semaines ! J'implore votre décision immédiate. J'ai une autre affaire très importante qu'il faudrait...

— Nous sommes conscients de votre désir de hâter les choses, commodore, interrompit le roi. Mais il y a d'autres éléments à prendre en compte. Votre frère, le comte, se fait du souci pour vous. Votre fille Isabelle grandit. Nous ne savons rien de l'île dont vous parlez, et nous devons conférer à ce sujet. De plus, vos campagnes en mer nous sont d'un grand secours. Nous répugnons à vous voir abandonner ce poste.

— J'ai toujours été votre sujet loyal, Majesté ! Je vous supplie d'entendre ma requête.

— Nous l'entendons, nous l'entendons... Nous apprécions vos efforts et nous allons réfléchir à tout cela. En attendant notre décision, veuillez participer aux festivités.

Un valet surgit au côté de Xanthier et l'invita du regard à le suivre.

Xanthier avait du mal à contrôler sa rage. Il fonça parmi la foule qui grouillait dans la grande salle, ignorant les cris indignés des dames qu'il bousculait sans ménagement.

Soudain, un marin le retint par le bras.

— Commodore, commença-t-il d'une voix hésitante, il faut que je vous dise quelque chose...

Kurgan vit Xanthier pâlir tandis qu'un marin lui parlait à l'oreille. Puis Xanthier sortit de la pièce à grands pas. Il se passait quelque chose, assurément, songea Kurgan, ravi. Il tenait peut-être le moyen d'écraser son ennemi !

Un ennemi qui avait osé le défier, lui, le seigneur du Serpent ! Sous sa cape noire, il portait la tunique brodée à l'insigne de son clan. Son oncle Lothian, célèbre pour ses meurtres et ses pillages, lui avait appris à s'emparer de ce qu'il voulait sans se préoccuper des conséquences.

Il était son héritier. Et il avait une vengeance à accomplir...

Il se leva. La présence de Xanthier à la cour était semblable à une plaie ouverte sur son flanc. Il devait la refermer, coûte que coûte. Or découvrir la raison du désarroi de Xanthier l'y aiderait, il en avait la certitude.

Il décida donc de suivre le marin pour savoir ce qui se passait.

Le même jour, longtemps après le lever du soleil, Alannah rejoignit Brogan et Matalia pour le petit déjeuner. L'immense table dressée tenait quasiment la moitié de la pièce, mais les trois convives étaient tous assis à l'une des extrémités.

— Que pouvons-nous faire pour vous, en gage de notre reconnaissance ? demanda Matalia en portant sa tasse à ses lèvres.

— Il y a une chose qui me tient à cœur, dit Alannah sans hésiter. J'aimerais savoir qui était ma mère et pourquoi elle m'a abandonnée. M'y aiderez-vous ?

— De notre mieux. Mais que savez-vous sur vos origines ?

— On m'a placée dans une barque alors que je n'étais qu'un nourrisson, avec plusieurs objets dans un petit sachet. Grand-mère les a conservés pour moi.

— Que contenait-il ?

— Une lettre, une clé et un collier. Et aussi des pièces d'or.

— Puis-je voir cette lettre ?

— Oui. Je l'ai sur moi... répondit Alannah en lui tendant un morceau de papier usé et à demi calciné. Elle a failli brûler, récemment, et je crains qu'il n'en manque un bout. J'espère que c'est lisible, ajouta-t-elle en retenant son souffle.

— Mon Dieu ! Tant de mots ont disparu ! Je ne sais pas...

— Fais-moi voir, intervint Brogan.

Il plissa les yeux et lut à haute voix.

À qui trouvera cette lettre,
Je vous en prie... ma fille chérie... ne peux protéger... Ma vie a été une terrible... je veux... l'épargner... Prenez les pièces... dites-lui... Ma famille à Clarauch... soyez prudent !

— Clarauch ? répéta Matalia. C'est un petit village de l'autre côté des collines, au carrefour entre trois domaines. Il a passé entre les mains de plusieurs seigneurs, selon les affrontements de clans. Mais le village a été abandonné il y a plus de quinze ans après avoir été brûlé lors d'un raid.

— En effet, renchérit Brogan. L'histoire de cette zone a été riche en violence, mais il reste de nombreux paysans dans les environs.

— Dans ce cas, quelqu'un pourrait peut-être nous renseigner.

— Matalia, la lettre se termine par une exhortation à la prudence. Je ne pense pas qu'il soit sage de courir à Clarauch pour annoncer que nous cherchons la famille d'Alannah. Il doit exister une bonne raison pour placer un nourrisson dans une barque destinée à dériver en mer. Une raison extrême. La lettre nous indique que celle qui l'a écrite a eu une vie tragique. Nous devons nous montrer très prudents, ma chère.

Les deux époux échangèrent un regard, et Matalia acquiesça.

— Nous allons envoyer quelqu'un poser discrètement des questions, dit-elle.

— Oui, cela me paraît plus sage, approuva Brogan.

— Nous n'aurons pas de réponse avant un bon moment. Or nous devons partir dans la semaine pour rejoindre la cour. Le roi et la reine donnent leur fête annuelle. Nous nous demandions si vous aimeriez nous accompagner, Alannah.

— Je ne connais rien à ces fêtes, protesta celle-ci. J'en ai seulement entendu parler.

— Il y aura beaucoup de joutes, des jeux d'argent et des bals. Mais le principal événement sera la grande course.

— Une course de chevaux ? s'enquit Alannah.

— C'est le plus grand événement de la fête ! s'exclama Matalia avec enthousiasme. Le roi donne toujours au vainqueur une récompense extravagante. Chaque fois, c'est quelque chose de nouveau. Une année, c'était un rubis de la taille de votre poignet.

— Une autre fois, il a donné un titre de noblesse, ajouta Brogan. Pour les cadets des grandes familles, les écuyers ambitieux et les seigneurs sans le sou, c'est l'occasion de changer leur destinée.

— À t'entendre, on dirait une œuvre de charité ! protesta Matalia en riant. Ce n'est pourtant pas donné à tout le monde de gagner. La course est très difficile. Les chevaux s'entraînent un an à l'avance.

— Mais tout le monde peut y participer, insista Brogan. Cela donne à tous l'occasion de conquérir une fortune qui leur resterait inaccessible en temps normal.

— J'ai toujours un cheval engagé dans la course, expliqua fièrement Matalia. Et il y a deux ans, c'est lui qui a gagné. Votre étalon blanc est exceptionnel. Quel dommage qu'il soit si sauvage… S'il pouvait supporter une selle et une bride, un cavalier expérimenté pourrait sûrement le mener à la victoire !

— Je vous remercie de votre invitation, dit Alannah. Mais je suis aveugle… Je ne devrais peut-être pas aller dans un endroit où il y a tant de monde.

— Balivernes ! s'exclama Brogan. Vous serez sous notre protection. Et croyez-moi, personne n'osera s'en prendre à vous. Vous avez sauvé la vie de notre nièce. En ce qui nous concerne, vous faites partie de la famille.

Alannah retrouva le sourire.

— Dans ce cas, j'aimerais vous accompagner et faire l'expérience de cette course dont vous parlez avec tant de passion.

Brogan et Matalia sourirent à leur tour d'un air satisfait. Puis Brogan se leva brusquement et Alannah se tourna vers lui, intriguée. Il paraissait bien nerveux, tout à coup ! Il murmura un bref au revoir et sortit.

Une fois dehors, il s'élança à grands pas dans les champs qui faisaient face aux Highlands. Xanthier avait des ennuis, il le sentait au plus profond de son être. Les deux hommes étaient reliés par un lien invisible que rien ne trancherait jamais, et pourtant ils ne pouvaient rester dans la même pièce sans tirer leurs épées pour se battre. Brogan baissa la tête. Si seulement la douleur de leur enfance pouvait disparaître... Brogan avait rencontré Matalia, et leur amour lui avait permis de surmonter les peines du passé. Xanthier n'avait pas eu cette chance. Il avait dû lutter sous le joug du devoir et dans les chaînes d'un mariage sans amour. Et maintenant, son sort empirait. Brogan sentait clairement une menace peser sur lui. Mais de quelle nature ? Il l'ignorait, hélas.

Dans la grande salle, Matalia se pencha pour poser la main sur celle d'Alannah.

— Quelque chose vous inquiète, n'est-ce pas ? demanda-t-elle.

Alannah se détourna sans répondre.

— Alannah, que s'est-il passé avant que vous arriviez ici ?

— Je... J'ai été enlevée... par un homme.

— Il vous a fait du mal ?

— Non. Oui. Enfin, d'une certaine façon. Je me suis enfuie parce qu'il me retenait contre mon gré.

— De qui s'agit-il ? Je vais lui envoyer mon mari et nous le punirons sévèrement.

Alannah se leva, en proie à une subite agitation. Malgré sa rancune, elle ne voulait pas qu'on fasse le moindre mal à Xanthier !

— Il ne m'a jamais dit son nom, murmura-t-elle.

Elle ne mentait pas tout à fait, d'ailleurs. Elle connaissait son prénom, mais il ne lui avait jamais dit son nom de famille ni d'où il venait exactement. Tout cela pour qu'elle reste à sa merci, sans nul doute !

Plusieurs jours plus tard, ravagé par le chagrin, Xanthier regardait son navire depuis une hauteur dominant le port. Comment Alannah avait-elle pu lui faire ça ? Pourquoi l'avait-elle quitté ? Quel crime avait-il commis pour qu'elle ait préféré s'enfuir dans un pays hostile ?

Il ferma les yeux, laissant son cheval courber la tête d'épuisement sans pour autant songer à mettre pied à terre. Les souvenirs l'assaillaient et, pour une fois, il ne les rejeta pas. L'image d'Alannah l'apaisait. Il l'imaginait devant lui, contre lui… Il se rappelait l'écume de l'océan et l'odeur du sable mouillé lorsqu'ils galopaient le long de la côte de l'île.

Il prit une inspiration profonde, respirant l'odeur des cheveux d'Alannah, de sa peau, de la sueur qui perlait à son front…

Ouvrant soudain les yeux, il hurla dans le vent, laissant libre cours à son regret, criant son désir de la revoir. Elle lui manquait tellement ! Où était-elle, à présent ? Pensait-elle à lui ? Était-elle en train de sourire ? de pleurer ? Les larmes lui montèrent aux yeux et il les essuya d'un geste rageur. Elle était la magie qui illuminait le monde comme un candélabre étincelant de millions de chandelles. Et elle l'avait laissé dans les ténèbres. Qu'avait-il fait pour mériter cela ?

Au bout de quelques instants, il parvint enfin à maîtriser son émotion et se tourna vers son compagnon.

— Robbins, dit-il d'un ton brusque, rassemblez des hommes et partez à sa recherche ! Mais soyez prudent. Certaines choses la concernant ne doivent pas être révélées. À présent, je dois retourner auprès du roi… Bon sang ! ajouta-t-il en se détournant. Je ne me suis jamais senti aussi impuissant. Retrouvez-la, je vous en prie !

— Je rassemble les hommes sur-le-champ.

— Si le roi ne me donne pas de réponse avant la fin des festivités, je ne resterai pas à la cour, dussé-je passer outre ses ordres.

— Et une fois que nous aurons retrouvé Alannah ?

— Nous reprendrons la mer sans attendre.

— C'est bien ce que je pensais. Je vais faire envoyer l'un de nos vaisseaux dans un petit port, au nord. Il y attendra vos instructions.

— Assurez-vous que ce bâtiment soit prêt à lever l'ancre d'un instant à l'autre. Si je pars sans la permission du roi, je devrai me dépêcher.

De nouveau, il fit une pause avant d'ajouter :

— J'ai besoin d'elle, Robbins. Je ne peux imaginer de vivre sans elle. Et je prie pour qu'elle soit saine et sauve.

— Nous la retrouverons, commodore, promit Robbins, implorant silencieusement le Ciel de veiller aussi sur Xanthier.

15

Alannah gardait les mains crispées sur la bride. Claudius, qu'elle montait en amazone, n'appréciait guère son harnachement. Elle-même détestait cette position inconfortable que les O'Bannon avaient exigé qu'elle apprenne. D'après eux, une femme ne pouvait monter à cheval autrement.

Elle soupira et se concentra sur la multitude de sensations qui la sollicitaient. Il y avait tellement d'odeurs dans l'air, tellement de sons nouveaux ! Tout la fascinait. Elle était sûre, à présent, d'avoir eu raison de s'échapper du bateau. La douleur que Xanthier lui avait causée lui labourait toujours le cœur, mais au moins elle était libre. Et la promesse de nouvelles expériences la faisait vibrer de joie.

Chevauchant au côté de Brogan O'Bannon, sur la route qui menait à la résidence royale, Alannah avait l'impression de vivre l'une des nombreuses légendes que Grand-mère lui racontait autrefois. La famille de Brogan ainsi que les domestiques formaient un convoi de plusieurs voitures derrière eux.

Plusieurs personnes les dépassèrent et Alannah entendit leurs saluts cordiaux. Apparemment, les O'Bannon étaient très aimés. La plupart de ces voyageurs parlaient de la course à venir, puis se taisaient quelques secondes. On aurait dit qu'ils s'étonnaient de quelque chose, songea Alannah.

— Quelle impudence ! grommela Brogan après qu'une autre personne eut dévisagé la jeune femme d'un regard incrédule. On croirait qu'Alannah a des cornes sur la tête et qu'elle est vêtue de peaux de bêtes. Ce n'est tout de même pas un phénomène de foire !

Alannah rougit et Matalia fusilla son mari du regard.

— Ne prêtez pas attention à ses propos, Alannah, dit-elle. Il est nerveux à l'idée de rejoindre la cour. Il est vrai que c'est un univers à part... À ce propos, il vous faut des robes dignes de la circonstance. J'ai fait demander une couturière pour vous.

— C'est inutile, je vous remercie. Ma robe me convient très bien.

— Grand Dieu, Alannah ! Vous ne vous rendez pas compte ! Pour monter à cheval à la campagne, vous pouvez porter ce que bon vous semble, mais à la cour il faut être vêtu selon des règles bien précises. Maintenant, laissez-moi réfléchir, voulez-vous ? Je dois composer votre garde-robe.

Elle se renfonça dans le siège de son carrosse et ferma le rideau, laissant Brogan et Alannah continuer à trotter devant elle sur leurs montures.

Brogan soupira.

— Mon épouse a raison. Aller à la cour me met très mal à l'aise. Je déteste parader comme un paon dans mes plus beaux atours. Je pense que c'est son sang exotique qui rend Matalia si heureuse de se pomponner.

— Est-ce qu'elle est belle ? demanda Alannah.

— Ravissante.

— Peut-être est-ce un peu par jalousie que vous n'aimez pas la cour ?

Brogan grommela dans sa barbe.

— Vous avez sans doute raison. Je n'aime pas la partager, avec quiconque.

— Vous êtes très amoureux l'un de l'autre, n'est-ce pas ?

— Elle est toute ma vie. Un jour, vous aussi vous trouverez quelqu'un à aimer, j'en suis certain.

Alannah secoua tristement la tête.

— Je ne crois pas.

Brogan lui jeta un regard intrigué.

— Vous avez déjà eu une peine de cœur ?

Comme elle gardait le silence, il insista :

— Comment est-ce possible, Alannah ? Je croyais que vous avez toujours vécu seule avec une vieille femme que vous appeliez Grand-mère. Aurais-je mal compris ?

— Non, c'est bien la vérité. Mais il y a quelque temps, un homme est venu sur l'île. Il est resté quelques mois... Enfin, c'est fini, tout cela. Et en vérité, je ne crois pas être faite pour l'amour. Tout comme je peux vivre sans voir, je peux apprendre à vivre sans amour. J'y arriverai, vous savez...

Brogan détourna les yeux pour regarder Matalia, qui passait la tête par la fenêtre. Soudain, il songea que rien ne pourrait lui arriver de pire que de perdre son épouse.

Il pressa fraternellement l'épaule d'Alannah. Elle méritait de trouver la paix de l'âme, elle aussi.

— Nous verrons, dit-il avec douceur. Je pense que la cour sera l'endroit idéal pour vous changer les idées. Avec tous les gens qui viennent à la fête royale, peut-être même trouverez-vous un homme qui vous comprenne. En attendant, amusez-vous avec des robes et des parfums, comme Matalia.

— Brogan ! s'exclama celle-ci d'un ton de réprimande. Tu ne m'écoutes pas ! Nous devons nous concentrer sur les détails pour présenter Alannah au roi et à la reine.

— Vraiment, Matalia, cela n'est pas nécessaire, protesta Alannah. Je serai très heureuse de les voir seulement de loin, je vous assure.

— Il n'en est pas question ! Vous nous accompagnerez tout le temps. Avez-vous entendu parler de la reine Margaret ? Elle est anglaise et a vécu ici en exil avant que notre roi ne l'épouse. Elle est très pieuse et charitable.

— Ah ? fit Alannah en levant la tête pour mieux sentir les parfums de la campagne environnante.

Pendant que Matalia et Brogan décrivaient la dévote reine Margaret et les changements qu'elle encourageait, Alannah laissa son esprit vagabonder, songeant aux personnes qui se rendaient à la cour. Était-il possible que Xanthier vienne aussi ?

Elle baissa la tête, le cœur en tumulte. Elle était tellement en colère contre lui, tellement blessée... et pourtant elle tremblait de désir à l'idée qu'il puisse être à cette fête.

Elle se redressa, chassant ces pensées importunes. Elle avait d'autres préoccupations, maintenant. Il fallait qu'elle retrouve sa famille.

Mais, en dépit de ses efforts, une idée la tenaillait. Si Xanthier avait vraiment eu des sentiments pour elle, il aurait tout fait pour la retrouver. Or apparemment, il ne la faisait pas rechercher. Il fallait bien se rendre à l'évidence : il avait cessé de s'intéresser à elle.

Alannah soupira, cherchant à refouler son chagrin tout en caressant Claudius. C'était un véritable ami, lui... Il ne l'abandonnerait jamais.

Ils atteignirent la ville alors que le crépuscule obscurcissait déjà les rues. Des lumières dansaient çà et là aux fenêtres, et les sabots des chevaux résonnaient avec fracas sur les pavés.

— Ce soir, nous coucherons dans une taverne, expliqua Matalia. Les monarques n'apprécieraient pas que nous arrivions tard à la cour. Il vaut mieux attendre demain pour nous installer au château et leur présenter nos respects.

Alannah sourit, amusée d'entendre la nervosité dans sa voix.

— Ils ne sont tout de même pas aussi effrayants, murmura-t-elle.

Matalia la regarda d'un air grave.

— Alannah, il faut que vous compreniez ! Le roi et la reine sont très puissants. Si vous faites quelque chose qui leur déplaît, ils peuvent vous emprisonner, vous dépouiller de tous vos biens et même vous condamner à mort.

— Mais c'est affreux ! Comment deux êtres humains peuvent-ils avoir tant de pouvoir ?

— C'est ainsi. Me promettez-vous d'être prudente ?

— Je vous le promets, répondit Alannah, davantage pour rassurer Matalia que parce qu'elle comprenait la situation.

Décidément, les mœurs de la civilisation étaient bien curieuses !

Une fois parvenus à la taverne, Brogan s'entretint avec l'aubergiste pendant que tout le monde mettait pied à terre et se dégourdissait les jambes.

— Le tavernier va placer un homme dans la grange toute la nuit pour protéger les chevaux, expliqua-t-il en revenant vers les siens.

— Bien, dit Matalia. Je dormirai mieux si je sais qu'on veille sur eux. Il y a des gens qui feraient n'importe quoi dans cette ville ! Même faire du mal à un cheval.

Alannah n'en croyait pas ses oreilles.

— Pourquoi ferait-on du mal à un cheval ? s'étonna-t-elle. Ils sont si gentils.

— Je sais que cela a l'air horrible, mais cela arrive, malheureusement. Ne craignez rien, votre étalon sera aussi bien gardé que les autres. N'est-ce pas, Brogan ?

Ce dernier sourit et glissa le bras autour de la taille de sa femme.

— Tes désirs sont des ordres, ma chérie. Je veux que tu sois heureuse... chuchota-t-il.

Matalia leva les yeux et lui sourit avec tendresse.

— Je serai toujours heureuse tant que je serai mariée avec toi, murmura-t-elle.

Brogan la serra contre lui avant de se tourner vers Alannah.

— Vous plairait-il de voir... euh... c'est-à-dire...

— Je serais bien aise de *voir* l'écurie, répliqua Alannah en riant, heureuse de laisser les amoureux en tête à tête.

Balançant sa canne devant elle, elle fit quelques pas vers la grange. Mais son sourire mourut sur ses lèvres en songeant que Xanthier avait sculpté ce bâton pour elle. Comme tout cela lui semblait loin, à présent ! Loin et douloureux...

Elle repoussa fermement le souvenir de celui qui l'avait trahie, se guidant au son des sabots des chevaux tout en balançant adroitement son bâton devant elle. Dès qu'elle sentit la terre battue sous ses pieds, elle sut qu'elle était sur le seuil. Elle localisa la porte, puis pénétra à l'intérieur.

Le reste de la suite des O'Bannon s'installait dans les chambres de la taverne lorsque deux hommes arrivèrent dans la cour. Le plus grand avait les yeux gris.

Les hommes d'armes du comte le saluèrent et s'écartèrent d'un air respectueux. Puis l'un d'eux donna un coup de coude dans les côtes de son voisin.

— Tu sais qui c'est ? demanda-t-il.

— Bien sûr. C'est le jumeau de M. le comte, Xanthier, qui a laissé Kirkcaldy à son frère. Et celui qui l'accompagne, c'est Robbins, l'un de ses capitaines.

— Qu'est-ce qu'il a eu au visage, selon toi, le commodore ? M'est avis qu'avec ces cicatrices, il va cesser de plaire aux dames !

— Ben, tant mieux ! Ça laisse plus de chances aux autres !

Les deux soldats éclatèrent de rire, mais se calmèrent brusquement en voyant Xanthier les observer d'un air furieux. Ils s'inclinèrent poliment.

— Qu'y a-t-il de si amusant, messieurs ? demanda Xanthier en s'avançant vers eux.

Il revenait du château royal et avait consommé plusieurs chopes de bière, répandant autour de lui une forte odeur d'alcool. Les deux soldats n'en menaient pas large.

Sobre, Xanthier était un homme dangereux. Une fois qu'il avait bu, on pouvait craindre le pire...

Brogan se retourna en reconnaissant la voix de son frère.

— Xanthier ! J'ignorais que tu étais ici.

— Je n'ai aucun désir de rester, rassure-toi, répliqua son frère en lui jetant un regard noir.

Les jumeaux échangèrent un bref signe de tête en guise de salut, comme s'ils reconnaissaient tacitement leur mutuelle animosité.

— Si tu veux dîner avec nous, proposa Brogan en reculant, Isabelle serait contente de te voir.

— Non. Ne lui dis pas que je suis ici. Je ne veux pas la voir.

Il pivota et fit signe à Robbins de le suivre. Ensemble, ils quittèrent la cour pour pénétrer dans la taverne, sans remarquer l'expression de stupeur qui se peignait sur le visage de la petite fille debout derrière Brogan.

Une fois dans la salle commune, Xanthier se laissa tomber sur une chaise et regarda la pièce d'un air morose, songeant à Alannah. Il était de plus en plus furieux d'être obligé de rester à la cour au lieu de partir à sa recherche, car les investigations de ses hommes n'avaient abouti à rien.

Si elle était morte, il l'aurait su... Donc, elle devait être quelque part. Dans un lieu où elle n'aurait pas dû être, puisque c'était loin de lui.

Il tapa du poing sur la table. Bon sang! Elle aurait dû l'attendre sur le bateau pendant qu'il s'occupait de tout. Et maintenant, il devait aussi supporter la présence de Brogan!

Il ferma les yeux, conscient de déraisonner. Elle lui manquait tellement, et il se sentait tellement impuissant... Chaque seconde qui passait le rendait encore plus frustré, et il se défoulait en se répandant en invectives contre des inconnus.

Lorsqu'il entendit la voix d'Alannah et le léger sifflement de son bâton dans l'air, il enfouit la tête dans ses mains. Ses souvenirs devenaient plus puissants que la réalité! songea-t-il. Il lui semblait qu'elle était entrée dans l'auberge et montait l'escalier. Il pouvait même sentir son odeur. Perdait-il l'esprit? Il entendait ses pas et le léger bruit de son bâton sur les marches.

Et puis, soudain, le bruit se tut, et il se retrouva plus seul que jamais.

Alannah s'arrêta dans le hall, tous les sens en éveil. C'était incroyable, elle sentait la présence de Xanthier... Rêvait-elle? Tout ce qu'elle entendait, c'était le brouhaha de voix d'hommes et le bruit des gobelets sur les tables de bois. Elle s'avança afin de mieux écouter, mais Brogan arriva à cet instant et la prit par le coude pour l'entraîner vers l'escalier.

— Par ici, il faut éviter la grande salle. Les hommes ne se contrôlent plus quand ils ont bu quelques verres. Et il y a des gens que nous devons éviter.

Il regarda par-dessus l'épaule d'Alannah et vit Xanthier affalé sur la table, la tête dans les mains. Déjà ivre, sans doute, songea-t-il. Il guida donc la jeune femme au pied de l'escalier, où Matalia les attendait.

— Je vous fais monter votre dîner, mesdames, promit-il.

Matalia le remercia et précéda Alannah sur les marches, prenant soin de ne pas gêner la jeune femme qui agitait son bâton devant elle.

Une vieille couturière les attendait dans la chambre d'Alannah.

— M. le comte m'a envoyé chercher, milady, dit la vieille femme en faisant une brève révérence.

— Parfait! répliqua Matalia. Mon amie va rencontrer la reine, et je veux qu'elle ait la tenue qui convient.

La couturière dévisagea Alannah d'un air stupéfait.

— Par tous les saints! murmura-t-elle. C'est le portrait craché de…

Elle s'interrompit, consciente que Matalia lui jetait un regard irrité.

— Comment osez-vous la dévisager ainsi! grondat-elle. Auriez-vous peur pour vos gages? Vous serez payée comme si c'était pour moi.

La couturière secoua la tête avec véhémence.

— C'est pas qu'elle soit aveugle qui m'a surprise, milady. C'est qu'elle soit si belle.

Matalia se radoucit aussitôt.

— Vous trouverez une robe dans la malle. Je pense qu'il vous sera facile de la modifier pour elle. Si vous avez des questions, faites-moi appeler, je serai dans la chambre voisine.

Matalia s'approcha d'Alannah pour lui parler à l'oreille.

— Vous serez à l'aise avec elle ? Voulez-vous que je reste avec vous ?

— Non, merci. Elle semble très gentille, ne vous inquiétez pas.

Une fois Matalia sortie, Alannah s'approcha de la couturière.

— Comment vous appelez-vous ? demanda-t-elle.

— Effie. Et vous, mademoiselle ? Comment dois-je vous appeler ?

— Alannah.

— Vous êtes de la famille de M. le comte ?

— Non, une amie, simplement. Pouvons-nous commencer ? Lady Matalia pense qu'il est urgent de me vêtir comme les dames de la cour.

Effie n'en revenait pas. Cette jeune aveugle semblait la jumelle de Zarina... ou plutôt sa fille. Non, elle devait se tromper. Zarina était vieille et le bébé avait disparu il y avait bien longtemps. Et pourtant, les deux femmes se ressemblaient comme deux gouttes d'eau. Était-ce une simple coïncidence ?

— Voilà, dit-elle en dégageant la robe du papier de soie qui la protégeait. Si vous voulez bien la passer, mademoiselle Alannah...

Elle aida la jeune femme à se dévêtir avant d'enfiler la robe, puis recula et évalua le travail à faire.

— Elle est un peu large à la taille et sans doute trop courte. À la taille, ce sera facile ; pour le reste... hum, voyons, marmonna-t-elle en manipulant le vêtement avant de s'emparer de ses épingles. Il va falloir que j'ajoute un peu de tissu ici et que j'en tire un peu là...

Elle commença ses retouches, envahie par un flot de pensées. Décidément, Alannah était en tout point semblable à Zarina ! La même silhouette, la même couleur de peau et de cheveux, les mêmes yeux, la même façon de marcher...

Il fallait absolument qu'elle se renseigne. Le vieillard qui vivait toujours à Clarauch saurait ce qui s'était exactement passé avec l'enfant. Ce soir, elle enverrait son fils le questionner.

Effie s'agenouilla et tira sur l'ourlet.

— Cette partie-là va me demander beaucoup de travail. Y a-t-il d'autres robes à faire pour vous, mademoiselle ?

Alannah haussa les épaules. La question ne l'intéressait guère.

— Nous verrons. Si c'est nécessaire, je vous en commanderai d'autres.

Effie l'aida à se déshabiller.

— Bien, mademoiselle. Je ferai de mon mieux.

Alannah remit sa vieille robe et se tourna vers la couturière.

— Lady Matalia a dit qu'elle vous paierait, n'est-ce pas ?

— Oui, mademoiselle.

— Je veux payer mes vêtements. Me laisserez-vous faire ?

— Pour sûr, mademoiselle ! Je ne m'occupe pas de qui me paye, dans la mesure où je reçois mon salaire.

Alannah fouilla dans sa poche et en retira une des pièces d'or prises dans le sachet de velours.

— Alors voilà de quoi me rendre présentable, dit-elle.

— Oh ! s'exclama Effie. Mais il y a de quoi payer au moins vingt robes, mademoiselle Alannah ! Vous êtes sûre de vouloir me donner autant d'argent ?

— Je veux tout savoir de la vie à la cour. Je veux tout apprendre. Si m'habiller comme les autres femmes doit m'aider dans mon entreprise, alors je le ferai.

— Dans ce cas, vous pouvez compter sur moi, mademoiselle.

Alannah sourit.

— Merci, Effie. Merci beaucoup.

Effie la dévisagea de nouveau, frappée par la beauté de son sourire. C'était bien le sourire de Zarina ! Cette fois, elle n'avait pratiquement plus de doutes.

Mais Effie avait survécu jusqu'à l'âge de cinquante ans parce qu'elle savait se taire, et elle continuerait à rester prudente. Si Mlle Alannah ne connaissait pas son identité, ce n'était pas à elle de la renseigner sans peser toutes les conséquences d'une telle révélation.

Xanthier regardait sans les voir les murs de la taverne. Il était possédé ! L'absence d'Alannah l'obsédait au point de le faire délirer.

Il avait eu tort de l'emmener en Écosse. Il avait souhaité la protéger, le temps de revendiquer la propriété de l'île, mais jamais il n'avait voulu lui faire connaître ce monde plein d'intrigues et de trahisons. De plus, elle ne serait à l'abri que sur l'île, loin de ceux qui connaissaient sa véritable identité.

En s'enfuyant, Alannah avait mis fin à son rêve. Elle avait abandonné la sécurité qu'il lui garantissait, préférant les dangers d'un avenir inconnu. Peut-être ne voulait-elle pas de lui, tout simplement. Peut-être avait-elle pris en horreur son terrible passé et les cicatrices qui le défiguraient.

À la cour, les femmes reculaient devant lui en serrant leurs jupes autour d'elles, comme au passage d'un monstre. Et Catherine de Dunhaven l'avait pratiquement accusé de meurtre devant le roi et la reine. Le pire était qu'elle avait sans doute raison. Même si ce n'était pas à cause de lui qu'Isadora était tombée de la tour des remparts, il n'avait eu guère de remords lorsqu'il avait ramassé son corps brisé.

Les hommes se montraient tout aussi hostiles, et la plupart auraient été contents de lui enfoncer leur épée dans le cœur. Une belle âme comme Alannah méritait mieux, non ?

À cet instant, un homme heurta accidentellement le bras de Xanthier et renversa de la bière sur sa veste. Brutalement arraché à ses souvenirs, Xanthier se leva en rugissant et lança son poing dans le visage du malheureux, lui brisant le nez. L'homme tomba à genoux et se cacha derrière un client, qui reçut à sa place un autre coup de Xanthier.

En quelques secondes, une bagarre éclata. Des hommes s'écrasaient sur les meubles et donnaient des coups de poing à tout ce qui bougeait, si bien que la serveuse s'enfuit en hurlant.

Son cri résonna étrangement dans la tête de Xanthier et il s'arrêta net. Il avait souvent entendu crier sur les champs de bataille, mais maintenant il pensait à ce qu'Alannah éprouverait si c'était elle qui était blessée. Il recula.

Un soldat qui avait pris plusieurs mauvais coups saisit cette opportunité pour lui envoyer son poing sous le menton. Xanthier vacilla.

Alannah! appela-t-il intérieurement. Où êtes-vous? Je ne veux plus me battre. Revenez!

Ravi de voir qu'il ne se défendait pas, le soldat prit une chaise et l'abattit sur le crâne de son adversaire. Cette fois, le commodore s'écroula au milieu d'éclats de bois. L'image de sa bien-aimée se dissipa complètement et il sombra dans une obscurité totale, où tout bruit avait cessé, comme par magie...

16

Le lendemain matin, l'homme que Matalia et Brogan avaient envoyé à Clarauch se présenta à la taverne et fit appeler ses maîtres. Ceux-ci demandèrent aussitôt qu'Alannah les rejoigne dans la salle commune de la taverne.

— Il y a plusieurs années, expliqua le domestique lorsqu'ils furent tous réunis, une femme est venue à Clarauch en cherchant à retrouver son enfant. Elle n'a pas dit son nom et apparemment, elle voulait rester anonyme.

— Personne ne la connaissait ? demanda Alannah. Comment était-elle ? Où vit-elle ?

Le domestique secoua la tête.

— Je l'ignore. Mais il est clair que cette femme avait peur. Je crois qu'il est important de continuer à rester discrets.

Alannah fronça les sourcils, frustrée.

— Il n'y a rien d'autre ? insista-t-elle.

— Si, il y a autre chose, mademoiselle Alannah. Ce n'est pas directement lié à votre famille, mais je pense que c'est une piste.

— Oui ?

— J'ai rencontré quelqu'un qui a entendu parler d'un bébé disparu, quand lui-même était enfant. Il attend dehors. Puis-je le faire entrer ?

Alannah acquiesça, saisissant la main de Matalia. Le domestique sortit et revint un instant plus tard accompagné d'un homme vêtu aux couleurs du roi.

— Venez vous reposer et manger avec nous, lui dit Brogan. Nous avons hâte d'écouter ce que vous avez à dire. Vous êtes un garde du roi, n'est-ce pas ?

— Oui, j'ai l'honneur de servir le roi Malcom avec mon épée. Bien le bonjour, laird O'Bannon, lady Matalia...

L'homme s'inclina devant Alannah puis rougit, gêné, lorsqu'elle ne réagit pas à son salut.

Matalia s'avança.

— Mlle Alannah est rentrée depuis peu en Écosse. Elle aussi est très intéressée par ce que vous avez à dire. Comme vous pouvez le constater, elle est aveugle, et il faut lui parler pour communiquer avec elle.

Alannah fit la brève révérence que Matalia lui avait appris à faire. L'homme la dévisagea, surpris par sa beauté et sa grâce. Ses yeux étaient d'un vert sombre et lumineux, semblables aux feuilles des arbres la nuit. Quelle tristesse qu'ils ne puissent voir ! songea-t-il.

Brogan lui fit signe de s'asseoir, et tous s'installèrent sur les bancs entourant la cheminée.

— Comment vous appelez-vous ? demanda Alannah.

— Gondilyn, pour vous servir.

Alannah se figea, cherchant vainement à dissimuler son excitation.

— Et votre père ? Comment s'appelait-il ?

— Gondin.

— Faisait-il des voyages en mer, parfois ?

— Oui, mademoiselle. Ce n'était qu'un marchand, mais il prenait la mer tous les trois ou cinq ans.

— Vit-il encore ?

— Hélas non, répliqua Gondilyn. Il nous a quittés il y a cinq ans. Vous le connaissiez ?

— Oui, murmura Alannah. Je vivais sur une île et...

— C'était vous ! s'exclama Gondilyn en se jetant aux pieds de la jeune femme. Vous êtes l'enfant dont mon père nous parlait. Vous viviez avec Mlle Anne ! Grand Dieu ! Comment êtes-vous arrivée jusqu'ici ?

— Vous avez entendu parler de moi ? répliqua Alannah, l'esprit en tumulte. Vous êtes vraiment le fils de Gondin ?

— Oui, et j'ai tellement voulu venir vous voir ! Père parlait souvent de vous. Mais il est mort en mer et n'a jamais laissé de carte, ni d'indications pour vous retrouver. Me pardonnez-vous ? Où est Mlle Anne ?

— J'imagine que celle que vous appelez ainsi était celle que j'appelais Grand-mère, murmura Alannah, les larmes aux yeux. Elle s'est éteinte il y a un an. Elle me manque beaucoup.

— Je prends part à votre chagrin, mademoiselle Alannah. Je suis vraiment désolé de ne pas avoir pu vous rendre visite. Le bateau de mon père a coulé il y a si longtemps que j'avais perdu l'espoir de vous voir un jour. Je me faisais du souci pour vous.

— Si votre père était marchand, intervint Matalia, comment se fait-il que vous soyez devenu soldat ?

Gondilyn secoua tristement la tête.

— Je suis un très mauvais commerçant et un très bon combattant. Je n'ai jamais pu faire du troc comme mon pauvre père. C'était son idée que je vienne à la cour et me trouve une place qui conviendrait à mes possibilités.

— Et Grand-mère ? demanda Alannah. Savez-vous quelque chose sur elle ? Ou sur moi ?

— Tout ce que je sais sur vous, c'est qu'on vous a mise dans une barque quand vous n'étiez qu'un bébé, et que c'est mon père qui vous a trouvée en pleine mer. Mais je connais l'histoire de Mlle Anne, car c'était le grand amour de mon père. Voyez-vous, mademoiselle Alannah, c'était ma mère.

Longtemps après que Matalia et Brogan furent remontés dans leur chambre, Alannah et Gondilyn parlaient encore de Mlle Anne et de Gondin.

— Ils ne pouvaient se marier à cause de la différence de leurs positions dans la société, expliqua Gondilyn. Mon père a été obligé d'en épouser une autre, et Anne est restée célibataire. Mais leur amour était plus fort que tout. Un lien profond les unissait, même s'il n'était pas sanctifié par l'Église.

— Grand-mère l'aimait profondément et elle attendait ses visites avec impatience. Lorsqu'il n'est plus venu, elle en a été très attristée.

— Mon père m'a dit combien il était heureux d'aller la voir, chaque fois...

— Comment se fait-il qu'elle soit votre mère ?

— Ils se voyaient en secret. Malheureusement pour Anne, un enfant est né de leur union illicite. C'était moi... Gondin m'a amené chez lui, en disant à sa femme que j'avais été abandonné. Il m'a élevé et a fait en sorte que Mlle Anne vienne vivre dans le village voisin. Ce n'était pas parfait, mais ils se contentaient de cette situation. Anne était en sécurité, mon père assumait ses responsabilités, et j'étais aimé. Une fois par mois, Gondin m'emmenait rendre visite à Mlle Anne. Au fil des années, sa réputation de guérisseuse est devenue très forte et cela ne plaisait pas à l'évêque local, qui l'accusait d'avoir des méthodes impies. Il avait une nièce célibataire qui, un jour, a donné naissance à un enfant mort-né. Ce fut un scandale terrible ! Pour disculper sa nièce, l'évêque a prétendu que Mlle Anne avait fait alliance avec le diable pour qu'il engrosse la jeune fille et tue son enfant. Ma mère a failli se faire lyncher... Alors mon père a acheté un petit voilier pour l'emmener très loin.

— Et ils ont trouvé l'île ?

— Exactement. Mon père m'a dit qu'il avait choisi d'y installer ma mère à cause des chevaux sauvages. Un navire viking avait échoué sur son rivage plusieurs années auparavant, et ce troupeau avait survécu. Père a pensé que si les chevaux avaient trouvé sur l'île de quoi vivre si longtemps, c'était de bon augure pour un être humain. Il avait le cœur lourd de la laisser là, bien sûr, mais il ne pouvait pas abandonner sa famille. Il devait s'occuper de ses dix enfants – onze avec moi – et de sa femme légitime.

— Il a dû être très malheureux ! s'exclama Alannah.

— Non. Il était triste, mais il m'a toujours dit que les quelques moments de bonheur qu'il a vécus valaient toutes les années de labeur et de souffrance. Il aimait son épouse d'une façon différente, et il adorait tous ses enfants. Je pense qu'il s'est toujours senti coupable de ce qui est arrivé à Mlle Anne. Le plus triste, c'est que la dernière fois qu'il a pris la mer, c'était pour vous rejoindre sur l'île, et y rester. Sa femme était morte de la fièvre, et mes demi-frères et sœurs étaient tous mariés.

— Grand-mère l'a attendu si longtemps ! Elle restait des heures à contempler la mer chaque jour, dans l'espoir d'apercevoir son bateau.

— Je vous en prie, acceptez mon éternel dévouement. Je serai honoré d'être votre ami et votre allié.

— J'aimerais moi aussi que nous soyons amis.

Gondilyn lui serra la main.

— Merci, Alannah ! Me permettrez-vous de vous accompagner à la fête ?

— Je ne sais si j'irai... Que dira-t-on en s'apercevant que je suis aveugle ?

— N'ayez crainte ! Avec mon épée et l'amitié du comte, vous serez acceptée sans aucun problème !

Quelque chose tracassait Xanthier depuis la bagarre de la veille. Quelque chose... ou quelqu'un. Peut-être avait-il des hallucinations, comme les fous qui parlent tout seuls dans les rues. Mais tout en tentant d'ignorer ces drôles d'impressions, il ne cessait de regarder par-dessus son épaule. C'était comme s'il y avait quelque chose qu'il aurait dû voir et qui lui échappait, comme si on le tirait sans arrêt par la manche...

Peut-être était-ce parce qu'il pensait sans arrêt à Alannah ?

Pour combattre sa frustration, il monta sur son cheval et fit signe au capitaine Robbins.

— Je vais faire un tour. Vous m'accompagnez ?

Sans attendre la réponse de son compagnon, Xanthier éperonna sa monture et la fit galoper à toute allure dans les rues pavées. Le cheval glissait et oscillait pour garder son équilibre, mais Xanthier le guidait habilement, et ils atteignirent bientôt la terre battue des ruelles secondaires. Là, il se pencha en avant et lâcha les rênes, laissant la bête accélérer encore, sans aucune retenue.

Son cheval était d'une rapidité étonnante malgré sa grande taille, ce qui faisait de lui une monture idéale pour le combat. De plus, il était assez fort pour porter un homme en armure sans se faire dépasser par des bêtes plus légères.

Xanthier était content de l'écurie qu'il avait louée pour prendre soin de son étalon pendant qu'il était en mer. Ses entraîneurs avaient remarquablement travaillé et le cheval était au sommet de sa forme.

Soudain, l'animal trébucha et Xanthier, surpris, chuta sur le sol. Émotionnellement épuisé, à bout de forces, il roula dans le fossé et ne tenta pas de se relever. Il resta allongé sur la terre, face au ciel, laissant sa tension s'apaiser peu à peu. Son cheval s'éloigna, retrouvant le chemin de l'écurie, laissant son maître endormi dans l'herbe.

Alannah emprunta l'allée de terre battue en laissant Claudius décider de son allure. En sortant de l'auberge, elle avait décidé de faire une promenade à cheval. Depuis la veille, un sourd sentiment de culpabilité l'habitait. Elle n'aurait sans doute pas dû quitter le bateau ainsi. Et si Xanthier s'inquiétait vraiment ?

Devait-elle envoyer un message pour le prévenir qu'elle allait bien ?

De temps en temps, Claudius s'arrêtait pour brouter l'herbe tendre des bas-côtés. Il l'avait bien mérité après leur galopade effrénée, songeait Alannah, plongée dans ses réflexions.

Soudain, elle entendit un grognement. Elle immobilisa l'étalon et tenta de comprendre d'où venait le bruit. Quelqu'un semblait se plaindre. D'instinct, elle guida Claudius vers le bord de la route et devina à l'épaisseur de l'herbe la présence du fossé. Une forte odeur d'alcool monta jusqu'à elle et elle grimaça de dégoût. Sans un mot, elle se détourna et poursuivit son chemin, plaignant de tout cœur le pauvre homme qui gisait ainsi dans l'herbe.

Et si elle faisait demi-tour pour lui venir en aide ? Son impulsion était si forte qu'elle arrêta Claudius. Mais Matalia l'avait mise en garde contre les étrangers.

— Ne faites pas confiance aux inconnus ! répétait-elle souvent.

Alannah soupira, indécise. L'homme souffrait, elle le sentait avec force, et pour une raison qu'elle ne comprenait pas, elle ne pouvait supporter de le laisser dans cet état.

Prenant une petite gourde d'eau qu'elle gardait à la ceinture, elle la jeta dans le fossé, près de l'ivrogne. Satisfaite d'avoir au moins fait quelque chose pour cette âme en peine, elle repartit au trot en direction de la ville.

L'après-midi finissait lorsqu'elle arriva dans la cour de la taverne. Matalia l'attendait, malade d'inquiétude.

— Où étiez-vous ? s'exclama la comtesse alors qu'Alannah mettait pied à terre. Cela fait des heures que nous vous cherchons !

— Je suis navrée de vous avoir inquiétés. J'avais grand besoin de me promener.

— Vous auriez dû nous prévenir. Et s'il vous était arrivé quelque chose ? Et puis, le temps presse. Le roi et la reine vont annoncer quelle sera la récompense pour la course de cette année ! Effie vous attend dans votre chambre. Elle n'a pas voulu me montrer la robe. Elle dit qu'il faut attendre que vous la portiez. Quelle impertinence !

— Ne soyez pas fâchée contre elle, protesta Alannah. Elle est simplement fière de son ouvrage, voilà tout…

Elle alla chercher son bâton, qu'elle avait laissé contre le mur de l'écurie, puis s'avança d'un pas ferme vers la taverne. Plusieurs employés la regardèrent passer avec un mélange d'émerveillement et de consternation. Pour eux, les aveugles étaient des infirmes inutiles. D'ordinaire, ils ne marchaient pas fièrement, mais voûtés et honteux de leur handicap, en mendiant parfois.

Médusés, les domestiques s'écartaient devant Alannah, la regardant atteindre la porte sans faillir. Elle trouva rapidement la clenche sous sa main, la souleva et franchit sans trébucher la petite marche du seuil.

— Si je ne voyais pas ça de mes propres yeux, je n'y croirais pas! dit un jeune garçon en se tournant vers un autre.

— Je sais, répliqua son compagnon. On dirait un ange.

— Un ange écossais, alors, avec des cheveux roux et des yeux verts...

— Ben dame! Pourquoi un ange ne serait-il pas roux? Ce pourrait être un ange descendu sur terre, mais comme notre monde est plus laid que le paradis, elle est devenue aveugle.

L'autre acquiesça. Son ami devait avoir raison, songea-t-il. Comparée au ciel, la terre n'était pas belle à voir...

Pendant ce temps, Matalia suivait Alannah à l'étage et continuait ses remontrances.

— Il ne faut plus sortir seule à l'avenir. Je vous répète que c'est dangereux, Alannah! On peut faire tant de mauvaises rencontres, sur les routes...

Alannah se mordit la lèvre, songeant à l'homme qu'elle avait laissé dans le fossé. C'était par prudence qu'elle n'était pas venue à son secours, malgré son impulsion première.

— Je fais très attention, je vous assure, Matalia, répliqua-t-elle. Vous ne devez pas vous inquiéter. De toute façon, mon étalon est le plus rapide de tous les chevaux.

— Oui, mais tout de même... ce n'est pas convenable. Enfin, n'en parlons plus. Je vous rejoins bientôt, je vais me préparer.

Une fois seule dans le couloir, Alannah soupira. Pourquoi avait-elle abandonné Xanthier? Pourquoi avoir choisi une voie si difficile, loin de lui? Jamais elle n'avait eu autant de personnes autour d'elle et pourtant, jamais elle ne s'était sentie aussi seule.

Elle posa le front contre la porte de sa chambre. Si seulement quelqu'un pouvait la prendre dans ses bras... Elle pensa à Grand-mère. Le monde paraissait bien étrange loin de sa présence familière. Puis elle pensa à Xanthier. Pendant un instant, elle laissa son esprit vagabonder, se rappelant les jours heureux sur l'île, leur parfaite harmonie. Elle ne s'était pas sentie seule, alors. Au contraire, elle avait éprouvé un sentiment de plénitude absolue.

Elle soupira de nouveau. À quoi bon évoquer ces souvenirs ? Cela ne faisait que la blesser davantage.

Xanthier était parti, sans doute à jamais. Eh bien, elle ne le laisserait pas gâcher sa vie. Gondilyn l'aiderait à chercher sa famille. Ensuite… ensuite, elle aviserait.

Elle se redressa, la tête haute, et tourna la poignée de la porte en se forçant à sourire. Après tout, elle allait bientôt rencontrer le roi et la reine d'Écosse !

17

Xanthier regarda d'un air morose la foule qui s'amassait dans la salle du banquet royal. S'il avait eu le choix, il serait parti à la recherche d'Alannah ce soir, au lieu d'écouter des conversations ineptes et de voir des sourires mièvres. Ses hommes n'avaient toujours pas réussi à localiser la jeune femme. Malheureusement, le roi avait prévu qu'il tenterait de se soustraire à la fête et lui avait envoyé une convocation.

Les gens se pressaient autour de lui, se bousculant pour avoir une place avantageuse. Ce soir avait lieu l'inscription officielle aux divers jeux, et tout le monde avait hâte de voir qui participait ou non. Écœuré, Xanthier s'appuya contre le mur.

— Oh! s'exclama une jeune fille en trébuchant sur son pied.

Elle mit la main sur sa bouche en voyant le visage balafré de Xanthier et recula, fascinée et horrifiée à la fois.

— Oh! murmura-t-elle. C'est le commodore O'Bannon! Il est tellement viril. Et tellement beau à sa façon... tellement...

Sa mère prit la jeune fille par la main alors qu'elle allait tomber en pâmoison.

— Allons, allons, mon enfant! dit-elle d'un ton de reproche. Reprends-toi. Il n'y a pas de siège ici... Viens, nous allons nous rapprocher.

Elle entraîna sa fille vers le bureau des inscriptions d'un air indigné, mais la jouvencelle jeta un dernier regard à Xanthier par-dessus son épaule, en poussant une autre exclamation fascinée.

Xanthier la foudroya du regard, et son expression sévère transforma son visage déjà intimidant en un masque effrayant. La jeune fille poussa un cri et roula les yeux vers le ciel, puis battit des paupières et s'effondra sur le sol.

— Ciel! s'écria la mère en éventant sa fille. Ta robe va être dans un état épouvantable! Lève-toi!

Xanthier se détourna, en proie à un ennui profond. S'il en jugeait par l'afflux massif, il pourrait sans doute se glisser au-dehors dans une heure sans que personne remarque son absence. Les trompettes sonnèrent trois fois, signalant l'entrée des participants au tournoi. Plusieurs hommes s'avancèrent vers le dais, se présentèrent en montrant leurs blasons. Un clerc examina rapidement leurs armures et adressa un signe de tête approbateur au roi. Celui-ci hocha la tête à son tour. Les chevaliers s'inclinèrent alors cérémonieusement et s'écartèrent pour laisser place aux prochains participants.

Xanthier prit conscience de la présence d'un homme près de lui. Tout son être se raidissait. Il se retourna.

— Bonjour, Xanthier O'Bannon, dit l'homme.

— Kurgan des Serpents, répliqua Xanthier. Vous voilà.

— Vous cherchez à m'éviter? demanda l'autre d'un ton accusateur.

— C'est possible...

— La dernière fois que j'ai combattu avec vous, c'était dans les Lowlands.

— En effet. À Knott's Glen.

— Une belle bataille, non? Splendide!

Le visage de Kurgan était illuminé d'une joie mauvaise devant la gêne de Xanthier.

Ce dernier serrait les dents. Cette bataille avait été sanglante et insensée, terrassant les habitants plutôt que les guerriers. Plus de cinquante fermiers avaient été massacrés, et plus d'une centaine de soldats s'étaient battus jusqu'à ce que leurs corps épars gisent sur le sol, mutilés, vidés de leur sang.

— J'ai oublié, Kurgan, murmura Xanthier en se penchant vers son compagnon sans le quitter des yeux. Avons-nous perdu, ou avons-nous gagné?

Kurgan se frotta la tête d'un air perplexe.

— Nous avons gagné, bien sûr. Comment avez-vous pu oublier ?

— Et qu'avons-nous gagné exactement ?

— Mais la bataille, parbleu ! C'était notre but. Nous combattions pour combattre.

Xanthier ferma un instant les yeux, puis s'écarta comme s'il ne supportait plus la proximité de Kurgan.

— Je ne me bats plus pour des causes aussi absurdes, maintenant, dit-il.

Furieux, Kurgan vint heurter son torse avec le sien.

— Vous vous croyez devenu supérieur à nous ? Nous, les cinq terreurs des Lowlands ? Avant que votre frère revienne et vous vole votre terre, nous faisions la loi ! Personne n'osait lever les yeux vers nous lorsque nous traversions les villages sur nos fiers destriers. Nous prenions ce que nous voulions, nous tuions tous ceux qui se mettaient en travers de notre chemin. Vous êtes donc différent, à présent ? Vous, le commodore en charge de la flotte des corsaires ? Regardez-vous ! Vous êtes défiguré. Vous êtes couvert de cicatrices, à l'intérieur comme à l'extérieur. Quoi que vous essayiez de faire, vous ne parviendrez jamais à vous racheter une conduite. Ce n'est même pas la peine d'essayer. Venez rejoindre les vôtres ! Venez combattre à mon côté, tuer ceux qui vous déplaisent et violer celles qui vous plaisent.

Xanthier serra les poings pour contrôler sa rage.

— Vous devenez fou, Kurgan. J'ai compris à Knott's Glen que vous aviez perdu l'esprit. Faire des raids, d'accord. Piller les villages, d'accord. Montrer notre puissance et notre force, très bien. Mais je n'ai jamais violé personne, ni tuer personne sans une bonne raison, comme vous.

Kurgan cracha sur le sol à ses pieds.

— Mais vous étiez là, Xanthier. Et vous avez levé votre épée aussi haut que moi ce jour-là. Vous êtes aussi vil que moi.

Il recula et se frotta de nouveau la tête, secoué de tics nerveux.

— Vous êtes souillé vous aussi, reprit-il. Rien de ce que vous pouvez faire n'effacera cette tache !

Avant que Xanthier ait pu répliquer, Kurgan avait tourné les talons et disparaissait dans la foule. Xanthier se sentait oppressé et un voile rougeâtre s'abattait sur sa vision. Les paroles de Kurgan avaient fait mouche. Tout ce qu'il avait dit était vrai. Il était un monstre, et tout le monde le savait. Il se tourna contre le mur et y abattit son poing. La douleur éclata le long de son bras et le sang coula sur la pierre. Une autre jeune fille poussa un petit cri et s'éloigna rapidement.

Les trompettes résonnèrent de nouveau. Xanthier se sentit pris par un mouvement de foule qui l'entraînait en avant. Il pivotait, prêt à assommer quiconque oserait le bousculer, quand il aperçut l'éclat d'une somptueuse chevelure auburn de l'autre côté de la pièce.

Il se figea, le regard rivé sur l'endroit où il avait entrevu ces mèches de feu sombre. Il n'y avait plus rien. Une souffrance atroce lui enserra le cœur. Cela recommençait ! Il devenait la proie des souvenirs, il devenait fou ! Il lutta à contre-courant de la foule pour sortir, entendant de loin la reine Margaret annoncer les participants à la course de chevaux. Les gens grouillaient autour de lui, l'empêchant de sortir. Et pourtant il fallait qu'il sorte. Sur-le-champ ! Il leva les yeux et aperçut encore la chevelure auburn, et même la courbe de la joue d'Alannah. La gorge serrée à l'étouffer, il se détourna, fuyant l'apparition. Mais la foule le bloquait toujours.

Les gens devenaient agités, se chuchotaient des paris. Xanthier repoussa un homme et lui jeta un regard si noir que ce dernier le laissa passer sans protester. Mais un autre homme surgit sur son passage, et un autre, et un autre encore.

— Duncan, McGregor, Lithfin...

Les noms étaient annoncés un à un, et l'excitation était à son comble. Les gens avaient hâte d'entendre le roi annoncer quelle serait la récompense de l'année.

Xanthier était parvenu à mi-chemin de la porte quand il la vit de nouveau. Cette fois, il crut que son cœur allait s'arrêter. Avec une grâce royale, vêtue de dentelle blanche décorée de fils d'argent et de perles vertes, elle semblait rayonner d'une lumière magique. Ses cheveux auburn cascadaient sur ses épaules, mis en valeur par un ruban de satin vert et une barrette couleur d'émeraude.

Ce n'était pas possible ! Comment aurait-elle pu arriver à la cour, habillée comme une princesse ?

La femme se retourna comme si elle sentait qu'il la regardait, mais un groupe de jeunes filles vint soudain se placer entre elle et Xanthier, lui bloquant la vue. Il en repoussa une et chercha la femme rousse des yeux. Elle n'était plus là. Xanthier se remit à respirer normalement. La ressemblance était frappante, de dos, mais il s'était trompé.

— Hurkin, Quinn, Murphy...

L'annonce des participants continuait, mais il ne l'écoutait pas. Il fallait qu'il s'assure qu'il n'était pas aussi fou que Kurgan et qu'il n'avait pas des hallucinations. Il allait retrouver cette femme, la regarder bien en face et lui toucher le bras, mettant ainsi fin à son obsession. Il ne pouvait plus supporter de voir Alannah partout, comme un fantôme qui rendait son absence encore plus éprouvante.

Il se remit en marche, cherchant à atteindre l'espace en face du dais. C'est certainement là qu'elle se trouvait. Étrangement, la foule le laissait passer à présent. Il fut presque propulsé en avant.

— Mackenzie, Clarken, Gerrak...

Xanthier fut projeté devant le dais au moment où une autre famille montait les marches de l'estrade. La femme rousse à la robe d'argent utilisait un bâton pour grimper le petit escalier.

— ... O'Bannon et, enfin, Kurgan ! cria le héraut.

La foule bourdonnait d'excitation.

— Si personne d'autre ne s'avance, le roi est prêt à faire une proclamation officielle, reprit le héraut.

La foule applaudit, puis se tut d'un seul ensemble lorsque le roi se leva.

Alannah tremblait. Le moment était venu... Du moins, Matalia et Brogan lui avaient dit que cela se passerait ainsi. Elle s'arrêta, sentant soudain quelqu'un derrière elle. Elle allait se retourner quand Matalia la prit par le coude et la poussa en avant. Se servant de son bâton, elle marcha jusque devant le dais et écouta intensément.

— J'ai beaucoup réfléchi à la récompense de cette année, dit le roi. J'ai examiné plusieurs choix, mais je crois avoir trouvé quelque chose de véritablement unique et précieux. C'est donc une terre inconnue que je donnerai au gagnant !

Un brouhaha monta de la foule. Tout le monde s'interrogeait. Où était cette terre ? Rien n'était plus précieux que la propriété d'une terre, un endroit où s'installer et devenir prospère.

— Silence ! rugit le roi. La terre dont je parle est une île au large de la côte écossaise, abritée par une barrière de récifs et dont le sol est riche. C'est une terre luxuriante, bonne pour les moutons et les chevaux. Elle s'appelle l'île des Chevaux sauvages, et c'est le commodore Xanthier O'Bannon qui l'a conquise pour notre royaume.

La foule hurla, follement excitée. Les dames se tournaient pour chercher à apercevoir Xanthier et les hommes hochaient la tête, appréciant sa valeur de conquérant.

Xanthier se sentait pris de vertige. Il secoua la tête pour s'assurer que ses nuits de beuverie ne lui avaient pas complètement embrumé le cerveau. Il ne rêvait pas. Le roi le regardait en souriant et l'applaudissait. C'était donc vrai ! Il allait donner à n'importe qui l'île qu'il voulait revendiquer au nom d'Alannah ! Stupéfait, il se tourna vers la femme qui ressemblait à Alannah. Il la vit pâlir. Ses mains tremblaient.

C'était bien elle ! C'était Alannah ! Par un miracle incompréhensible, elle se tenait à quelques pas de lui... Soudain, il ne songeait plus à l'île. Il allait pouvoir la toucher, l'embrasser et la soulever dans ses bras. Il s'avançait, le sourire aux lèvres, lorsqu'il la vit se retourner pour se jeter dans les bras d'un jeune soldat. Il poussa un grognement de rage si terrifiant que les gens autour de lui reculèrent.

Alannah s'accrochait désespérément à Gondilyn.

— Non, ce n'est pas possible ! murmurait-elle. C'est *mon* île, personne n'a le droit de me la prendre !

Elle se tourna vers le roi.

— Vous ne pouvez pas faire ça !

Le roi baissa la tête pour toiser la jeune femme.

— Faites attention à ce que vous dites, mademoiselle, devant le roi et la reine d'Écosse, déclara-t-il d'un ton lourd de menace. Xanthier m'a parlé de l'existence de cette île, et il est en mon pouvoir de la revendiquer et d'en faire don à qui bon me semble.

La foule se taisait. Tout le monde retenait son souffle dans l'attente de ce qui allait se passer. Alannah comprit soudain qu'elle était impuissante, et que son île bien-aimée n'était plus sienne. Elle ouvrit la bouche pour supplier le monarque, mais aucun son n'en sortit.

Elle saisit Matalia par la main.

— Il faut empêcher ça, gémit-elle. Ce n'est pas possible...

Devant l'expression de souffrance d'Alannah, Xanthier sentit un poignard s'enfoncer dans son cœur. Il fallait qu'il vienne au secours de la femme qu'il aimait. Espérant ne pas envenimer les choses, il s'avança d'un pas.

— Majesté, déclara-t-il en s'inclinant. L'île appartient à cette femme. Je parle en son nom.

Un murmure de stupeur parcourut la foule, ravie de la tournure que prenaient les événements. Le roi foudroya Xanthier du regard.

— Comment osez-vous parler de droits quelconques sur cette île ? Vous êtes venu me trouver pour en revendiquer la propriété alors que vous étiez au service du roi. Cette affaire ne vous regarde plus. Si vous avez à en débattre avec cette dame, faites-le en privé.

— Xanthier ! s'écria Alannah. Vous m'avez trahie ! Vous vouliez me voler mon île depuis le début !

— Non, Alannah. Ce n'est pas vrai.

— Silence ! tonna le roi. C'est une affaire réglée, nous ne voulons plus en entendre parler. Amenez les autres participants afin de clore les listes.

Alannah vacilla sous le choc. Chaque fois que Xanthier ou le roi parlait, elle tressaillait comme s'ils la frappaient. Un tumulte d'émotions l'envahissait : la souffrance, la peine, la fureur... Elle avait fini par accepter que Xanthier l'ait abandonnée. Mais comment aurait-elle pu penser qu'il la trahirait ainsi ? L'île était son foyer, son refuge. Comment avait-il pu lui faire ça ?

Xanthier tremblait de rage, mais il parvint à s'incliner brièvement devant le roi. Il était aussi furieux contre le monarque que contre Alannah. Comment pouvait-elle imaginer qu'il avait voulu lui voler son île ? Il avait passé tellement de temps à chercher à protéger les intérêts de la jeune femme, entravé à la cour comme un homme à l'agonie !

Il la saisit par le bras, mais elle se libéra d'une secousse.

— Ne m'approchez plus jamais ! lança-t-elle d'une voix sifflante. Je ne suis rien pour vous et vous n'êtes rien pour moi, souvenez-vous-en !

— Arrêtez, Alannah, et écoutez-moi !

— Non ! Non, c'est impossible que je perde mon île ! Je veux y retourner ! Vous êtes un monstre, je vous hais !

Au prix d'un suprême effort de volonté, elle parvint à chasser ses larmes.

— Je ne veux plus jamais vous adresser la parole. Jamais, vous m'entendez ? Oh, mon Dieu ! Que puis-je faire ?

Le visage de Xanthier se ferma. Il ne voulait pas que l'on voie à quel point il souffrait. Elle avait trouvé le moyen de traverser le pays pour entrer dans la cour d'Écosse. Elle était en bonne santé, en sécurité... Il l'aimait tellement ! Il contempla sa silhouette svelte, se souvenant de la façon dont elle frissonnait dans ses bras, du contact de sa peau soyeuse, de ses cris de plaisir... Il fallait absolument qu'il répare le désastre causé par le roi. Et pour cela, il n'y avait qu'un seul moyen.

— Je désire participer à la course, Majesté, dit-il en se tournant vers le souverain. Mon cheval est un pur-sang qui a toujours été le plus rapide sur le champ de bataille.

— Et gagner *mon île* ? s'écria Alannah, incrédule. Jamais !

Elle se tourna vers Gondilyn et lui serra fortement le bras.

— Acceptez-vous de courir pour moi ? lui demanda-t-elle. Mon étalon est le plus rapide de tous. Acceptez-vous de le monter dans la course pour gagner mon île et me la rendre ?

— Je… Eh bien, si vous le voulez vraiment… entendu. J'accepte.

Xanthier recula, furieux. Comment osait-elle laisser un autre homme monter l'étalon blanc ? C'était une insulte. Avec une grimace de dégoût, il tourna les talons et se fondit dans la foule.

Matalia le regarda s'éloigner tout en prenant Alannah dans ses bras.

— Vous vous sentez bien ? demanda-t-elle.

La jeune femme fit un signe d'assentiment, mais elle tremblait de tous ses membres.

— Comment se fait-il que vous connaissiez Xanthier ? Que s'est-il passé ? Est-ce l'homme dont vous m'avez parlé et qui vous a fait du mal ?

Alannah écrasa une larme sur sa joue.

— Oui, dit-elle. Et je le déteste.

Matalia regarda le large dos de son beau-frère. Il fallait qu'elle avertisse Brogan, mais que devait-elle lui dire ? Comment éviter que l'antagonisme entre les deux hommes ne se termine en tragédie ?

Les invités se mettaient en ligne pour la danse, au son de la musique et du brouhaha de la salle de bal. La pièce était illuminée et l'odeur de la cire chaude des chandelles emplissait l'air. Des rires éclataient çà et là, et parfois de petits cris d'indignation trahissaient l'effet d'une main trop leste.

La soirée avait passé dans une sorte de brouillard. Alannah avait été propulsée au centre de l'attention générale. Sa beauté et sa façon de surmonter sa cécité fascinaient tout un chacun, et particulièrement la reine. La plupart des gens étaient stupéfiés par son aisance à se mouvoir, et ils ne se privaient pas de commenter ce prodige. Au début, Alannah en ressentit de la fierté, mais au fur et à mesure que la soirée s'écoulait, elle avait de plus en plus l'impression d'être un phénomène de foire. Elle aurait préféré qu'on l'apprécie pour ce qu'elle était, et non parce qu'elle ne voyait pas. Elle désirait qu'on la respecte, sans ces commentaires soulignant qu'« elle ne semblait pas aveugle ».

Lorsqu'elle vivait sur l'île, elle ne se comportait pas par rapport au regard d'autrui. Elle était aveugle, voilà tout. Pour compenser son infirmité, elle avait appris à se servir de ses autres sens, et finalement elle comprenait le monde bien mieux que ceux qui voyaient. Grand-mère lui avait appris qu'elle avait cette valeur, et même Xanthier avait paru conscient de ses dons. Ni lui ni la vieille femme ne l'avaient jamais comparée à ce qu'elle aurait dû être. Ils l'appréciaient pour elle-même.

Du moins, c'est ce qu'elle avait cru. La trahison de Xanthier avait tout changé. Entendre sa voix avait été un choc, mais les mots qu'il avait prononcés l'avaient dévastée. Elle n'avait pas su comment réagir. Elle s'était enfuie du bateau pour connaître le monde – et aussi, elle devait l'admettre, pour montrer à Xanthier qu'elle était tout à fait capable de se débrouiller seule. Seulement, même si elle avait voulu retrouver sa famille, au fond c'était également lui qu'elle cherchait. Son espoir venait de voler en éclats au moment même où elle le retrouvait. Elle aurait dû penser qu'il serait à la cour. C'était tellement évident ! La confiance qu'elle avait en lui l'avait aveuglée...

Un gentilhomme interrompit soudain le cours de ses pensées.

— Vous êtes splendide, mademoiselle Alannah. Je jurerais vous avoir déjà vue. Dans quel bal avez-vous été présentée ?

Alannah se tourna vers son interlocuteur.

— Je n'ai été nulle part.

— Je n'arrive pas à le croire. Vous me semblez tellement familière... Je m'appelle Kurgan. Vos cheveux roux et vos yeux verts sont extraordinaires.

— Je pense que vous vous moquez, répliqua nerveusement Alannah.

— Pas du tout. Je vous trouve merveilleusement belle. Mais il me semble vraiment vous avoir déjà vue. Vous me rappelez quelqu'un... Pardonnez mon audace, mais me feriez-vous l'honneur de cette danse ?

Kurgan sourit en la conduisant vers la piste où un nouveau groupe de danseurs se formait. Il n'avait jamais vu Xanthier aussi désemparé que lorsque cette femme l'avait invectivée, refusant de lui parler. C'était fascinant.

Pendant des années, Kurgan avait tenté en vain de forcer la carapace que Xanthier plaçait entre lui et les autres. Kurgan n'aimait personne, mais Xanthier l'irritait au plus haut point. Quand ils avaient combattu ensemble, celui-ci avait toujours été le meilleur à l'épée et le plus fin stratège. Kurgan avait été obligé de reconnaître la supériorité de ce compagnon d'armes. Puis Xanthier avait quitté le champ de bataille à Knott's Glen, et Kurgan avait éprouvé un sentiment de triomphe. Pour une fois, il avait combattu plus longtemps et plus fort que lui ! Mais les gens avaient commencé à faire des remarques désobligeantes sur la bataille et la façon dont les soldats s'étaient comportés. La réputation de guerrier de Kurgan avait été écornée, marquée par la désapprobation générale.

C'était ridicule ! Les guerriers avaient le droit de se comporter comme ils le désiraient. La chevalerie et l'honneur n'avaient aucun sens. Après la bataille, c'était Xanthier qui avait été nommé corsaire par le roi, Xanthier qui réussissait ses missions et gagnait l'admiration générale, alors que lui, Kurgan, était renvoyé chez son oncle pour s'occuper du domaine.

Bien sûr, maintenant qu'il avait hérité de ce domaine et de son titre, il était d'un rang plus élevé que Xanthier.

Mais il jalousait son ancien collègue d'avoir amassé une telle fortune. Il était temps que la roue tourne en sa faveur. Peut-être avait-il trouvé en Mlle Alannah le moyen d'atteindre son rival…

Voir Alannah danser dans les bras d'autres hommes était pour Xanthier une véritable torture. Elle semblait flotter, sa robe tournoyant alors qu'elle passait d'un cavalier à l'autre dans les figures imposées. Et Kurgan ! Comment pouvait-elle supporter qu'un monstre pareil pose la main sur sa taille ? Xanthier les foudroya du regard. Elle était incroyablement gracieuse, et exécutait les mouvements de danse avec une élégance assurée.

Il but une autre gorgée de bière. La situation était pire que les hallucinations qu'il avait cru avoir. Elle était à quelques pas de lui et il ne pouvait la toucher… À bout de nerfs, il alla trouver refuge dans la salle de jeu. Il ne pouvait plus supporter cette vision plus longtemps.

Il prit une autre chope de bière sur un plateau porté par un domestique, puis se dirigea vers un angle où l'on jouait aux dés. Il lança une poignée de pièces d'or par terre. Surpris, les joueurs levèrent aussitôt la tête.

— Vous semblez avoir les moyens, remarqua l'un d'eux.

— Si vous doutez de ma capacité à payer mes dettes, ne craignez rien, grogna Xanthier. J'ai dans le port plusieurs navires remplis de trésors. Je lance le prochain coup.

Il prit les dés et les jeta contre le mur. Mais il regarda à peine le résultat, les yeux fixés sur la porte ouverte et le groupe des danseurs. Elle se distinguait facilement au milieu de la foule, comme une flamme dans le ciel…

— Nom d'un chien ! s'exclama un joueur lorsque le dé cessa sa course.

Il y eut un rapide échange de pièces, et le tas d'or de Xanthier augmenta. Les hommes lui firent signe de rejouer. S'arrachant à la vision d'Alannah dans sa robe perlée, il s'exécuta. Elle semblait plus détendue, à présent. Elle souriait. Les gens se bousculaient pour venir lui parler. Quand il vit l'un de ses cavaliers s'enhardir à lui toucher l'épaule, comme s'il voulait repousser ses cheveux en arrière, Xanthier posa la main sur la poignée de son épée.

— Lord Xanthier, vous avez encore gagné ! Vous voulez compter vos gains ?

Il tressaillit et regarda le tas qu'il avait amassé. Il voulait perdre tout cet argent. Il voulait se punir. De la pointe du pied, il poussa la pile au centre, rejouant tous ses gains.

— Ne faites pas l'idiot, murmura le capitaine Robbins derrière lui.

Mais Xanthier ignora son sage conseil. Il fit rouler les dés, se concentrant pour que la chance tourne en sa défaveur. Les joueurs se penchèrent pour mieux voir les dés rebondir sur le mur et rouler jusqu'aux pieds de Xanthier. Il y eut un silence stupéfait.

— Comment est-ce possible ? s'exclama un joueur.

— Nom de nom ! renchérit un autre, incrédule.

— Bon sang ! marmonna Xanthier, dégoûté de sa bonne fortune.

Il se détourna, cherchant Alannah des yeux. Elle se tenait au milieu d'un groupe d'hommes. Un goût amer envahit sa bouche. Il avait envie de les tuer tous. Le premier qui aurait l'audace de lui toucher la main serait un homme mort... Une rage insensée l'habitait et il faisait un effort surhumain pour garder son sang-froid. Un an auparavant, il aurait laissé libre cours à son impulsion. Mais quelque chose avait changé en lui au cours de ces derniers mois.

Il se détourna et quitta la pièce, abandonnant ses pièces. Il allait partir. Tant pis pour le roi et la reine. Tant pis pour l'audience qu'ils lui accordaient le lendemain pour ses requêtes antérieures. Tant pis pour elle. Il partirait le soir même. Les navires étaient prêts et il ne faudrait que quelques heures pour rassembler l'équipage.

Il s'engagea dans une allée dallée de pierres, puis entra dans une zone d'ombre où les lumières de la salle de bal étaient masquées par des arbres en pot. Il s'arrêta et s'appuya un instant à la balustrade. Sa rage laissait place à un sentiment entièrement nouveau et différent. C'était la souffrance issue de sa jalousie. Il la désirait tellement... Il voulait sentir son corps contre le sien et la sentir céder sous lui, s'abandonner à leur passion commune...

Il ferma les yeux et baissa la tête, vaincu par la douleur.

Alannah s'écarta subtilement de Kurgan, bien que les pas de danse les rapprochaient. Il avait les mains chaudes et il sentait la sueur. Elle devinait le regard brûlant qu'il posait sur ses épaules nues et cela ne lui plaisait pas. Si seulement ce morceau pouvait cesser rapidement ! Elle gardait un sourire forcé tandis qu'il débitait des commentaires sans intérêt, qu'elle n'écoutait pas. Lorsqu'il la lâcha pour que chacun regagne la ligne de danse, elle soupira de soulagement. Enfin, elle pouvait s'échapper !

— Pourriez-vous me ramener auprès de Matalia ? lui demanda-t-elle.

Danser avait perturbé son sens des directions, et elle n'aurait pu retrouver son chemin dans la foule.

— Certainement, ma chère, répondit-il en lui pressant la main. Mais d'abord, dites-moi : comment se fait-il que vous connaissiez le commodore ?

— Je ne veux pas parler de lui, murmura Alannah en secouant la tête. Plus jamais !

— Bien sûr, quel rustre je fais... Il est clair qu'il vous a bouleversée. Il est toujours pénible d'être blessé par un ami.

— En effet, admit-elle.

Le sourire de Kurgan s'élargit. Il avait deviné juste ! Xanthier avait eu une relation avec Alannah... Voilà qui lui permettrait de mettre son ennemi à terre !

— Je ne veux pas vous faire subir cette foule, dit-il. Attendez ici. Vous êtes près de la fenêtre. Je vais chercher Matalia.

Il prit un gobelet d'hydromel et le plaça dans sa main.

— Buvez ça, déclara-t-il dans un souffle. Cela vous fera du bien.

Alannah le remercia d'un sourire et but avidement une gorgée. Le liquide sucré la détendit un peu.

— Vous voyez ? dit Kurgan. C'est délicieux, n'est-ce pas ? C'est une boisson fermentée. Buvez tout. Je reviens tout de suite.

Il s'éloigna et revint très vite, accompagné de Matalia et de Brogan. Il resta encore un moment près d'Alannah, tentant de la séduire. D'autres admirateurs se pressaient autour d'elle, l'invitant à danser et cherchant désespérément à attirer son attention.

Cependant, le bruit et les odeurs tourmentaient la jeune femme et elle s'excusa pour aller s'adosser au mur. Cette atmosphère était trop pour elle. Elle avait besoin de réfléchir. Elle avait parlé durement à Xanthier, mais elle sentait encore les paroles du roi se planter dans son cœur comme des dagues. Dans l'émotion générale, elle avait presque oublié Xanthier, mais il était là, quelque part. Elle porta les mains à ses tempes douloureuses pour les masser un instant.

Une brise fraîche lui caressa la joue. Avec un soupir de soulagement, elle suivit le mur à tâtons pour trouver d'où venait ce petit vent, et découvrit une porte ouverte sur l'extérieur. Elle s'y engagea et tourna sur la droite.

Enfin seule ! songea-t-elle en pénétrant dans le jardin.

18

Alerté par un soupir derrière lui, Xanthier pivota lentement vers la porte et vit Alannah, debout dans le clair de lune. Sa robe réverbérait l'éclat de la lumière dans la pénombre et elle semblait songeuse.

Il la contempla avec passion. C'était un joyau sauvage, que le destin lui avait fait découvrir sur une île déserte, et il ne supporterait pas qu'elle appartienne à un autre ! Il émit un sourd gémissement. Était-il trop tard ? Le haïssait-elle ?

À deux pas de lui, Alannah se figea. Il y avait quelqu'un dans le jardin, tout près... Pourvu que l'obscurité la cache ! Elle ne voulait plus de conversation mondaine, ni de questions indiscrètes. Elle se concentra pour tenter de localiser la personne.

— Vous êtes tout à moi, et vous le savez... entendit-elle soudain.

— Xanthier !

Il fit un pas en avant, déconcerté de la voir reculer aussitôt. Comment aurait-il pu deviner qu'elle luttait contre le désir de se jeter dans ses bras ?

— Alannah, vous êtes à moi, répéta-t-il d'une voix vibrante de passion. Ne me repoussez pas !

— Non ! s'écria-t-elle. Vous m'avez abandonnée et vous m'avez trahie ! Vous n'avez plus aucun droit sur moi.

Xanthier fit encore un pas et posa les mains autour du cou gracile de la jeune femme, caressant sa peau soyeuse.

— Pourquoi vous êtes-vous enfuie du bateau ?

Alannah tenta de s'écarter, mais son corps ne lui obéissait plus et elle demeura immobile, comme l'agneau qui attend en silence d'être dévoré par le loup.

— Pourquoi êtes-vous partie quand j'ai tardé à venir? insista-t-il. Est-ce que vous me cherchiez?

Elle fit non de la tête. Il remonta lentement ses mains pour cueillir le visage de la jeune femme dans le creux de ses paumes, puis effleura ses lèvres des siennes.

— J'ai eu envie de vous embrasser dès l'instant où je vous ai vue, murmura-t-il en la poussant doucement contre le mur.

Il joua avec sa bouche, savourant sa fraîcheur, avant de s'en emparer tout à fait. Comme Alannah soupirait d'aise, il eut un grognement de plaisir, la prit par la taille et la pressa contre lui. Leurs corps s'emboîtaient si parfaitement... Il avait besoin d'elle, d'être en elle, et il le lui disait avec ses hanches, avec ses mains, avec son souffle.

Alannah ne luttait plus. Toute velléité de lui résister s'était dissipée et elle noua les bras autour du cou de Xanthier. Il l'enlaça aussitôt, criblant de baisers son visage, son cou, sa gorge, comme pour ne plus lui laisser une seconde de réflexion. Il voulait enflammer ses sens jusqu'à ce qu'elle soit pantelante de désir, comme autrefois.

Du coin de l'œil, il avisa un banc garni de coussins et y allongea tendrement la jeune femme. La lumière des torches jetait des ombres dansantes sur les épaules nues d'Alannah, et les parait d'un éclat doré. Il contempla ses lèvres entrouvertes, sa gorge palpitante avant de défaire les liens de sa robe, léchant chaque centimètre de peau qui s'offrait ainsi à lui. Puis il retroussa son jupon et caressa les cuisses satinées. Une vague de passion montait en lui, impatiente, impérieuse. Tenant Alannah au creux de son bras gauche, il l'attira au bord du banc et continua sa caresse, de plus en plus intime, jusqu'à sentir le plaisir la transpercer. Elle se cambra sur ses coudes, gémissante, offerte, laissant sa chevelure tomber en arrière telle une gerbe de feu sombre. Sans cesser son exploration, Xanthier se défit de son vêtement et se pressa contre elle, la pénétrant de toute sa vigueur.

Elle poussa un petit cri, submergée par des sensations familières et pourtant incroyablement puissantes. Plus rien ne comptait que leurs corps unis dans cette danse sauvage. L'excitation de Xanthier était à son comble. Le corps d'Alannah, son odeur, sa peau... tout le rendait fou.

Elle s'arc-boutait, lui offrant ses seins à demi dénudés. Il y posa les lèvres, mordillant, suçant, lui arrachant des murmures de plaisir. Il s'écarta un instant pour contempler le beau visage en extase, poussant en elle, allant et venant lentement, puis accélérant le rythme. La volupté d'Alannah était exquise à voir. Il la caressait, la pénétrait, sentait son corps se serrer autour de lui, guettant la lente et inexorable ascension de la jouissance sur ses traits de déesse. Soudain elle tressaillit violemment, battant des cils, avant de se laisser retomber en arrière, les joues rosies, les seins jaillissant du corsage.

Xanthier la saisit alors par la taille et la retourna, dénudant sa croupe. Il l'attira ensuite contre lui et la pénétra de nouveau, obligeant son corps vibrant à partager encore sa passion, à repousser plus loin les limites du plaisir.

Alannah se laissait guider, subjuguée par un tourbillon de sensations. Elle s'agrippa au dossier du banc, acceptant l'invasion suprême qui la portait au sommet de la volupté. Xanthier retenait sa jouissance, haletant, goûtant chaque seconde de cette possession magnifique.

Lorsqu'il s'interrompit, ignorant les protestations de la jeune femme qui ondulait sous lui, elle posa la main à la racine de son phallus, l'encerclant fermement. Il crut défaillir, gémit et recommença leur lancinante oscillation. Puis ce fut son tour de la toucher pendant qu'il la pénétrait. Éblouie, Alannah sentait la terre s'éloigner, emportée par des ondes de plus en plus puissantes.

Enfin il vint en elle, frissonnant de tout son corps, et elle le rejoignit dans son vertige. Leurs corps semblaient scellés dans la même explosion de beauté. Puis, lentement, il tourna la jeune femme vers lui et contempla son visage rayonnant.

Dans leur passion, ils avaient écrasé des fleurs autour d'eux et leur parfum capiteux emplissait l'air. Sur une chaise tout près du banc, une petite flamme vacillait dans un bougeoir abandonné. La cire débordait, et Xanthier allait éteindre la bougie quand Alannah lui prit la main.

Surpris par la sûreté du geste de la jeune aveugle, il baissa les yeux. Elle le poussa doucement et il s'agenouilla à ses pieds, prêt à obéir à tout ce qu'elle exigerait de lui. Avec ses cheveux en désordre et son corps à demi dévêtu, elle était si excitante qu'il avait de nouveau envie d'elle. Elle ouvrit la chemise de Xanthier, lui dénudant la poitrine, avant de saisir le bougeoir.

Du bout du doigt, elle prit de la cire chaude et l'appliqua sur son torse, dessinant un motif imaginaire. Il restait impassible malgré la cire qui le brûlait, se soumettant à son jeu. Puis elle se pencha et lécha les traces rouges laissées par la cire. Il gémit à son contact, sans bouger.

Elle ramassa alors quelques pétales et les laissa tomber en pluie soyeuse sur la peau nue de Xanthier. Il frémit sous la douceur de la sensation et soudain, n'y tenant plus, il posa les mains sur les hanches de la jeune femme.

Les perles de sa robe scintillaient sous le clair de lune. C'était une magicienne, qui transformait tout sur son passage et qui avait conquis son cœur à jamais. Il la souleva, puis écarta les pans de sa jupe pour poser la bouche à l'endroit le plus intime de son corps.

Alannah agrippa une nouvelle fois le banc pour garder l'équilibre. Elle se cambrait, gémissant à en perdre le souffle. Ses sensations étaient tellement intenses qu'elle tenta de s'écarter, mais il la retint et continua ses caresses, glissant un doigt en elle pour augmenter son plaisir. Des larmes perlaient aux paupières d'Alannah tandis qu'elle s'arc-boutait, frémissante, laissant un plaisir inconnu la submerger alors qu'un cri rauque s'échappait de ses lèvres. Enfin elle s'effondra contre lui, traversée d'un éclair si souverain qu'il la prit dans ses bras pour l'allonger sur le sol. Là, il souleva sa robe et entra en elle, propulsé immédiatement dans un plaisir total...

— Oh, Alannah! murmura-t-il quelques instants plus tard. Allons-nous-en! Partons ce soir même, sans perdre un instant. Je veux rentrer sur l'île et ne rien faire d'autre que vous aimer.

Les mots de Xanthier ramenèrent lentement Alannah à la réalité.

— Que voulez-vous dire? demanda-t-elle.

— Votre place n'est pas ici. Laissez-moi vous accompagner là où vous devez être. Dites oui, je vous en prie!

Elle secoua la tête.

— Je ne peux pas, murmura-t-elle. J'ai des choses à faire ici... l'île... retrouver ma famille.

— Oubliez ce pays! répliqua-t-il d'un ton furieux. Ses lois sont impitoyables et cruelles. Partons sur-le-champ, protégeons notre bonheur!

Alannah s'écarta pour se mettre debout, mais la tête lui tournait et ses jambes tremblaient. Elle se laissa tomber sur le banc et tenta de mettre de l'ordre dans sa tenue.

— Ce que vous me demandez est impossible, dit-elle. Je veux savoir d'où je viens, et je suis près du but, je le sens. De plus, je dois participer à la course, puisque mon île est en jeu. C'est le seul moyen de la sauver!

Xanthier soupira.

— Soit! admit-il d'un air sombre. Dans ce cas, je gagnerai la course pour vous. Et même si je ne gagne pas, je défendrai à quiconque de poser le pied chez nous, l'épée au poing s'il le faut. Venez, maintenant...

Les yeux aveugles d'Alannah fixèrent un point invisible dans l'obscurité.

— Vous croyez toujours que vous pouvez me prendre mon île? C'est à moi qu'elle revient, pas à vous!

— Ne soyez pas ridicule, répliqua-t-il, irrité. Les femmes n'ont pas le droit de posséder des terres. Celles-ci appartiennent aux hommes, et ils protègent les femmes. Je suis là pour ça, pour vous protéger. Ce monde est plein de violence, Alannah.

— Vous devriez me connaître mieux, murmura-t-elle. Vous devriez savoir ce que j'éprouve ! Je n'ai besoin ni de votre protection ni de votre aide. Je gagnerai la course et je ne serai jamais votre obligée !

Xanthier lui jeta un regard rageur. Comment pouvait-elle le traiter ainsi, après ces moments de folle passion ? Pourquoi s'entêtait-elle à refuser son appui ? C'était son rôle de veiller sur elle. Aux yeux de tous, il était son protecteur et son gardien, et elle aurait dû lui en être reconnaissante.

— Partez ! dit-elle en se levant. Oubliez la course et oubliez-moi ! Retournez en mer. Faites ce que bon vous semble, mais restez loin de moi et de mon île. Je ne veux plus vous voir.

Il recula comme si elle lui avait enfoncé un poignard en plein cœur.

— Alannah... supplia-t-il.

— Laissez-moi tranquille. Vous ne songez qu'à posséder et à ordonner. Mon île est une terre libre. Elle n'a ni seigneur ni allégeance. C'est ce que vous voulez changer, et je ne vous laisserai pas faire, jamais !

— Comment pouvez-vous penser une chose pareille ? Si je la revendique, c'est justement pour qu'elle demeure inchangée ! Je voulais seulement mettre mon nom sur la carte afin que personne d'autre ne l'envahisse. Alannah, c'est la loi de l'Écosse. C'est la loi des hommes !

Elle laça les liens de sa robe et se lissa les cheveux.

— J'espère qu'un jour vous comprendrez que je suis aussi forte que vous. Mais je serai loin, alors. Et vous ne pourrez plus rien m'imposer !

Il secoua la tête avec un sourire amer.

— Vous avez peut-être raison, Alannah. Je crains peut-être pour vous des dangers que vous ne courez pas. Mais, que vous le vouliez ou non, le moment viendra où vous aurez besoin de moi. Et je serai là pour vous, ne l'oubliez pas !

19

Kurgan gardait les yeux rivés sur l'eau immobile d'un bassin où le reflet de la lune apparaissait, semblant éclairer les arbres et les fleurs du jardin de la reine.

Son visage se reflétait aussi dans le miroir liquide. Il voyait ses pommettes hautes, ses traits acérés... Soudain, une autre image se dessina derrière lui. Une silhouette altière, majestueuse, dont la somptueuse chevelure rousse dansait jusqu'aux creux des reins. Il effleura la surface de l'eau, dissipant sa vision comme s'il ne supportait pas l'intrusion de la beauté.

Près de lui gisait le cadavre d'un jeune homme. Kurgan lui avait extorqué son secret à coups de poignard. Oh, il avait essayé de garder ce secret, mais la torture avait eu raison de son silence. Les plus courageux n'y résistaient pas, Kurgan le savait pertinemment.

Cependant, même si le corps inerte du malheureux gisait maintenant dans une mare de sang, Kurgan savait que le secret était connu d'une autre personne. Sa victime l'avait avoué en même temps qu'il expirait.

Or cette personne était une femme recluse depuis les dix dernières années dans une maison isolée des Highlands. Kurgan l'exécrait et la redoutait en même temps, car elle était la seule à pouvoir lui ôter pouvoir et richesse. Gweneath Zarina Serpent, veuve de Lothian, était sa tante, et la mère de l'héritière légale du clan du Serpent.

Kurgan fixait intensément le bassin, comme s'il avait pu pousser Zarina sous l'eau et la noyer dans la vase. C'était tout ce qu'elle méritait, selon lui! Mais ce serait insuffisant... Il fallait qu'il trouve rapidement une solution. Sinon, dans un mois il ne serait plus qu'un soldat déchu de ses terres et de son titre.

Un bruit de pas attira son attention et il leva les yeux, apercevant une silhouette dans le sentier qui menait à la salle de bal. Il reconnut sans peine la robe claire et la chevelure flamboyante d'Alannah. Quelle chance! songea-t-il, abandonnant aussitôt le bassin pour marcher silencieusement vers la jeune femme. Il voyait désormais très clairement comment remédier à la situation! En tuant Alannah, il mettrait fin à tout danger et resterait le seigneur du clan du Serpent.

Il accéléra l'allure et dégaina son épée.

Alannah se figea, aux aguets. Elle entendait quelqu'un approcher. Ce pas, léger et rapide, n'était pas celui de Xanthier, mais celui d'un chasseur qui suivait une piste... Un frisson de peur parcourut la jeune femme. Elle était en danger!

Elle recula et sentit un tronc d'arbre dans son dos. Sa main tâta l'écorce jusqu'à localiser une branche. Soudain, obéissant à une impulsion, elle la saisit des deux mains et se hissa. Sa robe la gênait et, pendant une seconde, elle faillit renoncer à grimper. Mais un bruit lui redonna du courage et elle finit par monter assez haut pour être complètement cachée par le feuillage.

Les pas crissaient sur le gravier. L'homme était en dessous de l'arbre, maintenant... Le sifflement d'une épée fit tressaillir Alannah et elle se mordit la lèvre pour retenir un cri de frayeur.

Elle sentait la folie de son poursuivant, son désir d'infliger douleur et peine. Pourquoi l'avait-il choisie comme proie? L'avait-il prise pour une autre? Pourquoi lui voudrait-on du mal? Parce qu'elle était aveugle?

À quelques mètres en dessous, Kurgan sondait l'obscurité en grinçant des dents. Où était-elle passée? Il agita son épée dans l'air. Ce serait tellement simple de lui trancher la gorge! Elle ne verrait même pas venir le coup...

Le craquement d'une brindille à sa droite le fit tressaillir. Alannah devait être de ce côté ! Un caillou roula dans la même direction, comme si un pied maladroit l'avait culbuté. Kurgan jubila. Il avait retrouvé sa piste ! se dit-il en quittant aussitôt le sentier pour un chemin moins fréquenté qui tournait à l'angle du château.

Alannah l'entendit partir et soupira de soulagement. Elle l'avait échappé belle !

— Que faites-vous donc, Alannah ? demanda soudain la voix de Matalia. Pourquoi avez-vous grimpé dans le frêne de la reine ?

— Oh, vous êtes là ! J'ai cru entendre quelque chose et j'ai eu peur. Je crois que j'ai déchiré ma robe, ajouta-t-elle en sautant à terre.

— Ne soyez pas ridicule ! s'exclama Matalia en aidant la jeune femme à retrouver l'équilibre. Il n'y a pas d'animaux sauvages dans le jardin de la reine. Je dois vous gronder, Alannah. Vous n'êtes décidément pas raisonnable.

— Hum, fit Alannah en époussetant sa robe du plat de la main.

— Je vous cherchais pour vous dire que je monte me coucher. La reine nous a attribué nos chambres dans l'aile nord, et j'y ai fait porter nos affaires. Les jeunes gens sont encore en train de danser. Vous pouvez rester, si vous voulez.

— Non ! répliqua vivement Alannah. Je préfère rentrer avec vous.

Elle prit le bras de Matalia et s'y accrocha avec une nervosité qui ne lui ressemblait pas. Matalia contempla la chevelure emmêlée de la jeune femme et son visage aux pommettes enfiévrées.

— Ça ne va pas ? demanda-t-elle.

— Si, si... Je veux simplement me reposer, moi aussi, répondit Alannah, laissant Matalia la guider hors du jardin.

Tapi dans l'ombre, Xanthier les regarda passer. Il avait détourné l'attention de Kurgan en cassant une brindille et en jetant le caillou sur le chemin opposé, s'empêchant d'intervenir directement pour ne pas s'attirer les foudres de la jeune femme. Elle était bien capable de lui répéter qu'elle n'avait nul besoin de sa protection !

Il les suivit discrètement afin de s'assurer que rien de fâcheux ne leur arrivait. Puis, dès qu'il les vit pénétrer dans l'aile nord, il se tourna vers l'obscurité où Kurgan cherchait toujours sa proie.

Ce monstre avait dû apprendre quelque chose sur Alannah, songea-t-il. Que savait-il exactement ? Et comment avait-il fait pour le découvrir si vite ?

Il n'aimait pas cela du tout. Quoi qu'il en soit, il n'était plus question de partir. Alannah était en danger. Pour la énième fois depuis qu'ils avaient quitté l'île des Chevaux sauvages, Xanthier s'interrogea. En voulant protéger la jeune femme, lui avait-il fait courir un péril plus grand encore ?

Il n'était pas le seul à s'inquiéter du cours que prenaient les événements. Le lendemain matin, Brogan O'Bannon jeta un regard noir à la lettre qu'il tenait à la main.

— Pourquoi la relis-tu, mon cher mari ? demanda Matalia, exaspérée.

Ils étaient partis pour une heure de promenade. Isabelle et Mangan les suivaient sur leurs poneys, mais Alannah avait préféré rester avec Gondilyn pour l'entraîner à la course. Or depuis vingt minutes, Brogan ne cessait de bougonner. Finalement, il s'était arrêté pour sortir de sa poche la missive portant le sceau royal.

— Parce que je ne peux pas croire à ce qui est écrit, répondit-il. Pourquoi le roi exige-t-il que j'assiste à une audience où Xanthier sera présent ? Il sait que nous ne sommes pas en bons termes.

— Brogan, c'est pourtant clair. La fille de Xanthier a des droits sur Kirkcaldy. Sa Majesté veut éviter des disputes sur l'héritage, le jour venu. Et Xanthier a des devoirs envers sa fille.

— Notre fils adore Isabelle. Il n'y aura pas de dispute.

Matalia approcha son cheval de celui de son mari.

— Isabelle n'est pas la sœur de Mangan. Ils sont cousins.

— Mais ils sont comme frère et sœur, insista Brogan en jetant un coup d'œil aux deux enfants derrière eux.

— Ils sont aussi dissemblables que la lune et le soleil... Mangan est doux, attentif et aimable, tandis qu'elle est passionnée, indomptable et imprévisible. Que Dieu les bénisse ! Je les aime tous les deux du même amour, mais cela ne suffira pas à éviter un éventuel conflit, Brogan. Tu le sais bien. De plus, il faudra bien qu'elle rencontre son père un jour !

Sur ces mots, Matalia lança son cheval au galop, laissant Brogan grommeler tout seul. Il la rejoignit presque aussitôt et saisit la bride de sa monture pour la forcer à ralentir.

— Mangan et Isabelle s'adorent depuis la plus tendre enfance, insista-t-il. Tu ne peux le nier ! Comment en viendraient-ils à s'opposer ? Ce n'est pas comme mon frère et moi, qui avons été séparés dès le berceau.

Les deux chevaux allaient maintenant au pas.

— Oui, je sais cela, reconnut Matalia. Mais Isabelle est la fille de ton frère. Xanthier a des droits sur elle, et elle a des droits sur Kirkcaldy.

— Il a renoncé à ses droits de père lorsqu'il nous a laissé cette enfant.

— Tu ne penses pas ce que tu dis ! Il est parti parce que c'était la meilleure chose à faire. Il n'avait pas le choix. Sa femme venait de mourir dans des circonstances dramatiques, et il s'est autant battu pour Kirkcaldy que toi. Mais il a compris que tu ferais un meilleur comte. Tu devrais lui rendre hommage pour son courage. Il en faut pour abandonner un rêve !

— Il est vrai qu'il a fait preuve d'une grande force en quittant le domaine. Néanmoins, il nous a laissé sa fille. Elle vit avec nous depuis sa naissance. Comment peux-tu envisager de t'en séparer ? Car c'est ce que tu suggères, n'est-ce pas ?

— Xanthier est son père.

— Elle a besoin d'une mère.
— Justement. Je suis sûre que la reine en est consciente. Elle lui a probablement choisi une épouse dans la noblesse écossaise, avec l'assentiment du roi. Et s'il a un foyer, il faudra lui rendre sa fille, Brogan. Quoi qu'il nous en coûte. Nous devons penser à l'avenir et au bonheur d'Isabelle.

Brogan arrêta son cheval. Depuis l'aube, il était tourmenté par la conviction que Xanthier était menacé. Mais par qui et pourquoi, il l'ignorait...

Matalia le dévisagea d'un air perplexe.

— Xanthier aurait-il des problèmes ? s'enquit-elle en se détournant pour vérifier que les enfants étaient toujours derrière eux.

Brogan acquiesça, sachant qu'elle comprenait ce qu'il éprouvait.

— Est-ce qu'il va bien ? insista-t-elle. Il lui est arrivé quelque chose ?

— Je l'ignore, marmonna-t-il, mais je ne suis pas tranquille.

Il donna un petit coup d'éperon à son cheval pour avancer. Leur promenade avait été agréable, et il n'avait aucune envie de retrouver le remue-ménage permanent du château. Il soupira en apercevant les abords du village.

— Je ne l'ai jamais senti aussi désemparé, ajouta-t-il.
— Vous ne vous êtes pas parlé depuis longtemps. Il a peut-être changé.
— Non, il y a autre chose, mais je ne vois pas quoi. J'espère qu'il n'est pas en train d'intriguer dans mon dos. Je n'aime pas ça du tout !

Matalia fronça les sourcils et se rapprocha de son mari. Elle était inquiète, elle aussi, à l'idée qu'Isabelle soit arrachée à leur foyer pour vivre dans une famille inconnue, même si c'était celle de son vrai père. Mais il lui fallait être plus forte que son mari. Il avait assez de soucis comme ça, et par amour pour lui elle se soumettrait sans protester à l'ordre du roi, même si elle aurait l'impression de perdre sa propre fille.

Soudain, Mangan arriva au galop près de ses parents.

— Mère ! Père ! Isabelle est partie ! Elle a entendu ce que vous disiez, alors elle a sauté de son poney et elle a couru dans la forêt !

— Par où est-elle allée, Mangan ?

L'enfant désigna la droite. Son petit visage était très inquiet.

— Elle va avoir un accident... gémit-il. Pourquoi elle fait ça à chaque fois ?

— Isabelle obéit à ses impulsions, mon chéri. Dès que quelque chose la dérange, elle fuit. Nous la retrouverons, ne crains rien.

— Moi, je ne m'enfuirais jamais !

— C'est vrai. Tu resterais et tu affronterais le problème, mais tu ressembles à ton père tandis qu'Isabelle tient de son père à elle.

— Elle pense que personne ne l'aime, et pourtant je lui ai dit que moi je l'aimais et que je l'épouserais un jour.

— Que tu es sot ! Tu épouseras une gentille demoiselle, et non un trublion comme ta cousine. Attends ici, pendant que ton père et moi partons à sa recherche...

Éberlué, Xanthier regarda le roi et la reine.

— Me marier ? répéta-t-il, incrédule. Vous voulez que je me marie avec lady Serena ?

— C'est exact, dit le roi. Il est temps pour vous de fonder un foyer. Vous êtes un seigneur vigoureux et riche, et vous avez une fille à élever. Lady Serena a une propriété dans le Sud qui lui revient en dot.

Toujours aussi stupéfait, Xanthier dévisagea les souverains. Il avait envisagé de nombreuses hypothèses pour expliquer cette convocation, mais jamais celle d'un mariage de convenance !

— Votre Majesté, dit-il d'un ton plein de respect, vous savez que je veux m'établir dans l'île des Chevaux sauvages. Et je me permets de vous rappeler que je me suis marié il y a cinq ans. J'estime avoir rempli mon devoir envers l'Écosse.

— Nous avons récemment eu des nouvelles de votre fille.

— Ah ? fit Xanthier, déconcerté. Va-t-elle bien ?

— Vous n'avez donc aucun contact avec elle ? demanda la reine.

— Non, Majesté. Je l'ai laissée aux bons soins de mon frère et de sa femme, en qui j'ai toute confiance.

— Cette situation n'est plus acceptable, dit la reine. Avoir des enfants donne un sentiment de paix et de stabilité, ce dont l'Écosse a besoin. Vous prendrez Isabelle dans votre nouveau foyer et l'élèverez, ainsi que vos autres enfants, avec l'aide de votre épouse.

Furieux, Xanthier se leva.

— Majesté ! protesta-t-il. Je ne suis ni un bon père ni un bon mari. Je passe ma vie en mer. Je n'ai le temps de m'occuper ni d'une épouse ni d'une propriété dans le sud de l'Écosse !

— Nous ne vous demandons pas d'abandonner votre mode de vie, rétorqua le roi, irrité par ses réticences. Seulement de prendre une noble dame pour épouse, et de vous plier au devoir de tout Écossais. Nous vous avons donné votre premier vaisseau et une raison de vivre après que vous avez tout perdu, lord Xanthier. Nous attendons de vous une reconnaissance à la mesure de notre bonté.

— Je vous en remercie, Majesté, mais je vous ai rendu votre bonté au centuple, répliqua Xanthier avec amertume. Vos coffres débordent des trésors que j'ai amassés pour vous.

— Vous n'avez pas l'air de comprendre, dit la reine. Nous ne nions pas tout ce que vous avez accompli. Nous pensons simplement que vous avez négligé certains aspects de la vie. Il est temps de vous marier et de prendre Isabelle avec vous.

Le roi, beaucoup moins tolérant que la reine, se leva en enveloppant Xanthier d'un regard glacial.

— Il suffit, maintenant ! Nous insistons pour que l'affaire soit réglée d'ici la fin des festivités.

— C'est impossible ! s'écria Xanthier. J'ai d'autres priorités, dont j'essaye de vous parler depuis des semaines, Majesté !

Jugeant le moment d'intervenir, Robbins s'avança et s'inclina devant le roi.

— Nul doute que le roi et la reine savent ce qui est le mieux pour leurs sujets, déclara-t-il avec calme. Lord Xanthier ne sait comment vous exprimer sa gratitude. Venez, commodore, nous devons célébrer cette bonne nouvelle.

Xanthier repoussa le bras de son compagnon et s'inclina devant les monarques.

— Vos Majestés, insista-t-il, je vous implore de…

À cet instant, un page arriva en courant dans la pièce et tendit au roi une lettre portant le cachet des seigneurs du Serpent. Le roi la décacheta et la parcourut. Puis il se pencha vers la reine et lui murmura quelque chose à l'oreille.

Xanthier était inquiet. Ce conciliabule ne lui disait rien de bon. Qu'est-ce que Kurgan avait découvert exactement ?

Enfin, le roi se tourna vers Xanthier.

— Vous disiez, lord Xanthier ? Vous aviez autre chose à nous dire ?

Les deux hommes échangèrent un regard lourd, et Xanthier finit par faire non de la tête, vaincu. Le roi sourit.

— Nous nous reverrons bientôt en présence de votre frère. En attendant, nous voulons que vous annonciez sur l'heure vos fiançailles avec lady Serena.

Xanthier s'inclina et quitta la pièce d'un pas rageur.

— Mais pourquoi, Robbins, pourquoi ? s'exclama-t-il dans le couloir. Je n'ai aucune envie d'épouser une inconnue ! Et d'ailleurs je n'en ferai rien. Pour la première fois de ma vie, j'ai un but : l'île et Alannah. Mais on dirait que le roi fait tout pour que je n'aie ni l'une ni l'autre !

Le capitaine l'entraîna au-dehors, loin de la foule.

— Ne parlez pas si fort, Xanthier. Je comprends vos réticences, mais ce n'est pas la peine de crier cela sur les toits. Le roi et la reine d'Écosse vous ont donné un ordre. À force d'assumer votre supériorité sur les mers, vous êtes devenu arrogant. Je vous rappelle qu'il y a au-dessus de vous ces gens à qui vous devez obéissance.

Xanthier fit face à son ami.

— Et si je refuse ? Si je pars ?

— Je vous le déconseille. Vous n'auriez plus ni maison, ni famille, ni pays. Rien que des vaisseaux et une vie de paria. Aucun des souverains d'Europe ne voudrait de vous. Vous ne seriez accepté nulle part.

— Cela fait longtemps que je n'ai ni maison ni famille. Cela ne changerait rien, dit Xanthier d'une voix triste.

Désemparé, le capitaine le dévisagea.

— Vous seriez aussi banni de l'île des Chevaux sauvages, insista-t-il.

— Si j'avais Alannah, je n'aurais besoin de rien d'autre.

— Et cela est-il possible ?

Xanthier se détourna.

— Pas maintenant. Pas légalement. Je connais son identité, comprenez-vous. Il faut attendre qu'elle soit majeure et qu'elle soit libre d'agir comme elle l'entend.

— Dans ce cas, pourquoi ne pas vivre avec elle sans les formalités du mariage ? Si vous l'aimez tant...

— Croyez-moi, dit Xanthier, lorsque j'ai trouvé la lettre de sa mère, j'ai réfléchi toute la nuit à ce que cela signifiait. Je l'ai même jetée au feu pour effacer ces mots de la surface de la terre. Mais je sais ce qu'elle contenait, et un homme d'honneur n'épouserait pas Alannah sans l'autorisation de sa famille. Il ne la mettrait pas non plus dans une situation honteuse. Quelle ironie ! Toute ma vie, je n'ai eu que faire de l'honneur... Mais Alannah m'a montré qu'on ne peut apprécier la beauté et l'amour sans placer la dignité morale avant tout. Elle respecte le monde qui l'entoure et s'attend à ce que ce respect lui soit rendu. Sa famille ne permettra jamais notre union.

Xanthier regarda son ami, le visage déformé par l'angoisse.

— Que vais-je faire ? murmura-t-il.
Robbins détourna les yeux, incapable de répondre.

L'image de Brogan s'imposa à l'esprit de Xanthier alors qu'il traversait la cour. Son jumeau, l'autre partie de son âme qui vivait et respirait en tandem avec lui... Pourquoi pensait-il à lui ?

Il secoua la tête, mais les images continuaient à défiler devant ses yeux. Nés à quelques heures d'intervalle, ils avaient été aussitôt séparés et avaient grandi dans des environnements complètement différents, Xanthier dans une maison pleine d'intrigues et de querelles, Brogan dans un foyer où régnaient l'amour et la sérénité.

Devenus adultes, ils s'étaient battus l'un contre l'autre dans l'inévitable combat pour le titre et les terres de leur père. Xanthier avait gagné, mais finalement il avait choisi de partir et de laisser le domaine à son frère.

Beaucoup s'étaient interrogés sur les raisons de ce départ. Certains présumaient qu'il avait décidé que Brogan gérerait mieux que lui le domaine. D'autres pensaient que Xanthier avait tué sa femme et n'avait d'autre choix que de fuir son pays. Bien peu savaient que son épouse, Isadora, avait empoisonné leur vieux père malade, avant de comploter pour faire assassiner Brogan et sa famille.

C'était Xanthier qui avait mis fin à cette horreur. C'était lui qui avait détourné les guerriers envoyés pour éventrer Brogan et Matalia. Il leur avait garanti la fuite et sa protection, ainsi qu'un sac d'or, bien plus que ne leur offrait Isadora.

Mais tout cela appartenait à une époque révolue, qu'il valait mieux oublier une fois pour toutes. Il avait fui cette vie il y a cinq ans, et il n'était pas davantage prêt à y faire face aujourd'hui.

Un hennissement lui fit lever les yeux, et il vit Alannah passer devant lui avec un garde du roi. Le regard aveugle de la jeune femme se tourna vers Xanthier et s'arrêta comme si elle voyait au plus profond de lui. Il frissonna, avide de la serrer dans ses bras.

Il avait terriblement besoin de sa présence, de sa belle âme ! Elle était la seule capable de le voir véritablement. Il fit un pas en avant et ouvrit la bouche pour l'appeler, mais plusieurs cavaliers lui bloquèrent soudain la vue. On amenait les chevaux de course sur le terrain pour être mesurés.

Xanthier recula, gêné d'avoir autant besoin d'elle.

20

Alannah tenait son étalon pendant que le clerc le mesurait et griffonnait avec zèle dans son registre. C'était le même clerc qui contrôlerait les chevaux le matin de la course. La jeune femme trouvait cette procédure parfaitement superflue, et l'explication de Matalia ne la satisfaisait pas non plus. Des gens seraient donc capables d'échanger les chevaux ? Allons donc !

Il y avait décidément beaucoup de choses qu'elle ne comprenait pas dans ce pays.

— Il faudra qu'il porte une bride et une selle pour la course, avertit le clerc en regardant le dos nu de l'étalon blanc.

Alannah se tourna vers Gondilyn avec un visage inquiet.

— Je l'ai déjà sellé pour monter en amazone, dit-elle. Mais il n'aime pas ça et moi non plus.

— Nous n'avons que quelques jours devant nous, Alannah.

— N'ayez crainte, lui assura-t-elle. Si je demande à Claudius de porter des pompons et des dorures, il le fera.

Effie suivait la jeune femme avec un châle en velours bleu sombre, ourlé de renard argenté. La domestique avait spontanément décidé de se mettre au service d'Alannah, ignorant le refus de celle-ci. En voyant un étal dressé pour les dames de la cour, elle prit un verre de cidre et le posa dans sa main.

— Vous devez avoir soif, mademoiselle ! s'écria-t-elle. Ça vous fera du bien !

— Effie, je vous ai demandé de cesser de me servir. Je n'en ai pas l'habitude et je ne le mérite pas. Je n'appartiens pas à la noblesse, vous le savez bien !

— C'est un honneur pour moi, mademoiselle Alannah. Et je serais très offensée si vous me chassiez. Et puis, vous m'avez payée et j'ai des devoirs envers vous.

Alannah accepta le verre avec un sourire. Elle avait soif, et il semblait stupide de se disputer avec cette femme.

Le clerc recula et fit un signe de tête à Alannah, puis rougit en se rendant compte que la jeune femme ne pouvait le voir. Il s'éclaircit la voix, s'inclina, puis devint tout à fait écarlate sous le regard dégoûté d'Effie.

— J'ai terminé, madame, dit-il enfin.

— Merci, répliqua Alannah. Gondilyn, si nous allions sur la route qui sort du village pour habituer Claudius à porter une selle ?

— Entendu.

De retour à l'écurie, Gondilyn lui donna une bande de tissu à attacher autour du ventre de Claudius pour maintenir la couverture en place, et ajouta la selle et le harnais. Claudius recula la tête et renifla la sangle. Puis, à la grande surprise de Gondilyn, il baissa la tête et se remit à brouter son avoine.

— Vous voyez ? dit Alannah. Il ferait n'importe quoi pour moi.

— Je suis impressionné ! Pouvez-vous le monter pendant un moment ? J'ai à faire.

Alors qu'Alannah entraînait Claudius en le tenant par la bride, marchant à son côté, Kurgan surgit de la foule et intercepta la jeune femme.

— Alannah ! roucoula-t-il. Comme je suis content de vous voir, ce matin ! Vous avez toujours l'intention de faire courir votre cheval dans la course ?

— Oui, répondit-elle. Je n'ai pas le choix.

— L'île où vous avez grandi doit avoir beaucoup de valeur.

— Seulement pour moi.

— Et pour Xanthier aussi, semble-t-il.

— Je ne le laisserai jamais s'emparer de mon île! répliqua-t-elle, furieuse. Mon étalon gagnera la course et l'affaire sera réglée, pour toujours.

— Les choses ne sont pas toujours aussi simples qu'elles en ont l'air, murmura Kurgan en glissant la main sous la couverture, feignant de caresser le dos de Claudius.

Ce dernier piétina furieusement le sol et s'écarta, les oreilles repliées.

— Vous êtes très belle, poursuivit-il. En dansant avec vous, hier soir, j'avais l'impression de flotter sur un nuage... J'espère qu'il y a dans votre cœur assez de place pour y accepter mon admiration.

Alannah rougit, peu habituée à une telle flatterie. Xanthier ne lui avait jamais dit des choses aussi galantes, son tempérament de guerrier ne se prêtant guère aux tendres compliments.

— Me garderez-vous une danse, ce soir? insista-t-il.

Alannah entendit Gondilyn s'éclaircir la voix.

— Nous verrons, dit-elle. Pour l'instant, j'ai des obligations. À tout à l'heure, Gondilyn. Bonne journée, Kurgan.

— Au plaisir de vous revoir, belle dame!

Alannah se détourna et se mit en selle d'un bond souple. Claudius se cabra aussitôt et Kurgan recula, effrayé.

— Claudius! ordonna-t-elle. Arrête de faire l'idiot!

— Faites attention! s'exclama Kurgan. Je tiens à rester en vie... Sinon, je ne pourrai pas danser avec vous ce soir.

Embarrassée par l'insistance de Kurgan, Alannah se pencha et le cheval s'élança, content de quitter la cour. Il ne semblait nullement gêné par la couverture et la sangle, et ils galopèrent bientôt sur la route. Alannah soupira de soulagement en entendant les bruits du village s'éloigner. Le fracas régulier des sabots du cheval résonnait dans son esprit et elle se pencha sur sa crinière, tentant de se détendre.

Elle s'imaginait dans son île... Elle pouvait même entendre le bruit des vagues sur la plage, le flux et le reflux sur le sable.

Soudain, inexplicablement, elle sentit la couverture glisser sous elle et dut se redresser pour ne pas perdre l'équilibre. L'étalon s'élança, énervé par ces mouvements inconnus. La couverture glissa de nouveau et s'enroula autour du ventre du cheval. La courroie avait lâché! comprit Alannah en s'agrippant à la crinière pour tenter de l'arrêter.

Rien à faire. Elle s'efforçait de tenir bon malgré le galop effréné de Claudius. Peu à peu, cependant, la couverture roula sous lui, entraînant la jeune femme sur le côté, pratiquement sous le ventre de l'animal... Ses cheveux s'accrochaient aux broussailles et elle cria, terrorisée, incapable de remonter sur le dos du cheval.

Claudius quitta brusquement la piste, sauta au-dessus d'un fossé, et s'élança à l'assaut d'une colline boisée. Alannah fut rejetée en arrière, mais elle se retint à son cou. Se servant de tous ses muscles, elle parvint à se redresser. Dans cette position, elle put enfin retrouver les gestes familiers et obliger Claudius à ralentir, jusqu'à ce qu'il abandonne son galop désordonné et s'arrête, haletant, les yeux fous.

À bout de souffle elle aussi, Alannah se laissa glisser à terre et posa la main sur la courroie. L'attache avait été défaite. Curieux! songea-t-elle en fronçant les sourcils. C'était elle-même qui l'avait fermée!

Elle caressa Claudius, murmurant des paroles apaisantes jusqu'à ce qu'il se détende enfin et pose la tête sur son épaule. Elle resta immobile, heureuse d'avoir échappé au danger. Puis, soudain, le bruit d'une branche cassée se fit entendre au-dessus d'elle. Elle pencha la tête de côté pour mieux écouter.

Cachée dans l'arbre, Isabelle regardait Alannah. Depuis qu'elle l'avait rencontrée sur la route, le jour de son anniversaire, la fillette la considérait comme une créature de légende. Les cheveux auburn de la jeune femme cascadaient sur son dos comme un torrent de feu, et son visage était d'une beauté à couper le souffle. Ses yeux étaient extraordinaires, et pas seulement à cause de leur couleur unique. C'était comme si ces yeux voyaient tout ce que les gens ordinaires ne voyaient pas.

— Qui est là ? s'enquit Alannah.

Isabelle gardait le silence. Pas question de révéler sa cachette ! Son petit cœur était brisé et elle ne voulait voir personne. Mais Alannah l'intriguait. Elle l'observa avec curiosité, se demandant ce qu'elle allait faire.

Alannah pivota lentement vers son cheval. Elle entendait un enfant respirer dans les branches de l'arbre. Le souffle agité et l'odeur de sa peau étaient ceux d'Isabelle. Il n'y avait personne d'autre dans les environs, elle le sentait. Étrange que la petite fille soit si loin de la ville sans surveillance... Elle avait dû s'enfuir encore une fois, confrontée à un problème trop ardu pour ses cinq ans.

Sans cesser de parler à son étalon, Alannah le frotta pour sécher la sueur qui coulait sur ses flancs. Elle travaillait sans se presser, se donnant le temps de recouvrer ses esprits afin de décider comment agir avec l'enfant en fuite.

À califourchon sur sa branche, Isabelle changea de position. C'était difficile de rester sans bouger si longtemps ! Soudain, son estomac gargouilla et elle posa la main sur son ventre en étouffant un petit rire.

— Moi aussi, j'ai faim, dit Alannah.

Isabelle ouvrit de grands yeux mais ne répondit pas. Sans insister, Alannah partit à la recherche de noisettes et de mûres. Comme son étalon la suivait, elle marcha avec précaution, se baissant souvent pour éviter les buissons.

— Cet arbre est un noyer, dit-elle à haute voix. Je sais que les noix sont bonnes à cette époque de l'année. Et là, je sens l'odeur des mûres. Miam...

Elle enjamba les broussailles et écarta des fougères. Les branches du roncier étaient chargées de fruits succulents.

Isabelle sauta de sa cachette.

— Je peux en avoir ? demanda-t-elle d'une voix aiguë.

Alannah sourit, satisfaite de son stratagème.

— Bien sûr. Mais si tu dois partager mon déjeuner, il faut que je sache pourquoi tu es toute seule ici.

— Mon père ne veut pas de moi, répondit l'enfant. Je l'ai entendu le dire à oncle Brogan. Je suis fâchée. Tellement fâchée qu'il faut que je m'en aille de temps en temps, voilà.

— Tu étais fâchée, le jour où je t'ai rencontrée ?

— Oui. Un enfant m'avait dit que mon père ne m'aime pas parce que je ne suis pas assez bien. Et c'est pour ça qu'il m'a laissée.

Elle contourna Alannah pour atteindre l'autre côté du roncier et cueillir des mûres elle-même. Comme Alannah ne disait rien, la fillette poursuivit :

— Je vous ai vue sur votre cheval. Vous êtes très bonne cavalière. La plupart des gens seraient tombés.

Elle tendit le bras pour ramasser une grosse baie rouge.

— Merci du compliment, dit Alannah. J'essaye d'habituer mon cheval à supporter une selle et une bride... Attention, Isabelle, ça, ce n'est pas une mûre et ça te rendrait malade.

L'enfant se figea, incrédule, et contempla la baie qu'elle tenait à la main.

— Je croyais que tu ne pouvais pas voir ? s'étonna-t-elle.

— C'est vrai, répondit Alannah en cueillant un autre fruit. Mais je peux entendre et je peux aussi sentir. Veux-tu celle-là ? ajouta-t-elle en lui tendant une mûre noire et juteuse.

Isabelle la lui arracha des mains et l'enfouit dans sa bouche.

— Miam, marmonna-t-elle en tendant la main pour en avoir d'autres.

Elles continuèrent à manger les fruits qu'Alannah cueillait, sans parler. Une fois leur faim apaisée, la jeune femme désigna le cheval.

— Tu ne crois pas qu'il est temps de rentrer ? dit-elle.

Isabelle fit la moue.

— J'aime mieux rester ici, avec toi.

— Oui, je comprends. Moi aussi, j'aimerais bien rester dans ce bois. La civilisation m'intéresse moins que je ne l'aurais cru. La solitude me manque, mais nous avons des obligations, ma chère. Je suis sûre que quelqu'un se fait du souci pour toi, en ce moment.

— Pas du tout! s'écria Isabelle. Personne ne pense à moi.

Alannah prit l'enfant dans ses bras et la hissa sur le dos de Claudius.

— Pas même ta mère? insista-t-elle.

— Elle est morte.

— Moi aussi, je crois que la mienne est morte, dit Alannah. Et j'ignore qui est mon père.

— Tu ne sais même pas son nom?

— Même pas, répliqua Alannah en grimpant derrière l'enfant, qu'elle cala solidement entre ses cuisses.

L'étalon descendit lentement la colline, se frayant un chemin entre les arbres.

— Moi, je connais le nom de mon père...

— Vraiment? Tu vois, tu en sais plus que moi. Comment s'appelle-t-il?

— Xanthier O'Bannon.

Alannah étouffa un cri de surprise.

— Lui? Xanthier?

À cet instant, un homme surgit devant le cheval et abattit une grosse branche sur la tête d'Alannah. Isabelle poussa un cri perçant.

Alannah s'effondra, la tête en sang.

Voyant l'homme sur le point de frapper de nouveau la jeune femme, Isabelle se mit à hurler. L'étalon s'élança, et la fillette s'accrocha à sa crinière, terrifiée.

— Toi, ça suffit! s'écria l'homme en lançant le bras à la face du cheval.

Ce dernier se cabra et l'homme abattit la branche vers lui. Furieux, Claudius lança une ruade en montrant les dents. L'homme recula, balançant sa branche, et réussit à atteindre une de ses pattes avant. Un craquement sinistre se fit entendre et le cheval poussa un hennissement de douleur.

Avec un sourire mauvais, l'homme lança de nouveau la branche, forçant le cheval à reculer en boitant.

— Cette sorcière a trop de vie en elle ! Cette fois, je vais lui régler son compte ! dit-il en saisissant la main d'Alannah, toujours inconsciente, pour la tirer vers le ruisseau tout proche.

— Qu'est-ce que vous faites ? hurla Isabelle. Laissez-la !

L'homme eut un rire cruel.

— Je lui fais exactement ce que je vais te faire tout à l'heure, petite peste, si tu ne la fermes pas !

Une fois au bord du ruisseau, il plongea la tête d'Alannah sous l'eau.

— Arrêtez ! cria Isabelle. Elle va se noyer !

D'ordinaire peu intéressée par le sort des autres, Isabelle se sentit obligée de protéger sa nouvelle amie. Mangan n'aurait pas été content non plus, se dit-elle, furieuse.

Elle donna un coup de pied dans le flanc de l'étalon et ce dernier pivota sur lui-même en ruant. L'homme se baissa, évitant de justesse les sabots de la bête, et rampa pour attraper sa branche. Mais Claudius rua de nouveau et cette fois envoya l'homme s'écraser contre un arbre à plusieurs mètres de distance. L'homme haletait. Sans hésiter, Isabelle poussa l'étalon vers lui.

— Vous êtes méchant ! cria-t-elle. Laissez-la tranquille !

L'homme parvint à se relever et lança sa branche vers l'étalon. Mais ce dernier baissa la tête et le mordit. Sans le lâcher, il l'agita comme un paquet de chiffons. L'homme parvint enfin à se dégager d'une secousse et s'enfuit sans demander son reste.

Isabelle le regarda détaler, puis se tourna pour chercher Alannah des yeux.

— Oh ! cria-t-elle en voyant que le courant entraînait la jeune femme dans le ruisseau.

Des rochers tapissaient le lit du torrent et l'eau coulait vite, dangereusement vite aux yeux de la petite fille. Elle descendit tant bien que mal du cheval et courut tirer Alannah par la main, la dégageant partiellement du ruisseau. Mais la jeune femme demeurait inconsciente et son visage était d'une pâleur de cendre.

Cette fois, il fallait l'aide de grandes personnes, songea Isabelle. Sinon, la belle dame allait mourir! Elle tira Claudius vers une souche d'arbre et réussit à se hisser sur son dos. Puis elle laboura les flancs du cheval de ses petits talons.

— Vas-y! cria-t-elle. Cours, comme tout à l'heure! Je t'ai vu galoper dans le vent. Je sais que tu peux le faire!

Elle lui donna de nouveaux coups de pied en pleurant de désespoir.

— Il faut qu'on l'aide, sinon elle va mourir! sanglota-t-elle.

L'étalon fit un pas en avant et vacilla, sa patte cédant sous lui. Il émit un hennissement de douleur.

— S'il te plaît, supplia Isabelle. S'il te plaît, cheval!

Claudius tenta d'avancer et gémit de nouveau. Sa patte lui faisait atrocement mal! Ses grands yeux bruns se posèrent sur le corps prostré d'Alannah et il fit un autre pas précautionneux.

La fillette le pressait d'avancer et il obéit, peu à peu.

21

Pour la deuxième fois de la journée, Xanthier se tenait devant le roi. Cette fois, Brogan était là, mais sa présence n'entrait en rien dans les projets du souverain. En fait, il était venu quérir de l'aide pour partir à la recherche d'Isabelle.

Voir les jumeaux ensemble était fascinant, songeait le roi. Leurs traits étaient en tout point identiques. Ils avaient les mêmes yeux, les mêmes expressions. Mais la moitié du visage de Xanthier était déformée par les cicatrices.

L'air était chargé de colère et de méfiance.

— Tu ne sais pas où elle est? s'écria Xanthier d'une voix dégoûtée. Elle n'a que trois ans!

— Cinq. Elle en a cinq, répliqua Brogan entre ses dents.

— Très bien. Elle a cinq ans et tu n'es même pas capable de la surveiller?

— Qu'est-ce que ça peut te faire? cria Brogan. C'est moi qui l'élève. De toute façon, tu ne veux pas d'elle.

— Tout à fait exact. Je ne veux pas d'elle, et je la laisse à ton incompétence.

Brogan était perplexe. Son frère était bien étrange, malgré ses grands airs. *Il mentait*, se dit-il soudain. Il se mentait à lui-même. Voilà ce qu'il sentait depuis plusieurs jours!

Brogan recula et se détourna pour dissimuler son expression. Si Xanthier ne comprenait pas ses propres émotions, tant pis pour lui. Mais il faisait fausse route s'il croyait pouvoir se persuader qu'il n'avait aucune responsabilité.

Se tournant vers Matalia, il lui fit signe d'avancer.

— La comtesse de Kirkcaldy et moi-même supplions Votre Majesté de nous fournir quelques hommes pour nous aider à retrouver Isabelle. La nuit va tomber et nous craignons pour sa vie.

— Nous ne pouvons pas réduire notre défense pour un enfant, dit le roi. Vous devrez utiliser vos propres gens. Mais nous vous dispensons d'assister à la soirée de la cour.

Matalia s'avança.

— Sire, il nous suffirait de dix hommes...

— Nous avons donné notre réponse, décréta le roi. Cependant, nous exigeons que Xanthier et son capitaine vous assistent. Après tout, il s'agit de sa fille.

— J'ai d'autres obligations, grommela Xanthier.

— À la taverne, sans doute ? s'écria Brogan. À la table de jeu ? Un rendez-vous avec une chope de bière ? Tu m'excuseras de trouver tes obligations bien frivoles, mon frère.

Xanthier lui jeta un regard noir. Mais avant qu'il ait pu répliquer, la voix de la reine s'éleva.

— Xanthier participera aux recherches, dit-elle. Telle est aussi ma volonté.

Les deux frères échangèrent un regard hostile, mais Brogan fut le premier à tourner les talons. Pour l'heure, il ne songeait qu'à Isabelle. Si Xanthier se joignait à eux pour la trouver, tant mieux. Ce serait une chance de plus de lui sauver la vie. Peut-être.

Ils sortirent de l'appartement royal. Dans l'escalier menant à l'extérieur, Brogan cita les endroits qu'ils avaient déjà passés au peigne fin.

— Nous avons cherché dans les bois près de la route, et nous avons fouillé tout le marché. Nous avons été dans toutes les tavernes, dans toutes les écuries. Nous avons frappé à toutes les portes. Elle reste introuvable.

— Et sur le terrain du tournoi ?

— C'est là où nous allons à présent.

Xanthier monta en selle.

— Dans ce cas, je vais aller voir dans la forêt.

— Je t'ai déjà dit que nous avions fouillé les bois !

— Pour l'amour de Dieu, mon frère, je ne vais pas rester assis sur mon séant pendant que mon enfant a disparu ! Allez sur le terrain et je vais explorer les bois. Si j'étais une petite fille qui a envie de se cacher, j'irais vers les arbres.

Matalia posa une main apaisante sur le bras de son mari.

— Il a raison, mon chéri. Fais-lui confiance pour l'instant.

— Robbins, suivez-le ! ordonna Xanthier.

Les deux frères se regardèrent comme s'ils lisaient dans les pensées l'un de l'autre. Brogan sentait la tristesse solitaire de son frère, et Xanthier percevait la confusion de son jumeau. Le même désir de se réconcilier les unissait et les déchirait à la fois, et Xanthier fut le premier à s'éloigner. Même si dans son cœur il aurait aimé retrouver un lien fraternel avec Brogan, c'était impossible.

Il dirigea son cheval vers la colline et commença à examiner les fossés et les broussailles où Isabelle aurait pu se cacher. La nuit tombait rapidement et un vent froid se levait. Il serra son manteau sur ses épaules. Ce n'était pas un temps à rester dehors.

Il zigzagua entre les arbres, s'enfonçant de plus en plus dans le bois. Il ne connaissait pas sa fille et n'en ressentait pas le besoin, songea-t-il, mais il s'inquiétait tout de même. Et s'il avait refusé son aide à son jumeau tout à l'heure, c'était par pure bravade.

Soudain, un éclair blanc attira son attention. Quelque chose, ou quelqu'un, bougeait lentement entre les arbres.

Tirant son épée, Xanthier fit avancer son cheval. Des gémissements de douleur lui parvenaient. Quelques pas plus loin, il découvrit l'étalon blanc. Il boitait et une petite fille sanglotait sur son dos.

— Isabelle ? appela-t-il doucement.

L'enfant se tourna vers lui, cessant brusquement de pleurer.

— Tu n'es pas oncle Brogan... murmura-t-elle d'un ton interrogateur.

— Non, je suis Xanthier, son frère.

— Alors tu es mon père.

Incapable de lui répondre, Xanthier la dévisagea, cherchant une trace quelconque de l'horrible nuit qu'il avait vécue cinq ans auparavant. Il s'attendait à ce qu'elle le regarde d'un air accusateur, à une expression de mépris. Il aurait cru que le dégoût qu'il éprouvait pour lui-même se lirait dans les yeux de son enfant, mais elle le contemplait avec l'innocence de son âge.

— Tu veux bien m'aider ? demanda-t-elle.

Il hocha la tête.

— Lady Alannah... elle est blessée, là-bas.

Il se raidit aussitôt, oubliant le passé, et regarda l'étalon blessé. Il commençait à comprendre ! Alannah était partie avec lui et n'était pas rentrée. Pitié, mon Dieu ! pria-t-il en silence. Ne me la prenez pas...

— Elle est dans le ruisseau mais elle ne se réveille pas, reprit Isabelle. Un homme l'a frappée sur la tête.

— Où, Isabelle ? Où est-elle ?

— Là-haut, répondit l'enfant en désignant le sommet de la colline. Dans le ruisseau.

Sans perdre un instant, il sauta de cheval et prit l'enfant dans ses bras pour l'installer sur sa propre monture.

— C'est un grand cheval, dit-il en lui tendant les rênes. Mais il est moins grand que le cheval blanc. Est-ce que tu peux redescendre la colline toute seule ? La route est juste en bas.

Isabelle se remit à pleurer et jeta les bras autour du cou de son père.

— Ne me laisse pas ! sanglota-t-elle. S'il te plaît !

— Sois raisonnable, dit-il en l'attirant contre lui. Ton oncle et ta tante sont inquiets et il faut que tu les rejoignes. Moi, je vais chercher Alannah.

— Non ! hurla Isabelle. Non ! Ne me laisse pas !

— Très bien ! cria-t-il d'une voix rageuse, qu'il regretta aussitôt. Très bien, reprit-il plus calmement. Tu vas me montrer le chemin.

La tenant toujours contre lui, il marcha jusqu'à l'étalon et caressa son dos agité de tremblements.

— Repose-toi, murmura-t-il. Tu as fait ton devoir. Tu as trouvé du secours pour ta maîtresse. Allonge-toi maintenant, et je reviendrai te chercher.

L'étalon se laissa tomber sur le sol, baissant la tête avec un lourd soupir. La douleur le faisait trembler et son esprit était dans le brouillard, mais il avait reconnu Xanthier. C'était l'homme de l'île, celui que sa maîtresse aimait. Il pouvait se reposer à présent. L'homme aiderait Alannah.

Xanthier lui donna une dernière caresse et remonta sur son cheval.

— Allons-y, déclara-t-il en installant Isabelle contre lui.

Ils gravirent rapidement la colline. Xanthier aperçut un torrent à travers un épais rideau d'arbres.

— C'est là-bas ? demanda-t-il en guidant son cheval.

— Oui, répondit Isabelle. Tout droit !

Elle s'accrochait à lui de toutes ses forces, comme si elle ne voulait plus jamais le lâcher. Xanthier changea de position pour essayer de se libérer, mais elle le serra plus fort.

— Près des rochers, dit-elle en levant les yeux vers lui.

Il tourna la tête pour qu'elle ne voie pas ses cicatrices. Croyant qu'il ne voulait pas la regarder, Isabelle enfouit son visage contre son torse. Terrifiée à l'idée qu'il l'abandonne de nouveau, elle se mit à pleurer.

Enfin, Xanthier aperçut Alannah. Elle avait réussi à sortir complètement du ruisseau, mais s'était évanouie à quelques pas du bord. Il sauta à terre avec l'enfant et la posa par terre.

— Attends ! dit-il avant de courir vers Alannah. Oh ! Mon Dieu ! s'exclama-t-il en sentant le sang coagulé sur la tête de la jeune femme.

Elle bougea lentement en reconnaissant la voix familière.

— Vous ! dit-elle, incrédule. Vous… vous êtes venu me chercher ?

— Laissez-moi prendre soin de vous, Alannah. Venez…

Il la souleva dans ses bras et la porta jusqu'au cheval. Puis il aperçut la couverture de Claudius par terre. Isabelle remarqua son regard.

— Elle était mal attachée, expliqua-t-elle. Lady Alannah a failli tomber, mais c'est une très bonne cavalière.

Xanthier baissa les yeux vers l'enfant. Il avait presque oublié sa fille !

— Oui, reconnut-il. Excellente.
— Son cheval aussi, il est beau.
— Allons le retrouver, dit-il en installant la jeune femme sur la selle. Alannah s'occupera de lui pendant que je ferai un bon feu. À toi, maintenant, ajouta-t-il en prenant la fillette dans ses bras.

Il mena son cheval d'une main, allant au pas à cause du poids supplémentaire qu'il lui imposait.

Alannah se reposait contre son sauveur, infiniment soulagée. La tête lui tournait et elle ne parvenait pas à se concentrer. Ni à se souvenir. Elle savait qu'elle était contrariée par quelque chose, mais cela lui demandait trop d'efforts de se rappeler quoi. C'était tellement plus facile de se blottir dans les bras puissants de Xanthier et de le laisser prendre soin d'elle.

Le feu flambait. Des loups hurlaient, au loin, mais Alannah n'en avait cure, blottie contre le corps chaud de Xanthier, la tête appuyée sur son cou. La douleur aiguë dans son crâne s'était estompée et elle se sentait en paix. Xanthier lui avait toujours transmis un sentiment de sécurité. Ici, loin de la cour, il était détendu, attentif et tendre. Sa respiration était régulière et ses mains caressaient les cheveux de la jeune femme.

À quelques pas, Isabelle s'était endormie. Alannah tentait de se rappeler ce que l'enfant lui avait dit, mais de nouveau sa tête endolorie refusait de réfléchir.

L'étalon blanc était allongé de l'autre côté du feu, sa patte blessée entourée d'un cataplasme de boue. De temps en temps, il grognait et levait la tête, la reposant dès qu'il apercevait Alannah. Rassuré sur le sort de sa maîtresse, il se rendormait aussitôt.

La lumière des flammes enveloppait le petit groupe de son cocon doré et Alannah sentait le cœur de Xanthier battre contre elle. Elle avait un tel sentiment de perfection, blottie contre lui... Et son corps était si familier... Souriante, elle glissa les lèvres sur le cou de son compagnon. Il cessa aussitôt de lui caresser les cheveux. Ravie de son effet, elle s'enhardit à l'embrasser de nouveau.

— Alannah, murmura-t-il, attention à votre tête...

— Chut ! dit-elle en l'embrassant de l'autre côté, effleurant la peau de Xanthier de sa langue, savourant son goût de sueur et de musc.

Elle leva les yeux vers lui et il contempla son beau visage. Il posa les mains contre ses joues pour effleurer ses lèvres des siennes.

— Vous ne pouvez pas savoir à quel point je suis heureux de vous avoir retrouvée, dit-il.

— Vous ne pouvez pas savoir à quel point je suis heureuse en ce moment, répliqua-t-elle.

Bouleversé, il la serra contre lui, avant de l'entraîner loin du feu et de l'enfant endormie. Ils se caressèrent dans la pénombre, jusqu'à ce qu'Alannah l'oblige à s'allonger. Elle ouvrit sa chemise. Il s'adossa à un arbre et elle plaça un genou de chaque côté de lui, sans cesser de le caresser et de l'embrasser.

Lentement, ils se débarrassèrent de leurs vêtements. Moite de désir, Alannah le chevaucha, se laissant pénétrer.

Xanthier émit un grognement de plaisir, emporté dans un univers de sensations délicieuses, caressant la peau satinée de sa compagne.

Alannah épousait chacun de ses mouvements, s'abandonnant au rythme puissant qui les animait, se laissant guider vers un tempo de plus en plus vif. Enfin, elle s'effondra contre lui, traversée d'une onde de volupté, et sa chevelure le recouvrit tel un manteau soyeux.

22

Au matin, Alannah avait retrouvé la mémoire. Isabelle était la fille de Xanthier !

Il n'avait jamais dit qu'il était marié, ni qu'il avait un enfant. Elle se mordit la lèvre, profondément peinée. Il lui mentait depuis le début. Et par-dessus le marché, il lui avait fait l'amour cette nuit, alors que son enfant – l'enfant d'une autre – dormait à quelques pas !

Elle chassa les larmes qui perlaient à ses yeux. Elle savait que c'était elle qui avait voulu faire l'amour, et elle ne pouvait vraiment le lui reprocher ! Quelle sotte elle faisait, de ne pouvoir contrôler le désir qu'elle avait de lui ! L'autre nuit, dans le jardin, c'était pareil. Elle avait beau savoir qu'elle ne devait pas lui céder, elle lui tombait dans les bras dès qu'il la touchait.

Claudius était déjà debout. S'éloignant de Xanthier endormi, Alannah marcha jusqu'à l'étalon et tâta la patte blessée. Le cheval tressaillit à son contact, mais le cataplasme semblait avoir été efficace. La blessure n'était plus enflée.

Lentement, silencieusement, tous deux s'éloignèrent du campement improvisé. Claudius boitait mais il pouvait marcher, et Alannah ne ressentait qu'un fort mal de tête.

Dix minutes plus tard, ils sortirent de la forêt. Elle entendit aussitôt son nom.

— Alannah ! D'où venez-vous ? demanda Brogan en galopant vers elle.

Sa voix exprimait la plus vive inquiétude.

— Mon cheval s'est blessé et j'ai dû passer la nuit dans le bois.

— Vous êtes blessée, vous aussi. Avez-vous besoin d'un médecin ?

— Non, je vais bien, merci. Et ne vous inquiétez pas non plus pour Isabelle.

— Dieu soit loué ! Où est-elle ?

— Avec son père.

Le silence de Brogan trahissait sa tension.

— Son père est bien Xanthier O'Bannon, n'est-ce pas ? reprit Alannah. Votre frère ?

— Oui.

Elle sentit son cœur se briser et dut faire un effort pour ne pas hurler.

— Savez-vous pourquoi il est venu à la cour ? demanda-t-elle.

— Je suppose que c'est pour se marier. J'ai entendu dire qu'il a l'intention d'épouser lady Serena.

Alannah serra les poings et se remit à marcher. Elle ne pouvait supporter la présence de personne, en cet instant. Ce matin, elle s'était sentie trahie parce que Xanthier ne lui avait pas parlé de son enfant ni de son épouse. Or cette dernière devait être morte, comme l'avait dit la fillette, puisqu'il cherchait à se remarier !

Comment avait-il pu la traiter ainsi ? La vérité, c'était qu'il n'avait que faire d'une aveugle, à part pour quelques moments de plaisir. Eh bien, elle n'avait que faire de lui non plus !

Alannah cligna des paupières pour retenir ses larmes.

Sa décision était prise. Elle devait gagner la course, reconquérir son île, et ensuite quitter l'Écosse pour toujours.

Ce fut le froid qui le réveilla. Non pas un froid vif, ni même la fraîcheur matinale, mais le froid de la solitude.

Les yeux clos, Xanthier tendit le bras, espérant que sa main rencontrerait le corps chaud d'Alannah. Mais il dut se rendre à l'évidence. Il était seul...

Ouvrant enfin les yeux, il contempla les feuilles répandues sur le sol. Une vague de tristesse s'empara de lui.

Il y avait quelques cheveux roux sur sa couche de feuillage, et il sentait encore l'odeur de la jeune femme.

Elle était partie sans un mot d'explication, comme si rien ne s'était passé, songea-t-il, dévasté. Il lui avait pourtant montré ce qu'il éprouvait pour elle. Avec ses baisers, ses caresses, son corps entier. Ne voyait-elle donc pas à quel point il l'aimait ?

Un bruit lui fit lever la tête, l'emplissant soudain d'espoir. Balayant la clairière du regard, il aperçut Isabelle, pelotonnée contre un arbre. Les yeux gris de l'enfant étaient fixés sur lui, étrangement familiers. Les yeux de sa fille, ses yeux à lui...

— Bonjour, dit-elle d'une voix timide.

Xanthier fouilla de nouveau l'espace du regard, cherchant Alannah.

— Elle est partie, reprit Isabelle. Elle a pris le cheval et elle a descendu la colline. Je suis restée avec toi.

Il la regarda d'un air réprobateur.

— Tu aurais dû la suivre ! Brogan et Matalia doivent te chercher partout.

Isabelle lui jeta un regard noir.

— C'est toi, mon père. Je vais vivre avec toi.

— Ne dis pas de bêtise, Isabelle. Brogan et Matalia t'ont donné un foyer.

Elle se leva en secouant la tête.

— Ça m'est égal, ce que tu dis. Je resterai avec toi.

Xanthier soupira et s'approcha de son cheval pour le seller.

— Toutes les petites filles sont-elles aussi têtues ? maugréa-t-il. Pour l'instant, je n'ai pas d'autre choix que de rentrer avec toi. Alors viens ici et en selle !

Comme ces paroles dures étaient accompagnées d'un léger sourire, le visage de l'enfant s'illumina et elle courut vers lui. Quelques instants plus tard, elle était assise dans ses bras tandis qu'ils prenaient le chemin du retour.

Xanthier sentait l'inquiétude de son frère et passa à travers champs pour le rejoindre sur la grand-route. Quelques minutes plus tard, les jumeaux se faisaient face.

Brogan s'avança et tendit les bras à Isabelle.

— Enfin, te voilà ! Nous étions si inquiets ! s'exclama-t-il en la serrant contre lui.

Xanthier s'écarta, indiquant par là à Brogan qu'il pouvait ôter l'enfant de son cheval. Mais Isabelle jeta les bras à son cou.

— C'est mon père qui nous a trouvées, oncle Brogan ! Il est courageux, ajouta-t-elle en enveloppant Xanthier d'un regard plein d'adoration.

Brogan se força à sourire.

— Je suis content qu'on t'ait trouvée. Merci, ajouta-t-il avec un regard à son frère.

— C'est bien la première fois que tu me dis merci, mon frère, répliqua Xanthier d'un ton moqueur. C'est un jour à marquer d'une pierre blanche !

— Je ne l'oublierai pas non plus, répliqua Brogan.

Alannah ramena son étalon à l'écurie royale, où il devait rester jusqu'au jour de la course. Dans la cour, elle rencontra Gondilyn.

— Alannah ! Je vous ai cherchée partout ! Que s'est-il passé ?

— Je suis bien aise de vous entendre, Gondilyn. J'ai eu un accident et j'ai passé la nuit dans la forêt.

— Mais c'est très dangereux !

— J'ai toujours vécu en plein air, rétorqua-t-elle en souriant. Croyez-moi, je ne risquais rien.

— Vous êtes trop belle pour dormir par terre.

— Ne soyez pas ridicule, Gondilyn. Je ne suis pas en sucre.

— Promettez-moi d'être plus prudente, à l'avenir. Et si vous aviez rencontré quelqu'un, cette nuit ? Pensez un peu à ce qui aurait pu se passer !

Alannah baissa la tête, gênée.

— Et votre cheval ? insista Gondilyn. Que lui est-il arrivé ? Il boite.

— Il s'est blessé à la patte avant. Je m'en occupe tout de suite.

— Mais la course est dans quelques jours ! Il ne sera jamais prêt ! s'exclama Gondilyn en suivant la jeune femme dans l'écurie.

Une fois à l'intérieur, Alannah se laissa glisser à terre et tendit la couverture à Gondilyn. Sans parler pendant plusieurs minutes, elle brossa Claudius, enlevant la terre et la poussière de sa belle robe blanche. L'étalon baissait la tête. Il souffrait, c'était évident.

— Alannah ? Pensez-vous sérieusement qu'il pourra participer à la course ? s'inquiéta Gondilyn.

La jeune femme appuya le front contre le flanc de Claudius et poussa un long soupir. Les récents événements lui revenaient en mémoire, mais le plus douloureux était de se dire que Xanthier lui avait délibérément menti, en lui cachant le fait qu'il avait une fille et qu'il allait se marier.

— Je l'espère, répondit-elle enfin. Cette course est très importante pour moi. Je ne veux pas que quelqu'un d'autre – et surtout Xanthier – ait des droits sur mon île.

Gondilyn tenta de s'approcher de l'étalon, mais ce dernier montra aussitôt les dents.

— J'ai des doutes, Alannah. Il ne va pas accepter que je le monte. Et même s'il voulait bien, pourrais-je le contrôler ?

Elle reprit sa tâche et brossa vigoureusement l'animal.

— Il faut qu'il participe à cette course, Gondilyn.
— Mais je...
Alannah pivota, furieuse.
— Vous devez le monter, vous dis-je !
— Et si je ne le peux pas ?
— Vous le pourrez si vous le voulez.
— Je ne demande qu'à vous croire, Alannah. Vous faites preuve d'une résistance peu commune et je vous admire immensément. Si je pouvais avoir une infime partie de votre caractère, je serais un homme meilleur.

Elle rougit et se détourna. La révérence de Gondilyn à son égard la mettait mal à l'aise. Il ignorait sa faiblesse envers Xanthier et la nuit qu'elle venait de passer dans ses bras...

— Vous voulez bien aller chercher un seau d'eau ? demanda-t-elle. Je vais faire une compresse à Claudius. J'ai ramassé des herbes en chemin, cela le soulagera.

— Bien sûr, Alannah. Tout ce que vous voudrez.

La jeune femme marmonna un « merci », sortit de l'écurie et alla chercher d'autres ingrédients pour Claudius. Elle fabriqua un onguent qu'elle appliqua alternativement avec des compresses froides, puis enveloppa la patte d'une bande. Ensuite, elle mélangea de la poudre à sa nourriture pour réduire l'inflammation.

Matalia apparut.

— Brogan et moi étions très inquiets, s'exclama-t-elle. Où étiez-vous ? Comment avez-vous trouvé Isabelle ?

— Je suis allée entraîner Claudius et quand je me suis arrêtée, je l'ai sentie qui se cachait dans un arbre. Comme mon cheval boitait, nous avons dû passer la nuit dans les bois. Je suis désolée de vous avoir causé du souci.

— Alannah, vous allez bien ? s'enquit Matalia en fronçant les sourcils. Vous semblez bouleversée.

Sans répondre, Alannah donna une tape affectueuse à l'étalon et prit son bâton, indiquant par là qu'elle était prête à quitter l'écurie.

— Il ira mieux demain. Aujourd'hui, il faut qu'il se repose.

— Vous esquivez ma question. Êtes-vous inquiète pour votre cheval ? Pour la course ?

— Claudius a le temps de guérir, je crois. Pour le reste, Matalia, il y a des choses qui me tourmentent, en effet.

Les deux femmes sortirent. Matalia cligna des yeux sous la lumière violente de l'extérieur, mais Alannah sourit en sentant la chaleur du soleil.

— Allons nous asseoir dans le jardin, déclara Matalia en prêtant son bras à la jeune femme. Vous me direz ce qui vous perturbe.

— Promettez-vous de ne rien dire à personne ? Je ne veux pas que quelqu'un interfère en quoi que ce soit dans cette histoire.

— Alannah, parler de ses problèmes peut les rendre plus faciles à supporter.

— Peut-être. Mais promettez-moi de ne rien dire à personne, pas même à votre mari.

— Je vous le promets.

— Il y a quelque chose que je ne comprends pas. Quelqu'un m'a attaquée, hier. Il m'a frappée à la tête avec une grosse branche. Je me suis évanouie. Il a frappé Claudius aussi.

— Mais c'est terrible !

— Ce n'est pas tout. Je pense que la sangle qui retenait la couverture de ma selle a été délibérément desserrée. La couverture a glissé pendant que je galopais, et c'est un miracle si je n'ai pas fait une mauvaise chute. Je crains qu'on ne me veuille du mal.

— Mon Dieu ! Mais qui ?

— Cela a peut-être à voir avec le messager que vous avez envoyé à Clarauch. Avez-vous eu d'autres nouvelles ?

— Non, aucune. C'est comme si vous n'aviez jamais existé. Mais vous m'inquiétez... Peut-être vaudrait-il mieux que nous rentrions tous à Kirkcaldy.

— Non ! dit Alannah. Je veux participer à la course. Mais je pense qu'il y a des précautions à prendre et j'aurai besoin de votre aide.

— Alannah, il faut parler de tout cela à Brogan.

— Non ! Vous m'avez promis ! Il voudra partir immédiatement.

— Mais comment allons-nous vous protéger sans son aide ? Je pense d'ailleurs qu'il faut quitter cet endroit.

Alannah se leva, contrariée.

— Me ferez-vous regretter ces confidences ?

— Non, bien sûr, répliqua vivement Matalia. Je tiendrai parole, mais il va falloir que nous parlions à quelqu'un, de toute façon. Il vous faut un garde et un autre pour l'étalon.

— J'ai encore de l'or et je paierai quelqu'un pour rester près de Claudius nuit et jour. Nous dirons au gardien de l'écurie que nous sommes inquiets parce qu'il vaut très cher.

— Oui, c'est sensé. Et vous, Alannah ?

— Effie restera avec moi.

— Voyons, il vous faut quelqu'un de plus fort qu'une vieille femme ! Pourquoi pas Gondilyn ? Il vous aime beaucoup.

— Eh bien...

— Soit nous prévenons Gondilyn, soit c'est Brogan.

— D'accord, dit Alannah à contrecœur. Je préviendrai Gondilyn.

Elles se levèrent et Matalia se tourna vers la jeune femme pour poser les mains sur ses épaules.

— Il y a autre chose, n'est-ce pas, Alannah ? Est-ce que c'est à propos de Xanthier ?

Alannah baissa la tête, laissant sa chevelure lui cacher le visage. Son esprit était en feu. Xanthier, Isabelle, la fiancée inconnue de Xanthier... Elle se sentait si confuse qu'elle ne parvenait pas à réfléchir.

De plus en plus inquiète, Matalia la prit dans ses bras et la berça doucement.

— Tout va s'arranger, murmura-t-elle. Même si vous ne pouvez m'en dire davantage, n'oubliez pas que je suis votre amie.

Alannah s'écarta, le cœur serré. Xanthier avait prétendu être son ami, lui aussi, et il l'avait trahie.

Y avait-il au monde quelqu'un de réellement digne de confiance ? songea-t-elle, découragée.

23

Kurgan regarda Alannah quitter le jardin. Ses longs cheveux auburn dansaient autour de son visage parfait. Elle était belle, et il la haïssait.

— Pourquoi est-elle encore en vie ? demanda-t-il en se tournant vers son compagnon.

— C'est son cheval ! gémit l'homme. Il a failli me piétiner ! On aurait dit qu'il la défendait.

Kurgan lui jeta un regard dégoûté.

— Les chevaux sont des animaux stupides. Ils ne protègent pas les gens.

— On voit bien que vous n'étiez pas là ! répliqua l'homme d'un ton maussade. Je vous dis que le cheval m'a attaqué. J'ai pourtant tiré la femme jusqu'au torrent et elle aurait dû se noyer.

— Et l'enfant ?

— Elle ne se souviendra de rien. À cet âge-là, on ne comprend pas grand-chose !

— Ce n'est pas une raison pour vous montrer. Faites-vous discret. Il faut d'abord savoir si Alannah va raconter ce qui s'est passé…

Sur le lieu de la fête royale, la foule s'intensifiait. On jouait de la musique en plusieurs endroits, des jongleurs s'ébattaient un peu partout autour des invités, et plusieurs animaux vêtus d'atours colorés cabriolaient librement. La reine Margaret et le roi Malcom étaient assis sur une haute estrade, goûtant des vins et des fruits exotiques.

Alannah ne quittait pas Gondilyn d'une semelle. Le bruit, l'activité, l'énergie vibrante des gens la rendaient nerveuse.

— Combien de temps encore ? demanda-t-elle pour la troisième fois.

— Je vous l'ai dit, Alannah, répliqua-t-il à son oreille, il ne faut pas insulter les monarques en partant trop tôt. Si nous partons maintenant, et que le roi ou la reine remarquent notre absence, ils peuvent nous interdire de participer à la course.

— Oui, oui, je sais. Mais jusqu'à quelle heure devons-nous rester ? Il faut que nous étudions le parcours.

Gondilyn soupira et tapota gentiment la main que la jeune femme avait posée sur son bras.

— Encore quelques heures de patience, mademoiselle. Ensuite j'essayerai de monter votre étalon.

— Je suis si lasse de cette atmosphère, murmura-t-elle en se frottant la tempe de sa main libre.

— De toute façon, vous êtes plus en sécurité dans la foule que seule dans l'écurie.

Alannah acquiesça à contrecœur. Si seulement elle ne lui avait pas fait part de ses craintes ! Maintenant, Gondilyn ne pensait qu'à la protéger, et même si elle appréciait sa compagnie au milieu de la foule, elle aurait préféré être seule.

Soudain, elle perçut une voix familière.

— Alannah, dit Kurgan, je vous cherchais ! Comment allez-vous ? J'ai entendu dire que vous vous êtes perdue dans les bois, hier, et que vous n'êtes rentrée qu'au matin.

— Ce n'était rien, murmura Alannah. Une simple mésaventure. Tout va bien, maintenant.

Kurgan sourit.

— Vous ne pouvez savoir à quel point je suis soulagé. Pourrais-je vous convaincre de changer d'escorte ? Je serais très honoré de vous accompagner, car je crois que le garde ici présent doit regagner son service. Vous ne voudriez pas qu'il soit réprimandé pour abandon de poste, n'est-ce pas ?

— Est-ce vrai, Gondilyn ? Serez-vous puni pour avoir passé du temps avec moi ?

— Ne vous inquiétez pas, répliqua l'intéressé.

Mais sa voix trahissait son inquiétude, et elle fronça les sourcils.

— Allez-y, Gondilyn ! dit-elle. Nous nous verrons plus tard.

Gondilyn n'était nullement rassuré de la confier à Kurgan, mais ce dernier prit d'autorité le bras d'Alannah.

— Même une heure en votre compagnie me comblera, déclara-t-il en l'entraînant. Pardonnez-moi si mes propos vous semblent trop audacieux, mais je peux difficilement cacher mes émotions. Vous avez la beauté et l'élégance dont j'ai toujours rêvé chez une femme.

Alannah rougit.

— Oubliez-vous que je suis aveugle ?

— Non, au contraire. Votre cécité ajoute à votre charme exceptionnel.

Une voix de femme, stridente et excitée, retentit derrière eux.

— Quoi ? Il cherche à se marier ? Avec ses balafres, sa vigueur et sa richesse, il va crouler sous les propositions. Le roi ne devrait pas restreindre son choix à lady Serena. Je me demande ce que je peux faire pour attirer son attention…

— Ne sois pas si gourde ! répondit une autre femme. Un homme comme lui ne sera pas dupe de tes petites astuces.

Une troisième voix se joignit à la conversation.

— Moi, il me fait peur… Il paraît que c'est le roi qui insiste pour qu'il fonde un foyer. Je serais vraiment nerveuse s'il me remarquait… Je penserais aux conséquences. Vous vous rappelez ce qui est arrivé à son épouse !

— Bah ! Pensez plutôt au lit conjugal ! Avec un corps pareil et son expérience… on ne doit pas s'y ennuyer ! J'épouserais Xanthier O'Bannon sans hésiter une seconde. À mon avis, il n'aura aucun problème à trouver une fiancée.

Les femmes s'éloignèrent, continuant de parler des différents avantages d'une union avec Xanthier. Alannah était pétrifiée.

— Kurgan, murmura-t-elle, vous connaissez Xanthier O'Bannon ?

— Bien sûr ! Pourquoi cette question ?

— Est-il marié ?

— Grand Dieu, non ! Son épouse est morte il y a cinq ans, peu de temps après la naissance de leur fille. Depuis, aucune femme n'a voulu lier son sort au sien.

— Il n'est pas fiancé ?

Une vague de culpabilité envahit Alannah. Comme Xanthier avait dû souffrir en découvrant qu'elle était partie, hier matin, dans la forêt !

— Non. Mais j'ai entendu sur lui des choses terribles. Ce n'est pas un homme convenable, Alannah. Vous feriez bien de l'éviter le plus possible.

— Le voyez-vous dans la foule, maintenant ? demanda-t-elle dans un souffle.

Une joie insensée s'empara d'elle. Xanthier ne voulait pas se marier, il ne lui avait pas menti !

— Alannah ! gronda Kurgan, furieux. Pourquoi vous intéressez-vous à O'Bannon ? Comment se fait-il que vous le connaissiez ? C'est un homme violent et colérique. Évitez-le, je vous en conjure. Il vous ferait du mal...

Alannah se tourna vers Kurgan et lui toucha le visage, d'instinct, comme pour lire ses pensées sur ses traits.

— Comment le savez-vous ? demanda-t-elle.

Il retint sa respiration, surpris par la légèreté des doigts de la jeune femme sur son visage.

— J'ai combattu à ses côtés et je suis bien placé pour vous parler de sa brutalité.

— Il n'est pas si horrible que vous le dites. Il a un côté profond qu'il ne montre pas. Il est vrai qu'il peut être irritant, dominateur et extrêmement contrariant. Mais il est aussi tendre et prévenant. J'aimerais le trouver et lui parler.

Kurgan plissa les yeux.

— Vous semblez amoureuse de lui, ma parole ! Je vous conjure de vous tenir à l'écart de cet individu. Il devait hériter d'un titre puissant, mais le titre est revenu à son frère jumeau. C'est un corsaire, un dangereux pirate ! Vous êtes douce et aimable, délicate et lumineuse. Lui, c'est un rustre, défiguré par les combats. Vous n'êtes pas assortis, Alannah. Il vous faut quelqu'un qui prenne soin de vous. Quelqu'un qui vous aimera avec le respect que vous méritez. Quelqu'un comme moi.

— Kurgan, vous ne devriez pas dire ça ! Je ne sais comment expliquer ma relation à Xanthier, car je ne la comprends pas moi-même. Il a fait naufrage sur mon île et a passé de nombreux mois avec moi. Je n'arrive pas à savoir ce que j'éprouve exactement pour lui. Tantôt je suis tellement en colère que je ne supporte même pas d'entendre prononcer son nom, tantôt je donnerais tout pour être près de lui.

— Oubliez-vous qu'il a tenté de vous prendre votre île ? Vous ne pouvez lui accorder aucune confiance.

Kurgan saisit les mains de la jeune femme et l'attira doucement vers lui. Elle était vraiment belle, songea-t-il. La tuer n'était peut-être pas la meilleure solution... S'il parvenait à la convaincre de l'épouser, il pourrait rester le maître du clan du Serpent et goûter à ses appas.

Un pli arrogant aux lèvres, il balaya la cour du regard et rencontra les yeux d'acier de Xanthier O'Bannon. Sa colère était palpable. Un sourire se dessina sur le visage de Kurgan. Alannah ne pouvait voir Xanthier... Quelle parfaite occasion de se venger ! Sans hésiter, il entoura de son bras les épaules de la jeune femme et l'entraîna vers un étal de fleurs. Choisissant une superbe rose blanche, il la glissa dans ses cheveux.

— Cette fleur ne peut se comparer à votre beauté, murmura-t-il.

— Décidément, vous dites des extravagances, répliqua-t-elle en souriant. Vous avez tort de m'habituer à de tels compliments !

— Je ne m'en lasserai jamais, croyez-le bien.

Alannah éclata de rire.

— Pouvez-vous m'avertir lorsque vous verrez Xanthier ? Il faut que je lui parle.

— Entendu, dit Kurgan en s'éclaircissant la gorge. Je n'y manquerai pas.

En face d'eux, Xanthier serrait les dents, dévoré de jalousie. Alannah souriait à Kurgan comme si c'était son amoureux ! Comment pouvait-elle se montrer si familière avec un autre homme ?

En l'apercevant tout à l'heure, Xanthier avait eu l'intention d'aller lui demander pourquoi elle avait disparu la veille, mais il changea d'avis. Une fois de plus, il se retrouvait dans une impasse à cause des signaux contradictoires qu'elle lui adressait. Pourquoi s'était-elle montrée si passionnée hier soir, pour fuir sans un mot dès le petit jour ? Et pourquoi nouait-elle cette relation avec Kurgan, son pire ennemi ?

Il ferma les poings, tremblant du désir de frapper son rival. Il fallait qu'il se batte, qu'il exprime sa colère... Tournant subitement les talons, il se dirigeait vers la compétition de lutte qui commençait, quand Isabelle le rattrapa.

— Père ?

Il baissa les yeux, surpris.

— Que fais-tu ici ?

— Je veux jouer avec toi.

— Ne reste pas ici, Isabelle ! Je vais dans un endroit qui n'est pas pour les enfants.

— Mais, père, je veux jouer ! insista-t-elle en tapant du pied.

Cette tactique fonctionnait toujours avec oncle Brogan. Si elle faisait un vrai caprice, il se mettait à rire et la laissait faire ce qu'elle voulait.

Xanthier fronça les sourcils et s'accroupit pour regarder la fillette dans les yeux.

— Isabelle, ce n'est pas une façon de se conduire pour une jeune fille. Tu devrais respecter un adulte lorsqu'il te dit non. Obéir n'est pas seulement une convenance. C'est aussi pour te protéger. Pense au jour où tu t'es perdue dans les bois. Si tu avais écouté ton oncle et ta tante, si tu étais restée près d'eux, tu n'aurais pas perdu ton chemin.

— Mais je veux jouer avec toi !

Xanthier secoua la tête, perplexe.

— Écoute, si tu es sage, je t'emmène quelque part ce soir.

Voyant que son père n'allait pas céder, l'enfant fit une moue boudeuse et se pendit à son cou.

— Tu me promets ? demanda-t-elle.

Gêné par cette démonstration d'affection, Xanthier se redressa.

— Oui, dit-il. Maintenant, va trouver quelqu'un avec qui t'amuser.

Il se détourna, mais sa colère était apaisée et il sourit en songeant aux yeux gris qui le suppliaient avec tant d'ardeur.

Isabelle détala. Mangan, qui venait de l'apercevoir, allait la rejoindre quand il vit la fillette courir vers Alannah et lui prendre la main.

Mangan regarda sa cousine d'un air songeur. Il la connaissait mieux que quiconque, et la voir solliciter la dame aveugle le rendait un peu triste. C'était la première fois qu'Isabelle décidait de jouer avec quelqu'un d'autre. Le garçon s'assit à l'ombre, les yeux emplis de larmes qu'il essuya d'un geste rageur.

— Mademoiselle Alannah ? dit Isabelle.

Alannah sourit et déposa un baiser sur le front de la fillette.

— Bonjour, Isabelle ! s'exclama-t-elle. Est-ce que ton père est là ?

— Il vient de partir. Il va sur le terrain de lutte et il m'a dit que c'était pas pour les enfants.

Oh… songea Alannah. Il ne m'a sans doute pas vue.

— Dis-moi, qu'est-ce que ça fait d'être aveugle ?

— Petite ! gronda Kurgan. Ne sois pas si curieuse ! Montre un peu de respect à Mlle Alannah.

— Sa question est très naturelle, protesta celle-ci. Je pourrais demander la même chose : qu'est-ce que ça fait de voir ?

— Ça, tout le monde le sait ! dit Isabelle. Tout le monde sauf toi...

— Exactement ! Ferme les yeux, si tu veux savoir. Tu découvriras les odeurs et les sons...

Alannah se tut en se rappelant l'habitude qu'elle avait de bander les yeux de Xanthier. Partager son univers avec lui semblait si facile...

— Je peux jouer à être aveugle avec toi ? demanda Isabelle, enchantée. Ensuite je te dirai tout ce que je vois et tu pourras tout sentir comme si tu voyais.

— Très bien ! approuva Alannah en riant.

Kurgan s'écarta, dégoûté de la familiarité de la jeune femme avec la fille de son ennemi.

— Je vois que vous êtes occupée, dit-il. Je vous laisse, à condition que vous me promettiez de danser avec moi ce soir.

— Entendu, répondit Alannah avant de se tourner vers Isabelle. Pour commencer, il faut faire attention où on marche et se rappeler par où on est passé. Tu n'as pas l'habitude de réfléchir à tout cela, n'est-ce pas ?

Isabelle marcha les yeux fermés et les bras tendus. Au bout de quelques pas, elle se heurta à une charrette et ouvrit les yeux.

— Désolée, marmonna-t-elle.

Le propriétaire de la charrette salua d'un signe de tête et continua son chemin.

— Regarde ! s'écria Isabelle. Euh, je veux dire, sens ! C'est des biscuits fourrés !

La fillette lâcha la main d'Alannah et courut jusqu'à un boulanger, dont le panier débordait de gâteaux encore chauds. L'odeur sucrée parvenait à Alannah qui sourit. Quelques secondes plus tard, elles mordaient dans les biscuits tout en se dirigeant vers une autre attraction.

Mangan n'était pas le seul à avoir remarqué l'affection qu'Isabelle portait à Alannah. Matalia O'Bannon posa la main sur le bras de son mari.

— Regarde notre nièce ! On dirait qu'elle aime beaucoup Alannah.

— Je doute qu'à part nous, quelqu'un puisse supporter Isabelle plus de cinq minutes.

— Eh bien, en tout cas elles ont l'air de s'amuser !

Brogan fouilla la foule du regard et aperçut enfin Alannah et l'enfant, en train de jouer à lancer des anneaux sur des quilles. Isabelle n'arrivait pas à les lancer assez loin et Alannah ne pouvait les voir, mais ensemble, elles se débrouillaient bien.

— C'est pourtant vrai, dit-il surpris. C'est bien la dernière chose à laquelle je m'attendais ! J'aurais cru qu'Isabelle aurait été impitoyable avec quelqu'un souffrant d'un handicap physique.

— Au contraire, murmura Matalia en glissant la main dans celle de Brogan, elle admire le courage d'Alannah.

— Moi aussi, je l'admire ! dit Mangan en prenant l'autre main de sa mère. Finalement, je suis content qu'elles jouent ensemble.

Lady Catherine, la grand-mère maternelle d'Isabelle, ne partageait pas ce point de vue.

— Pourquoi ma petite-fille est-elle près de cette malheureuse ? dit-elle à la servante qui l'accompagnait. Sa réputation est déjà assez souillée par la mort brutale de sa mère et l'abandon de son père. Je ne veux pas qu'elle fréquente des pestiférés !

La servante hocha la tête, s'abstenant de dire que les pestiférés et les aveugles n'avaient pas grand-chose en commun. De plus, lady Catherine ne s'était pas préoccupée de l'enfant depuis sa naissance. En cela, elle était tout aussi coupable que lord Xanthier…

— C'est un crime de voir cette créature se promener avec des personnes civilisées ! insista lady Catherine en haussant la voix. Mais je ne vais pas m'abaisser à reconnaître son existence. Et je dis que son cheval devrait être exclu de la course. Seuls les gens normaux devraient être autorisés à participer à un événement aussi prestigieux !

Sa compagne se tut et jeta un regard plein de compassion à la belle dame aveugle. L'opinion de lady Catherine était partagée par de nombreuses dames de la noblesse, mais chez les domestiques on respectait Mlle Alannah. Et une rumeur commençait à circuler parmi eux, une rumeur qui était née dans le village de Clarauch et qui, assurément, ferait trembler les gens comme lady Catherine si elle leur parvenait...

24

La reine Margaret adressa un signe impérieux à Xanthier pour qu'il s'approche de l'estrade royale.

— Avez-vous parlé à lady Serena ? lui demanda-t-elle.

— Votre Majesté, je vous implore une fois encore d'écouter ma requête. S'il convient à la cour, je lui donnerai la moitié de mes coffres pour garder ma liberté.

La reine lui jeta un regard noir.

— Je vous sais gré de vouloir soutenir la monarchie, mais j'insiste pour que vous vous mariiez. Les jeunes hommes de votre espèce ne parviennent à rien de bon sans l'influence apaisante d'une épouse. Faites votre demande sans attendre, sinon je la ferai à votre place.

Xanthier s'inclina, non sans fournir un gros effort pour contenir sa rage. La dernière chose dont il avait besoin, c'était d'une épouse qui le harcèlerait et exigerait de lui mille corvées ! Son précédent mariage ne lui avait guère inspiré de respect pour cette institution. Et puis, son union avec Isadora avait été dénuée d'amour et s'était achevée dans le drame.

Il la revoyait tomber de la tour tandis qu'il regardait, impuissant, tenant sa fille contre lui. Dans un accès de folie furieuse, Isadora était montée en haut de la tour pour lancer le bébé dans le vide. Xanthier avait tout juste eu le temps d'arracher Isabelle des mains de sa mère au moment où elle allait lâcher l'enfant par-dessus les remparts.

Contrariée dans son élan, Isadora avait basculé et Xanthier n'avait rien pu faire pour la retenir. En sauvant sa fille, il avait involontairement tué sa femme...

Un homme s'éclaircit la gorge près de lui, interrompant le cours de ses souvenirs. Surpris que quelqu'un veuille l'approcher, Xanthier dévisagea l'inconnu d'un air interrogateur.

— Je m'appelle Guinness, commodore. J'habite dans les Highlands. Et j'ai une fille à marier, si lady Serena n'est pas à votre goût.

Avant que Xanthier ait eu le temps de répondre, un autre homme s'avança.

— Lord Xanthier, moi aussi j'ai une fille, et sa dot comprend une bonne terre fertile.

— Sir! interrompit un troisième homme. Ma fille à moi a de la terre et aussi de l'argent, et elle est bien plus belle que les filles de ces deux-là.

— Je ne comprends pas, répliqua Xanthier, stupéfait.

Près de lui, le capitaine Robbins ne put s'empêcher de rire.

— Je vous avais bien dit que vous étiez un bon parti! s'exclama-t-il. On vous sait fort riche, et les dames apprécient votre physique d'aventurier. Cela vous rend très désirable, commodore.

Xanthier murmura une excuse polie et s'éloigna.

— Ces gens sont-ils stupides? demanda-t-il à son compagnon. Ils ne devraient pas me confier leurs filles. Je n'ai rien de bon à leur offrir.

Le capitaine haussa les épaules.

— Vous n'êtes peut-être pas aussi repoussant que vous aimez à le croire, commodore. Regardez de ce côté... Ces jeunes femmes essayent d'attirer votre attention depuis un bon moment. En fait, vous êtes plus aveugle qu'Alannah! Il vous serait facile d'avoir une fiancée avant la fin des festivités, comme l'exige la reine.

— C'est dégoûtant! s'exclama Xanthier. Je ne veux rien avoir à faire avec ces pimbêches!

À cet instant, il aperçut Kurgan et oublia les candidates au mariage. Il le revoyait danser avec Alannah, marcher avec elle, passer un bras autour de ses épaules... Ne comprenait-elle pas qu'elle n'avait aucun droit de se comporter ainsi ? Elle savait qu'elle lui appartenait. Comment osait-elle frayer avec un autre homme ?

Sans plus réfléchir, Xanthier s'avança vers Kurgan, bien décidé à lui demander de se tenir à l'écart de la jeune femme. Les gens reculaient vivement à son passage, alarmés par la vigueur de son pas et la férocité de son expression.

Il arrivait à la hauteur de Kurgan lorsque le capitaine le retint par l'épaule. Les nerfs à vif, Xanthier pivota, la main posée sur la poignée de son épée. Robbins leva les mains en signe d'apaisement.

— Je veux seulement vous avertir, lord Xanthier. Voulez-vous créer un scandale ?

Xanthier regarda autour de lui, indécis. Le capitaine s'approcha encore et baissa la voix.

— Je suis conscient de votre émoi, mais il ne faut rien faire de stupide. Si vous vous battez avec Kurgan, le roi pourrait vous empêcher de participer à la course. Que feriez-vous, alors ? Comment obtiendriez-vous l'île des Chevaux sauvages ? ou Alannah ?

— Pourquoi Kurgan lui fait-il la cour ? répliqua Xanthier à voix basse.

— Elle est très belle. Il est peut-être attiré par elle, tout comme vous.

— J'ai du mal à croire qu'il soit ému par sa grâce. Il aime la violence et le pouvoir. À mon avis, il se sert d'elle.

Le capitaine secoua la tête.

— Il est difficile de ne pas être sensible à la beauté d'Alannah. Tous les hommes sont sous le charme. Je respecte vos sentiments, commodore, mais vous devez penser à votre avenir et elle n'y a aucune place.

Xanthier le foudroya du regard.

— Pardon ?

— Il est temps de vous marier, insista le capitaine avec douceur. D'asseoir votre puissance par une alliance.

Pris de malaise, Xanthier marcha en vacillant jusqu'au mur et s'y adossa. Ses mains tremblaient et des taches dansaient devant ses yeux. Jamais il ne la quitterait ! Jamais ! Alannah était la beauté, la lumière, la pureté et la grâce, et il avait besoin d'elle comme elle avait besoin de lui.

Une main se posa sur son épaule et il leva les yeux. Un regard gris et inquiet rencontra le sien.

— Viens, dit Brogan. Sortons !

Le malaise commençait à s'estomper. Xanthier sentit le sang circuler de nouveau dans son corps. Il respirait mieux mais devait encore s'appuyer sur son frère pour marcher.

Une fois dehors, il s'effondra sur un banc et enfouit la tête dans ses mains.

— Elle me déchire, chuchota-t-il. Elle me hante ! Je la veux plus que tout et elle me renie. C'est pour elle que je suis venu ici, pour revendiquer la propriété de son île afin de l'emmener y vivre en toute sécurité. Et pourtant elle est furieuse contre moi. Je lui dis et lui montre clairement que je la veux, et elle s'enfuit avec mon ennemi. Où me suis-je trompé, Brogan ? Quelle est mon erreur ? Suis-je puni pour mes péchés ? Mon intention était de parler d'elle au roi et demander qu'elle soit mienne, mais rien ne se passe comme je l'avais espéré.

— Elle a donc conquis ton cœur ?

Xanthier leva vers lui un visage hagard et épuisé.

— Lorsque je vivais avec elle, je me sentais meilleur. Si je la perds, je crois que je me perdrai à jamais.

Brogan vint s'asseoir près de lui. Ils contemplèrent l'horizon en silence, écoutant le bourdonnement des insectes.

— En réalité, dit enfin Xanthier, Alannah n'est pas faite pour appartenir à quelqu'un. C'est un esprit fort et audacieux. Elle voit le monde d'une façon que nous ne pouvons imaginer. J'ai parfois l'impression d'être l'idiot du village en train de courtiser une princesse. Mais je ne peux épouser personne d'autre qu'elle.

— Et qu'est-ce qui t'en empêche ?

— Son tuteur ne me le permettra jamais.

— Tu le connais donc ?

— Hélas, oui ! Mais je ne puis dire son nom sans causer du tort à Alannah, murmura Xanthier en soupirant.

— Alors enfuis-toi avec elle! L'amour justifie tout. J'aurais fait n'importe quoi pour garder Matalia près de moi.

— Mais je le lui ai proposé! Elle refuse. Elle ne songe qu'à la course de chevaux. Je suis dans une impasse. Si je ne gagne pas l'île pour elle, elle me détestera, et si c'est elle qui gagne, elle ne croira jamais que j'avais l'intention de lui donner l'île.

— Et si tu gagnes?

— Elle me haïra peut-être encore plus, parce que je contrôlerai sa vie. Quelle torture! Un instant elle est dans mes bras, et la minute d'après elle s'enfuit en me traitant de traître et de menteur. Je ne sais plus quoi penser. Je ne la comprends pas...

— Rien de plus normal! assura Brogan en souriant. Je ne comprends toujours pas ma femme non plus, mais je l'aime de tout mon cœur. Mon cher frère, tu as choisi une femme très compliquée et ce serait une erreur de ma part de te donner un conseil. Mais je sais une chose: si tu l'aimes, rien ne devrait vous séparer.

— Tu as raison, admit Xanthier, reprenant espoir. Je vais aller parler au roi et demander sa main.

— As-tu perdu la tête? s'exclama Matalia, furieuse. Comment un homme aussi intelligent peut-il commettre une erreur aussi grossière?

— Je pensais que tu serais fier de moi! protesta Brogan, désemparé.

Matalia tentait de maîtriser sa colère tandis qu'ils marchaient dans le couloir menant à la salle d'audience du roi.

Il était encore très tôt.

— Vous, les hommes! s'exclama-t-elle. Vous pensez que vous allez tout arranger sans nous consulter, et que nous allons tomber à vos pieds en nous pâmant de reconnaissance!

— Mais alors, explique-moi! En quoi ai-je eu tort?

— Tu le verras bien assez tôt, promit Matalia. Xanthier aurait dû parler avec elle d'abord. Tu l'as mise dans une situation très difficile. Je sais ce que je ferais, à sa place.

— C'est-à-dire ?

— Je te planterais là et je ne te parlerais plus jamais !

Brogan se saisit de Matalia et la pressa contre le mur, puis écrasa sa bouche de la sienne, ramenant à leur souvenir l'heure toute proche où ils avaient fait l'amour, avant le lever du jour.

Matalia étouffa un gémissement et jeta les bras autour du cou de son mari.

— Tu le ferais ? demanda-t-il. Tu me quitterais à jamais si je faisais une erreur ?

— Peut-être pas, murmura-t-elle. Je te donnerais peut-être une deuxième chance.

Brogan acquiesça d'un air satisfait, puis l'entraîna dans le couloir.

— Viens. Il ne faut pas arriver en retard.

Lorsqu'ils atteignirent la salle d'audience, Xanthier était déjà là, le visage fermé, le regard dur. Au premier coup d'œil, il n'avait rien d'un homme amoureux, songea Matalia. D'ailleurs, elle ne parvenait pas à comprendre qu'une femme puisse s'éprendre d'un être aussi froid. Mais elle était bien placée pour savoir que l'amour était la plus puissante de toutes les émotions.

Il y avait beaucoup de monde dans la salle. Matalia sourit au capitaine Robbins et fronça les sourcils en reconnaissant Kurgan. Son oncle Lothian, seigneur du Serpent, avait anéanti la famille du père de Matalia, assassinant son grand-père, sa grand-mère et plusieurs de ses tantes. La cupidité de Lothian n'avait pas été apaisée pour autant, et il avait brûlé la maison natale de sa mère pour tenter de mettre la main sur un trésor légendaire.

Lothian était mort, tué de la main même du père de Matalia, mais son âme survivait dans celle de Kurgan, et elle avait toujours gardé ses distances avec le jeune homme.

Elle s'appuya contre Brogan qui l'enlaça aussitôt, comme pour la protéger.

Le regard de Matalia se posa ensuite sur Gondilyn, sur Effie, la vieille servante, et sur trois autres personnes qu'elle ne connaissait pas. Dont une femme, à l'autre bout de la salle, dissimulée sous un voile rabattu sur son visage.

Xanthier regarda son jumeau, qui tenait à la main le sachet de velours d'Alannah, ignorant qu'il l'avait apporté à la demande du roi. La seule personne qui manquait, dans l'assistance, était Alannah.

Xanthier cachait mal sa nervosité. Pourquoi le roi avait-il convoqué tout ce monde? Il avait sollicité une audience privée et, à sa grande surprise, elle avait été accordée très rapidement. Le roi comptait-il entendre d'autres personnes après lui?

Enfin, le souverain lui fit signe d'avancer.

— Vous désiriez nous parler, dit-il. Nous attendons.

— Je pensais vous parler en privé, Majesté, répliqua Xanthier.

— Toutes les personnes ici présentes sont liées à l'affaire en question.

— Mais... comment Votre Majesté peut-elle savoir de quoi je désirais lui parler? s'enquit Xanthier, profondément contrarié.

— Nous savons tout ce qui se passe dans notre royaume. Parlez, maintenant, ou sortez!

Serrant les poings, Xanthier s'approcha du trône. À cet instant, la porte de la salle s'ouvrit et Alannah entra, agitant son bâton devant elle. Elle était vêtue d'une robe de velours pourpre brodée de fils d'argent. Sa chevelure luxuriante était retenue par un bandeau d'argent. Xanthier s'arrêta, désireux de s'élancer vers elle, mais le roi s'éclaircit la gorge.

Il se reprit aussitôt.

— J'aimerais présenter à Vos Majestés le nom de la jeune fille que j'ai choisie pour épouse, dit-il. Depuis la mort prématurée de ma première femme, je n'envisageais pas de mettre fin à mon veuvage. Cependant, vous m'avez ordonné de me marier et de donner un foyer à ma fille. J'ai donc considéré les possibilités qui m'étaient offertes. Je sais que Vos Majestés avaient choisi pour moi lady Serena, mais je vous supplie humblement de me permettre d'épouser Mlle Alannah.

L'intéressée retint un cri étouffé, et Matalia se précipita à son côté.

— Ai-je bien entendu ? chuchota Alannah.

La reine Margaret prit la parole.

— Alannah, mon enfant, avez-vous eu connaissance de la proposition de mariage de Xanthier ?

— Non, Majesté... murmura Alannah, médusée.

Xanthier demandait sa main ! Il n'avait donc pas menti. Il voulait bien vivre avec elle...

— Quel âge avez-vous, Alannah ? questionna le roi. Avant que je puisse accéder à cette requête, il faut la permission de votre tuteur.

— J'ai seize ans et la femme qui m'a élevée est morte.

— Et le reste de votre famille ?

— Je ne connais pas ma famille, Majesté. Je suis orpheline.

Xanthier balaya la salle d'un regard inquiet, avant de se tourner vers le roi qui le dévisageait d'un air interrogateur.

— Est-ce que quelqu'un dans cette salle a la moindre information sur la famille de Mlle Alannah ? s'enquit le souverain.

— C'est possible, dit doucement la femme assise dans un coin.

Le roi lui fit signe.

— Avancez, je vous prie.

L'inconnue se mit debout. Elle marchait lentement, comme si elle éprouvait une grande difficulté à chacun de ses pas. Effie vint la rejoindre et lui offrit son bras. La femme tapota gentiment la main d'Effie et s'avança seule jusqu'au trône.

— Mademoiselle Alannah, voulez-vous vous avancer aussi ? demanda le roi.

Alannah se tourna avec inquiétude vers Matalia.

— Que se passe-t-il ?

— Je l'ignore, mais l'homme que nous avons envoyé à Clarauch est également dans la salle, murmura Matalia. Vous feriez mieux d'obéir au roi.

Alannah acquiesça, le cœur battant. La seule chose dont elle était certaine à présent, c'était que Xanthier voulait l'épouser. Les autres personnes présentes ne l'intéressaient pas, et encore moins la femme qu'on lui avait ordonné de rejoindre.

Apprendre qui était sa famille était soudain beaucoup moins important que la déclaration de Xanthier.

À l'aide de sa canne, elle s'avança jusqu'à l'estrade royale et tendit la main vers Xanthier. Ce dernier fit un pas en avant, mais le roi l'arrêta d'un regard.

— Alannah? chuchota la femme sous le voile vert. Est-ce votre nom?

La jeune femme se tourna vers elle.

— Oui, répondit-elle, alertée par quelque chose de familier dans la voix de l'inconnue.

Son odeur aussi lui rappelait quelque chose.

— Vous a-t-on toujours appelée ainsi? insista la femme.

— Je n'en sais rien, avoua Alannah.

— Que savez-vous de votre famille? De votre naissance?

Alannah tendit de nouveau la main vers Xanthier et cette fois, ignorant l'avertissement du roi, il s'avança pour la prendre dans la sienne.

— Pourquoi me questionne-t-on ainsi? chuchota-t-elle.

— Quoi qu'il arrive, Alannah, n'oubliez pas que je vous aime, répliqua-t-il. Je veux partager avec vous ma vie et mon nom. Peut-être aurais-je dû me contenter de vivre caché avec vous. Mais je voulais vous prouver mon amour en vous glissant un anneau d'or au doigt. Je veux vous épouser.

— Vous ne me l'avez jamais demandé, murmura-t-elle.

— Je ne le pouvais pas. Pas après que j'ai su qui était votre famille. Il fallait que je vienne demander l'autorisation au roi. Répondez aux questions de cette dame et vous comprendrez vite.

Alannah hocha la tête et se tourna vers la vieille femme.

— Je ne sais rien de mon origine, dit-elle. J'étais un nouveau-né quand j'ai été placée dans une barque qui a dérivé sur l'océan, mais je ne sais si c'est dans l'espoir de me sauver la vie ou de me l'ôter. Un homme m'a aperçue et m'a emmenée dans l'île où vivait son amour perdu, Mlle Anne. Moi, je l'ai toujours appelée Grand-mère. Elle m'a élevée comme si j'étais son propre enfant.

— Qui était l'homme qui vous a trouvée ? Peut-il confirmer cette histoire ?

— Il s'appelait Gondin. Il est mort, et Grand-mère a quitté ce monde il y a plusieurs mois.

— Mon enfant, quelle preuve avez-vous de votre naissance ? s'enquit la reine avec douceur.

— Rien d'autre que les objets qui m'entouraient lorsqu'on m'a trouvée. Une lettre…

— Puis-je la voir ? demanda la reine.

Brogan tira la lettre à demi brûlée du petit sac de velours et la tendit à la reine. Elle la parcourut avant de la donner au roi.

— Elle est fort intéressante, dit-elle.

Gondilyn s'avança.

— Je peux témoigner que l'histoire de Mlle Alannah est vraie, déclara-t-il. Gondin était mon père, et il m'a parlé du nouveau-né qu'il avait trouvé dans une barque. Il m'a dit qu'il l'avait emmené sur l'île où Mlle Anne vivait en exil.

— Vous a-t-il décrit ce nouveau-né ? questionna la reine Margaret.

— Oui. C'était une fille, avec des cheveux roux et des yeux verts. Il a dit qu'elle était aveugle.

L'inconnue leva les mains et commença à rabattre son voile en arrière, révélant d'abord le bas de son visage, puis son nez et enfin ses yeux. Un silence profond régnait dans la pièce, et seul le bruissement de la soie emplissait l'air.

Enfin, le voile dégagea le visage entier de l'inconnue. Elle avait des cheveux d'un roux auburn strié de gris. Son visage aux pommettes hautes avait l'exacte forme de celui d'Alannah et ses yeux étaient d'un vert d'émeraude, brillant de larmes retenues.

Alannah se tourna vers elle, et tout le monde put alors voir leur extraordinaire ressemblance. La femme s'avança vers Alannah et prit son visage dans ses mains.

— Je suis ta mère, mon enfant, murmura-t-elle. Je t'ai enfin retrouvée !

25

La femme caressa tendrement le front et les joues d'Alannah avant de l'attirer dans ses bras.

— Je ne t'ai pas abandonnée, ma chérie, dit-elle. Cela m'était égal que tes yeux ne puissent voir... Je t'aimais plus que tout au monde, plus que ma vie. Je voulais te garder près de moi, t'élever et t'aimer comme une mère, mais je n'ai pas pu, hélas. Je t'ai mise dans cette barque pour te sauver des hommes qui voulaient ta mort – ou, pire encore, ton asservissement.

Alannah recula, en état de choc.

— Tu te nommes Adeline, reprit la femme. Tu viens d'une grande famille d'Écosse. Dans un mois ce sera ton dix-huitième anniversaire, et non le dix-septième. Alors tu hériteras de la fortune du clan du Serpent. Lothian était ton père.

— Vous étiez la catin de mon oncle! s'écria Kurgan, fou de rage. Le fait de porter cette enfant ne confirme en rien que c'est le sang du Serpent qui coule en elle! Elle pourrait être la bâtarde de n'importe qui. La terre et le titre du Serpent sont à moi!

Effie s'avança prestement et s'inclina devant le roi et la reine.

— Vos Altesses, dit-elle sans relever la tête.

— Parle! ordonna le roi.

— Elle a ce collier, expliqua Effie en arrachant le sachet des mains de Brogan.

— Que faites-vous? protesta Xanthier en s'avançant pour lui reprendre le sac. Ceci appartient à Alannah. Vous n'avez aucun droit de fouiller ses biens.

— Non, laissez-la montrer le collier au roi, intervint Alannah. Je veux savoir. Grand-mère a toujours dit qu'il était la clé d'un autre monde. Et vous aussi, Xanthier, vous m'avez dit qu'il semblait provenir d'un héritage.

— Oui, reconnut-il. Je me souviens des armoiries à demi effacées, au dos.

Il regarda les personnes présentes dans la salle, guettant leurs réactions. Les O'Bannon étaient stupéfaits, Kurgan s'étranglait de fureur et les domestiques arboraient un air triomphant, comme s'ils se réjouissaient de voir révéler un secret qu'ils connaissaient depuis longtemps.

Quant à la vieille femme au voile, elle rayonnait de bonheur, et son regard rivé sur Alannah débordait d'amour. Elle regarda à peine le collier d'émeraudes qu'Effie plaça dans la main du roi. Le monarque l'examina avec un hochement de tête, avant de le tendre à la reine.

— Lady Zarina ? demanda-t-il à la vieille femme. Vous souvenez-vous de ce collier ?

— Oui, Majesté. C'est celui que j'ai placé dans un sachet avant de le mettre dans la couverture de mon bébé, l'enfant que j'ai eu de Lothian.

— Elle a aussi bien pu voler ce collier ! s'écria Kurgan. Ou l'acheter chez un marchand ! Ce bijou ne prouve rien.

— Vous le reconnaissez ? l'interrogea le roi.

Kurgan regarda autour de lui, tentant d'esquiver la question. Un autre domestique s'avança alors.

— Je travaille pour le clan du Serpent depuis soixante ans, Votre Altesse, et ma mère est restée à leur service pendant soixante-dix ans avant de nous quitter. Dans la salle des portraits du château, il y a le portrait de la mère de Lothian, lady Circé, et elle est représentée avec ce collier. Cela fait des siècles qu'il est dans la famille, mais il a disparu il y a près de vingt ans, lorsque lady Zarina a tenté de quitter le château. Elle voulait fuir lord Lothian et elle y est parvenue pendant un moment. Mais, après la naissance de son bébé, Lothian l'a retrouvée et l'a ramenée.

— Tout ce que cela prouve, c'est qu'elle a volé le collier ! cria Lothian, triomphant.

— Oui, je l'ai volé quand je me suis enfuie, afin de donner à mon enfant quelque chose de précieux. J'espérais que la personne qui le trouverait le vendrait pour prendre soin d'elle, répondit lady Zarina en soutenant le regard de Kurgan d'un air impassible. Vous me rappelez tellement Lothian ! Votre esprit est impur et corrompu. Je donnerais tout pour qu'Adeline – Alannah – ne soit pas du même sang que vous, mais je ne puis mentir. C'est votre cousine. C'est l'enfant que j'ai eue de Lothian.

— Clarauch est tout près de la forteresse de Lothian, dit Brogan.

— En effet, répondit Zarina. Je n'étais qu'une paysanne quand il m'a enlevée, m'a mise enceinte et m'a épousée. Mais j'ai fait ce qu'il fallait pour qu'il ne pose jamais ses mains cruelles sur elle. Après la mort de Lothian, je n'ai pu retrouver celle que j'avais si bien cachée. Je l'ai cherchée pendant tant d'années !

— Il y a aussi une clé ! dit Effie en sortant le dernier objet du sac.

Tous les regards convergèrent vers la clé ornée de l'emblème du Serpent. C'était la clé du château, celle qui revenait à la maîtresse des lieux.

La reine la prit.

— Alannah, connaissez-vous le sens de ces objets ? s'enquit-elle.

La jeune femme fit non de la tête. Elle frissonnait, et Xanthier glissa un bras protecteur autour de ses épaules.

— La lettre, la clé et le collier ne laissent aucun doute, décréta la reine. Cette jeune fille est bien l'enfant de Lothian. Lord Kurgan, avancez et remettez-moi votre chevalière.

— Attendez ! Je reste son tuteur jusqu'à ses dix-huit ans ! protesta vivement Kurgan. Je refuse mon accord à Xanthier et demande la main d'Alannah.

— Comment osez-vous ? explosa Xanthier. Ce n'est qu'une stratégie pour garder le contrôle du domaine. Je comprends maintenant ce que vous maniganciez. Vous le saviez, n'est-ce pas ? Vous saviez qui elle était avant de venir ici aujourd'hui !

— Xanthier, intervint le roi d'un ton sec, maîtrisez-vous !

— Vous avez une raison bien spéciale de vouloir l'épouser ! insista Xanthier, hors de lui. Vous avez tenté de la tuer !

Kurgan le toisa.

— Et vous, vous la voulez parce qu'elle est aveugle et qu'elle ne peut voir votre visage monstrueux, dit-il avec mépris.

Xanthier lui décocha un coup de poing qui le fit vaciller. Ses yeux lançaient des éclairs.

— Vous allez regretter ça, menaça-t-il entre ses dents.

— Cela suffit ! s'exclama le roi. Gondilyn, séparez-les !

Gondilyn s'avança entre les deux hommes, tandis que le capitaine Robbins prenait Xanthier par l'épaule pour le faire reculer.

— Pensez à votre demande en mariage, murmura Robbins. Ne gâchez pas tout !

Xanthier recula à contrecœur et pivota vers le roi.

— Votre Altesse, je l'aime ! Ne laissez pas le destin nous séparer. Unissez-nous, je vous en conjure.

— Je ne comprends rien ! s'écria Alannah. Pourquoi mon père était-il si redoutable ? Voulait-il me tuer parce que j'étais aveugle ?

— Lothian n'avait pas d'enfants, expliqua la reine en la regardant avec compassion. Il craignait qu'en ayant un descendant, celui-ci ou celle-ci ne tente de le renverser. Il battait toutes les femmes qu'il engrossait jusqu'à ce qu'elles fassent des fausses couches. Finalement, il a épousé une paysanne du nom de Zarina.

— J'ai réussi à garder mon enfant, enchaîna Zarina. J'ai été la seule à pouvoir mettre au monde mon bébé, même si les coups de Lothian l'avaient rendue aveugle. En fait, j'ai même remercié Dieu qu'elle ne voie pas, si c'était le prix à payer pour qu'elle puisse survivre.

— Pourquoi vous a-t-il épousée, lady Zarina ? demanda la reine.

— Une fois qu'il m'a retrouvée et que j'ai été contrainte de vivre au château, il est devenu obsédé par l'idée d'avoir un autre enfant pour lui léguer ses richesses. J'avais donné naissance à un enfant et en m'épousant, il le rendait légitime, ainsi que les suivants. Mais je n'ai plus jamais été enceinte, ce qui fait du bébé que j'avais mis hors de sa portée l'héritier du château de Lothian, de ses terres et de sa fortune. Kurgan doit tout lui rendre.

Le roi acquiesça.

— Xanthier, dit-il, Kurgan a le droit de refuser votre demande d'épouser Alannah. Cependant, je la laisserai décider elle-même si elle souhaite accepter Kurgan comme époux. Quelle que soit sa décision, toutefois, je lui interdis de vous épouser.

— Votre Altesse, Kurgan ne l'aime pas ! Elle est aveugle, il lui faut quelqu'un qui la comprenne et la respecte.

— En vérité, lord Xanthier, répliqua le roi, si elle était encore plus infirme je ne vous la confierais pas davantage. Vous êtes l'un des seigneurs les plus riches du royaume. Vous trouverez facilement à vous marier et vous vivrez très confortablement. Une femme en vaut une autre.

La reine se tourna vers son époux, profondément humiliée.

— Si nous prenons en compte l'intérêt du royaume, reprit le roi, Kurgan est un bon parti pour Alannah. Il pourra continuer à administrer les terres de sa famille tout en donnant des héritiers au clan du Serpent. Il sera un bon et viril époux, nous n'en doutons pas... Je suis donc très favorable à cette union.

Sur ces mots, le roi s'enfonça dans son fauteuil, signifiant par là que l'audience était terminée.

26

Quelques heures plus tard, Alannah s'appuyait au mur de l'écurie, les yeux clos, tentant de retrouver une respiration normale. Autour d'elle, cela sentait la paille, l'avoine, la sueur des chevaux et le fumier. Même le bois et la poussière avaient leurs odeurs.

Elle prit sa canne et avança dans l'allée, écoutant les bruits que faisait chaque cheval lorsqu'elle passait devant sa stalle. Certains piétinaient le sol, d'autres dormaient, d'autres encore mâchaient du foin.

Arrivée devant une stalle, elle s'arrêta. À l'intérieur, le cheval bougea et émit un grognement en agitant la tête de haut en bas. Elle l'entendit secouer sa crinière, puis s'ébrouer.

— Mon bel étalon, murmura-t-elle. Quelle folie nous vivons… Tu es mon meilleur ami, et pourtant je t'ai à peine parlé ces jours derniers. J'ai été prise par tellement d'événements que j'ai oublié de m'occuper de toi.

L'étalon blanc grogna puis posa la tête sur le panneau inférieur de sa porte afin qu'elle le caresse.

— Qu'est-ce qui m'arrive, Claudius ? Je ne reconnais plus rien. Je pensais que ma mère ne m'aimait pas et m'avait abandonnée parce que j'étais aveugle. Et je découvre qu'elle m'a toujours aimée et me recherche depuis des années. J'ai toujours cru que j'étais une paysanne, comme Grand-mère. Et maintenant, regarde… dit-elle en montrant sa main ornée de la chevalière des Serpents. Je suis née noble, tu te rends compte ?

Elle toucha la bague de son autre main, suivant les contours du sceau.

— Est-ce vraiment moi, mon ami ? Est-ce que tout cela est réel ?

Alannah pénétra dans la stalle et commença à brosser son cheval du revers de la main, ôtant la poussière de sa splendide robe blanche. Puis elle se pencha et nettoya ses sabots, s'assurant qu'aucun caillou ne s'était glissé dans les interstices.

— Est-ce que ta patte est assez guérie ? Je ne veux pas que tu te fasses mal. Tu accepteras de porter la selle, la bride et les rênes ? Et tu accepteras que Gondilyn te monte ?

L'étalon souffla par les naseaux. Il dressait l'oreille et gardait ses immenses yeux bruns posés sur Alannah. Il ne comprenait pas ce qu'elle disait, mais il sentait sa confusion et la peur qui l'animait, et il s'inquiétait pour elle.

Elle peigna la crinière et la queue de l'étalon, puis elle tressa soigneusement sa crinière.

— Il a demandé ma main, murmura-t-elle. Xanthier est allé voir le roi et la reine et leur a demandé ma main ! Il n'était pas gêné de vouloir épouser une aveugle. Il ne m'a jamais abandonnée. Durant tout ce temps, il voulait me lier à lui pour l'éternité.

Alannah fit une pause et sourit.

— Tu imagines ! Il me voulait ! Après tous mes doutes et toutes mes craintes…

Elle prit la couverture et la posa avec soin sur le dos du cheval. Soudain, elle entendit la porte de la stalle s'ouvrir et se retourna.

— Je vous aime.

— Je vous aime aussi ! dit-elle en se jetant dans les bras de Xanthier.

Il la tint serrée contre lui.

— Mon Dieu ! Si vous saviez comme j'ai désiré vous entendre prononcer ces mots ! Je vous aime tant… Vous êtes incroyable, belle, forte et douce.

— Arrêtez ! protesta-t-elle en riant. Vous devenez idiot !

Xanthier prit le visage de la jeune femme dans ses mains.

— Je vous aime plus qu'il n'y a de vagues dans l'océan, de nuages dans le ciel ou de papillons dans le monde. Vous êtes tout pour moi. Quand je ne suis pas près de vous, je suis perdu. Mon ancienne vie est morte. Elle n'a plus de sens. Depuis que je vous ai rencontrée, je suis un autre homme. Vous m'avez donné plus que vous ne pouvez savoir. Je vous aime.

— Xanthier, soupira Alannah. Vous m'avez tellement manqué ! Sur l'île, vous rendiez ma vie complète. Vous m'avez ouvert les yeux.

— Que voulez-vous dire ?

— Vous m'avez fait voir ce que c'est que la vie. Vous m'avez fait découvrir des choses et vous avez développé ma sensualité. Vous m'avez donné l'extase. Vous m'avez montré l'amour.

— Je ne voulais pas vous faire de peine en vous laissant sur le bateau.

— Mais vous êtes parti tellement longtemps ! J'étais si seule, murmura-t-elle.

— Je vous ai emmenée en Écosse pour revendiquer l'île et pour convaincre le roi de nous marier. Je voulais que notre amour soit sanctifié par Dieu et reconnu par les hommes. J'ai eu tort de ne rien vous dire. J'aurais dû me confier à vous. Dans mon arrogance, je pensais vous épouser et vous donner l'île en cadeau de noces, sans comprendre qu'ainsi je risquais de tout perdre. Me pardonnez-vous ?

Alannah gardait le silence, absorbant chacune des paroles de Xanthier. Enfin elle effleura de ses lèvres le visage de son compagnon.

— Vous m'avez montré comment pardonner, dit-elle. Vous avez pardonné mes paroles de colère, mes fuites sans explication. Votre ténacité est la meilleure preuve de votre amour pour moi.

Il secoua la tête.

— Comment pouvez-vous transformer mes défauts en qualités ?

— Je ne vous vois aucun défaut. Votre passé, votre entêtement, vos cicatrices… j'aime tout.

Xanthier gémit et enfouit le visage dans le cou de la jeune femme.

— Qu'allons-nous faire, Alannah?

— Il faut que nous gagnions la course. Ensuite, nous prendrons la mer, comme vous l'avez suggéré. Je n'ai pas l'intention de laisser quiconque m'empêcher d'être heureuse.

— Mais Kurgan et le roi vous interdisent de m'épouser! Et vous avez retrouvé votre mère, maintenant. Elle vous aime et veut vous connaître.

Alannah fronça les sourcils et s'écarta. Puis elle prit la selle, l'installa avec précaution sur le dos de Claudius, avant de serrer la sangle et de poser la bride sur la tête de l'étalon.

— Ma mère a vécu dix-sept ans sans moi, dit-elle en caressant Claudius.

— Alannah, je ne pourrais pas vous enlever à elle. J'ai vécu sans mère. Je sais à quel point cela fait souffrir.

— Vous décidez encore à ma place? Vous savez toujours ce qui est le mieux pour moi? Cela ne vous a pas suffi de me contraindre à vous suivre sur le bateau?

— Je veux seulement vous aider.

— Alors laissez-moi prendre ma décision.

Xanthier recula, regardant Alannah sortir le cheval de sa stalle.

— Vous avez raison, reconnut-il. Vous êtes libre de faire votre propre choix et je le respecterai. Nous ferons comme vous le désirez.

— Merci, murmura-t-elle en attirant son visage vers le sien pour presser ses lèvres contre les siennes.

Il saisit la jeune femme par les épaules et prolongea leur baiser en ouvrant ses lèvres pour la dévorer.

— Oh! s'écria Alannah, vibrante de désir.

— J'ai envie de vous, murmura-t-il en la faisant reculer dans la stalle. Tout de suite.

— Ici? chuchota-t-elle. Mais n'importe qui pourrait entrer ou nous entendre!

— Alors taisons-nous.

Il souleva sa jupe et glissa la main sous ses sous-vêtements pour la caresser. Il entra en elle, excitant son désir, puis la lâcha pour la soulever contre la paroi de bois.

Elle gémit de plaisir en s'accrochant aux épaules de Xanthier. Il savait exactement comment la satisfaire. Ses doigts dansaient sur elle, en elle, faisant surgir une volupté magique qui la fit crier.

— Chut ! murmura-t-il. Ne m'obligez pas à arrêter...
— Non, n'arrêtez pas ! Pas maintenant.

Il continua ses lancinantes caresses.

— Je vous en prie... murmura-t-elle.
— Hmm... Vous me priez de quoi ?
— Je... je ne peux le dire, gémit-elle lorsqu'il se redressa pour s'emparer de sa bouche.
— Dites-le-moi ou j'arrête.
— Non ! supplia-t-elle en s'arc-boutant contre lui.
— Alors dites-moi ce que vous voulez...
— Embrassez-moi.

Avec un gémissement de plaisir, il enfouit le visage entre ses jambes, continuant de la pénétrer avec ses doigts. Elle se cambrait, emportée par un tourbillon de sensations extraordinaires.

— Oui, soupira-t-elle. Oh, oui !

Sentant la jouissance de la jeune femme, il s'écarta un instant pour la pénétrer de son sexe. Elle crut défaillir de plaisir et s'accrocha à lui en se mordant les lèvres pour ne pas crier. Il ferma les yeux, appréciant pleinement la beauté de leur union, tentant de retenir au maximum l'explosion de son plaisir. Il s'arrêtait quelques instants, reprenait, et leurs mouvements devinrent bientôt si frénétiques qu'Alannah ne put retenir ses cris de volupté.

Soudain, elle se cambra davantage, s'abandonnant à l'éblouissement final.

Il attendit encore, soucieux de sentir chaque seconde du plaisir de la jeune femme. Puis, à son tour, il atteignit le sommet inouï et se libéra en elle, comblé.

Claudius rua, et Gondilyn tomba une nouvelle fois à terre.

— Aïe ! gémit-il.

Il resta allongé quelques instants, pendant qu'Alannah apaisait l'étalon, puis se remit debout pour la dixième fois consécutive. Il boitilla jusqu'au bord de la route et s'assit, épuisé.

— Il est vraiment sauvage, Alannah. Il n'y a rien à faire !
— Ne soyez pas ridicule ! Il est doux comme un agneau. Laissez-moi vous montrer encore une fois.

Alannah se mit en selle avec souplesse.

— Écoute ! murmura-t-elle à l'oreille de Claudius. Je sais que tu ne comprends pas grand-chose à ce qui se passe, mais il faut que tu nous obéisses, c'est important. Il faut que tu portes cette selle et que tu acceptes Gondilyn sur ton dos.

Le cheval grogna et piétina le sol.

— Je ne suis pas sûr qu'il soit d'accord, gémit Gondilyn, vexé que cet animal fabuleux se soumette à la volonté de la jeune femme et non à la sienne. Je n'y arriverai pas, Alannah. La course a lieu demain. Je n'ai pas l'intention de mordre la poussière devant le roi et la reine.

— Il faut que vous y arriviez, voyons ! Sinon, comment vais-je gagner ma terre ? L'île ne doit pas tomber dans d'autres mains.

— Quelle importance, maintenant ? Vous allez hériter de terres bien plus vastes et plus riches qu'une petite île. Renoncez à elle et profitez de cette aubaine.

Alannah pivota vers Gondilyn, furieuse.

— Vous ne comprenez pas ! Je ne veux d'autre terre que la mienne ! Kurgan peut garder l'héritage, je m'en moque ! Je veux mon île !

— Et moi, je ne peux pas monter votre cheval, rétorqua Gondilyn, à bout de nerfs.

— Très bien ! Dans ce cas, je le monterai moi-même !

Gondilyn éclata de rire.

— C'est grotesque ! Les femmes n'ont pas le droit de participer à la course.

— Et pourquoi cela ?

— C'est comme ça, c'est tout.

Alannah serra les dents.

— Il y a beaucoup de choses que je n'aime pas dans ce monde. Il doit exister un moyen qui me permette de passer outre ce règlement stupide.

— Je ne vois pas, à moins qu'il vous pousse une barbe et...

Gondilyn s'interrompit en voyant Alannah arborer un sourire triomphant.

— Quelle bonne idée! s'écria-t-elle. Je vais me faire passer pour vous!

— Non! N'y pensez même pas! La course peut être violente. C'est dangereux. Si vous étiez démasquée, nous serions tous deux punis au-delà de ce que vous pouvez imaginer.

— C'est pourtant la seule façon. Vous voyez bien que Claudius ne se laissera jamais monter par quelqu'un d'autre que moi.

Gondilyn se leva en soupirant et contempla le beau visage d'Alannah.

— Il faudra être très prudente et rester à l'écart des autres participants, dit-il.

— Je sais.

— Personne ne doit se douter que vous avez pris ma place.

— Je comprends.

— Dans ce cas, il faut que je vous montre le parcours pour que vous sachiez comment vous diriger.

Alannah acquiesça en riant d'excitation.

— Je gagnerai! s'exclama-t-elle. Je le sais!

— Je le souhaite, dit-il gravement. De tout mon cœur.

Le crépuscule était tombé lorsque Alannah et Gondilyn revinrent à l'écurie. Ils avaient fait quatre fois le parcours de la course et elle avait mémorisé chaque obstacle, chaque tournant. Ils se dirent bonne nuit et Alannah entrait dans l'étable quand un homme surgit de l'ombre. Elle fit aussitôt volte-face.

— Qui va là ? demanda-t-elle.
— Ne craignez rien, Alannah. C'est moi, Kurgan.
Elle posa la main sur la robe de son cheval en sueur.
— Ah, bonsoir, répondit-elle d'une voix hésitante.
— C'est stupéfiant, le tour qu'ont pris les événements, n'est-ce pas ? dit-il avec douceur. Savez-vous depuis combien de temps je m'échine sur les propriétés de mon clan ? Et il a suffi que vous arriviez pour que je perde tout. Vraiment stupéfiant.
— Je ne veux pas de ces terres, murmura Alannah, mal à l'aise. Vous pouvez les garder.
Kurgan éclata d'un rire qui fit frissonner la jeune femme.
— Ce n'est pas si facile, Alannah ! On ne peut pas changer les lois sur l'héritage. Vous êtes l'héritière légitime, quelles que soient vos capacités. Notre mariage réparera les torts de notre naissance.
— Je n'ai pas l'intention de vous épouser, Kurgan. Xanthier m'a demandé ma main et c'est lui que je veux pour mari.
Il enveloppa de son bras les épaules de la jeune femme.
— Que savez-vous sur Xanthier ?
— Que voulez-vous dire ? s'enquit-elle, inquiète de la proximité de Kurgan.
Il avait toujours été courtois, mais elle sentait une étrange vibration émaner de lui. Elle se mit à trembler de frayeur, soudain.
— Xanthier est resté à la cour afin de trouver une fiancée. Il dit qu'il veut vous épouser, mais en réalité il veut votre terre, votre titre et votre île. Vous lui donneriez tout ce qu'il désire.
— Qu'insinuez-vous ?
— Vous ne trouvez pas étrange qu'il ait demandé votre main seulement après avoir appris que vous étiez l'héritière des Serpents ?
— C'est faux ! Il me l'a demandée avant que Zarina ne parle.
— Ne soyez pas si naïve. Rappelez-vous qu'il connaît votre identité depuis longtemps. Cela ne vous paraît pas

suspect ? Il vous demande en mariage simplement pour vos terres et votre titre, mais il veut les obtenir sans que vous le sachiez.

— Je ne vous crois pas.

— Vous parlez avec votre cœur, et non avec votre raison. Réfléchissez. Au moins, moi, j'ai été honnête. Je souhaite vous épouser pour que nous fusionnions nos biens. Xanthier a menti. Il a prétendu vouloir vous épouser par amour, alors qu'il veut la même chose que moi.

— Il m'aime, je le sais ! insista Alannah.

Mais sa voix manquait de conviction, à présent. Les blessures du passé lui revenaient en mémoire et elle se rappelait à quel point elle s'était sentie trahie.

— Réfléchissez, Alannah. Vous devez décider en votre âme et conscience. Croyez-vous que vous pouvez fonder une décision qui affectera le reste de votre vie sur de simples émotions ? Prenez une décision fondée sur les faits. Je sais qui vous êtes, et je veux ce que vous avez. J'ai été honnête envers vous.

Alannah tremblait toujours, assaillie par ses doutes familiers. Avec Xanthier, tout était intense. Avec Kurgan, elle n'aurait pas à se soucier de ce qu'il éprouvait pour elle. Elle saurait que leur union reposerait sur des besoins mutuels.

— Je vais y penser, dit-elle enfin.

— Très bien…

Il jeta un coup d'œil à l'étalon encore sellé avant de dévisager la jeune femme, dont le visage était sali de poussière.

— Je n'ai pas vu votre cavalier parvenir à le monter sur le parcours, remarqua-t-il.

— Que voulez-vous dire ? répliqua-t-elle en rougissant.

Kurgan la regarda avec un sourire railleur.

— Je me demande si Gondilyn parviendra à rester en selle durant toute la course.

— Sans aucun problème, assura-t-elle en tournant les talons.

— Je vois… fit Kurgan sans cesser de sourire.

Ainsi, Alannah voulait monter elle-même son étalon pour la course...

— Je crois que la journée de demain va être très intéressante ! lança-t-il avant de s'éloigner, très satisfait du tour favorable que prenaient les choses pour l'avenir du clan du Serpent.

Il en resterait le maître, grâce à ses ruses et à sa force physique. Lothian aurait été fier de lui !

27

Tôt le lendemain matin, Gondilyn se glissa dans la chambre d'Alannah avec un grand vêtement brun et une fausse barbe.

— Êtes-vous certaine de le vouloir ? insista-t-il une dernière fois. Il serait plus sage de renoncer.

— Aidez-moi à me préparer, s'il vous plaît ! Nous n'avons pas beaucoup de temps.

Gondilyn se résigna à aider la jeune femme à enfiler le vêtement et à fixer la fausse barbe.

— Vous ne pourrez pas utiliser votre canne, remarqua-t-il.

— Je sais. Je vais monter Claudius le plus tôt possible et il me guidera.

Gondilyn enfila un vêtement identique.

— Je vous attendrai à l'arrivée de la course. Au cas où... Je veux dire, une fois que vous aurez gagné, mettez pied à terre et dirigez-vous vers les tentes. Je vous y attendrai avec vos vêtements. Ensuite, j'irai chercher la récompense à votre place.

— Parfait, dit Alannah. Maintenant allons-y, il n'y a pas une minute à perdre !

Ils descendirent rapidement l'escalier et quittèrent le château. À l'écurie, ils ne rencontrèrent âme qui vive.

— Dieu est avec nous ! déclara-t-il en poussant un soupir de soulagement.

Comme Alannah ne descendait pas de sa chambre, les O'Bannon se rendirent sur le terrain de course, pensant qu'elle était déjà partie. Ils s'arrêtèrent près de la zone de départ et aperçurent Gondilyn monté sur l'étalon.

— Êtes-vous prêt, Gondilyn ? demanda Matalia. Est-ce que Claudius vous a bien accepté ?

Il grommela quelque chose en opinant du chef.

— Il est complètement guéri ? insista Brogan. Sa blessure est fort récente.

Gondilyn grommela de nouveau quelque chose dans sa barbe en hochant la tête avec véhémence. Matalia et Brogan échangèrent un regard surpris. Gondilyn n'était guère aimable, ce matin.

— C'est sûrement le trac, murmura Matalia à l'oreille de son mari.

— Oui. Et il est peut-être superstitieux... Bonne chance, Gondilyn ! ajouta-t-il à haute voix. Gagnez la course, et Alannah vous en sera éternellement reconnaissante !

Alannah hocha la tête puis s'éloigna sans un mot. Elle avait peur, c'est vrai, car elle ne pouvait se guider qu'aux bruits, et c'était le chaos autour d'elle. Les chevaux tournaient en rond pour s'échauffer, et elle risquait à tout instant de les heurter. D'ailleurs, plusieurs réprimandes acerbes l'informèrent qu'elle ferait mieux de s'écarter...

Les gradins commençaient à se remplir. Le soleil du matin inondait le terrain de courses et faisait étinceler les atours des spectateurs. Le roi et la reine étaient déjà installés dans des trônes surélevés, et semblaient discuter des chevaux qu'ils désignaient à grands gestes.

Alannah ne pouvait voir les couleurs chamarrées, mais elle sentait la lumière éclatante et elle avait chaud, dans son corps et dans son cœur. Enfin, elle prenait son destin en main ! Elle n'était plus un nouveau-né ballotté par les flots, ni une petite fille aveugle qui titubait sur une île déserte. Elle était une femme, qui se battait pour préserver ce qu'elle avait de plus cher.

La tête haute, elle rejoignit la piste de départ.

Un hennissement furieux, sur sa droite, la fit tressaillir. Claudius agita la tête et hennit lui aussi. Pendant qu'Alannah apaisait son cheval, elle entendit le rire de Kurgan.

— Belle bête, n'est-ce pas ? dit-il à un homme qui contemplait sa monture d'un regard plein de respect et de crainte. Je gagnerai, mon ami ! Vous devriez parier sur moi.

Le jeune homme leva les yeux vers Kurgan.

— J'ai déjà parié sur l'étalon blanc.

— Alors vous n'êtes qu'un sot ! répliqua sèchement Kurgan en éperonnant sa monture.

Cette dernière se cabra, et il dut la retenir en tirant cruellement sur les rênes.

Alannah fronça les sourcils. Elle percevait la peur du cheval de Kurgan. Aucune bête ne devait être traitée ainsi... Les chevaux donnaient leur force à leurs maîtres parce qu'ils le voulaient bien. Ils n'étaient pas obligés de se soumettre. Lorsqu'ils permettaient à une personne de les apprivoiser, ils leur faisaient un cadeau. Quel dommage que Kurgan ne puisse apprécier la beauté des animaux qu'il commandait !

Elle sentit soudain la présence de Xanthier à quelques mètres derrière elle. Il savait comment communiquer avec sa monture, lui, et ne lui imposait pas sa loi.

Xanthier se rapprocha peu à peu de la silhouette encapuchonnée qu'il prenait pour Gondilyn.

— Écoutez-moi bien, chuchota-t-il. Il faut que vous gagniez ! Alannah doit conquérir son île. Je ne participe à la course que pour m'assurer qu'il n'arrivera rien de déloyal, car je me méfie de Kurgan. Vous vous sentez capable de rester en selle ? Claudius vous a bien accepté ?

— Oui, répondit Alannah en se tournant complètement vers lui. Nous nous connaissons bien, tous les deux.

Elle sourit, comprenant au silence de son compagnon qu'il l'avait reconnue.

— Alannah ! murmura-t-il. Ce n'est pas un endroit pour vous ! Vous pourriez vous blesser, ou pire... Pour l'amour de Dieu, renoncez à cette course !

— Pas question. Je veux mon île.
— Je la gagnerai pour vous.
— Je ne veux pas de cadeau. Je veux rétablir mes droits ! Et puis, votre cheval est moins rapide que Claudius.

Xanthier n'eut pas le temps de répondre. Les chevaux étaient maintenant dirigés vers la ligne de départ.

Il serra les poings, pâle de frayeur. Lui qui avait juré de protéger Alannah, il n'y avait guère réussi, jusqu'ici ! Elle affrontait seule les pires dangers... Sauf aujourd'hui. Cette fois, rien ne pourrait l'empêcher de veiller sur elle.

Alannah se redressa et écouta la foule. Difficile de distinguer les conversations individuelles, dans ce brouhaha indistinct. Sentant qu'on la regardait, elle baissa la tête afin qu'on ne voie pas ses yeux.

Enfin, le grand moment était arrivé ! songea-t-elle en tremblant d'excitation et de crainte. Certains cavaliers manœuvraient pour prendre leur position et Alannah se déplaça avec eux. Tous avaient les nerfs à vif, constata-t-elle. L'enjeu était de taille...

— Restez sur la ligne ! cria l'organisateur. Restez sur la ligne !

Claudius hennit et piétina le sol.

— Du calme, mon ami, chuchota Alannah. Il faut que nous travaillions ensemble. Tu dois être mes yeux, mes jambes et ma force.

Comme s'il avait compris, l'étalon se crispa. Alannah se raidit aussi. Un murmure parcourut la foule et peu à peu le silence se fit, troublé seulement par les hennissements et les piétinements des chevaux.

Puis le drapeau du départ s'abattit.

Alannah pressa les cuisses sur les flancs de Claudius et ce dernier bondit comme un ressort, projetant de la poussière sous ses sabots. Les autres chevaux s'étaient également élancés dans un dangereux galop. Des fouets sifflaient, des jambes se heurtaient, et deux chevaux s'écroulèrent avec leurs cavaliers à quelques mètres seulement de la ligne de départ.

Xanthier se plaça derrière la jeune femme afin de ne pas la perdre de vue. Elle semblait ne faire qu'un avec sa monture. Une immense fierté l'envahit. Elle était tellement belle !

Claudius sauta par-dessus un trou d'eau et atterrit sur sa patte blessée. Xanthier poussa un petit cri en le voyant trébucher, puis vit avec soulagement le cheval reprendre son allure normale.

À cet instant, un cheval gris fit un écart sur la droite, fonçant sur l'étalon blanc. N'y voyant rien, Alannah ne put réagir assez vite et Claudius se retrouva brusquement poussé à l'extérieur de la piste de terre battue. Il poursuivit son chemin sur l'herbe et elle eut le plus grand mal à regagner la piste.

Ces quelques instants avaient suffi à lui faire perdre plusieurs longueurs.

Furieux, Xanthier éperonna sa monture pour l'amener près d'Alannah, tentant de la protéger des autres participants. L'assurance de la jeune femme vacillait. Tout allait si vite ! Le fracas des sabots, autour d'elle, l'assourdissait au point qu'elle perdait tout repère. Elle n'aurait pas dû prendre la place de Gondilyn. C'était trop dangereux... À cet instant, un autre cheval lui passa devant, obligeant Claudius à ralentir brusquement. Alannah se mordit la lèvre de dépit.

À la façon dont les chevaux galopaient, elle sut qu'ils arrivaient au grand tournant. Elle se souvint de la série de sauts dans la prochaine étape et se pencha complètement, laissant l'étalon trouver son rythme. Le premier saut lui parut arriver beaucoup plus tôt qu'elle ne s'y attendait. Des villageois applaudirent et crièrent des encouragements sur les bas-côtés.

Alannah tenta de calmer son souffle. Claudius franchit sans problème les autres obstacles, mais il restait piégé derrière les chevaux de tête. Elle le pressa d'aller plus vite et tenta de deviner combien de chevaux se trouvaient devant. Elle en compta quatre, ignorant que l'étalon noir de Kurgan était en tête.

En haut de la colline, la piste devenait abrupte, et les chevaux ralentirent. Leurs cous s'étiraient dans la montée, et une fois de plus l'étalon blanc dut suivre les autres. Un caillou rebondit sous le sabot d'un cheval, puis alla ricocher en arrière, atteignant Alannah en pleine poitrine. Elle poussa un cri de douleur et se pencha davantage. Pas question de déséquilibrer son étalon à l'assaut de la colline.

Ils atteignirent enfin le sommet, et les chevaux titubèrent pour descendre la pente sans glisser. Il n'y avait plus de public, ici. Alannah entendait les souffles, et le fracas occasionnel d'un sabot sur une roche. Elle revoyait l'île, le troupeau de chevaux sauvages qui faisaient la course pour s'amuser, pour le seul plaisir de la vitesse. Elle sourit. C'était la même sensation fantastique. Lentement, centimètre par centimètre, Claudius rattrapait son retard.

Les chevaux atteignirent le bas de la colline et s'élancèrent dans une plaine marécageuse et humide. L'eau giclait maintenant sous les sabots. Le cheval gris qui avait poussé Claudius hésitait, effrayé par la boue. Profitant de l'occasion, Claudius le dépassa et prit la tête près de Kurgan, laissant les autres patauger derrière eux, déjà épuisés.

Seul le cheval bai de Xanthier parvenait à calquer son allure sur celle de Claudius. Kurgan se tourna vers eux un instant, sentant leur approche. Il éperonna sa monture qui bondit en avant.

Ils sortirent rapidement du terrain marécageux et parvinrent à une autre zone sans relief. La piste dessinait un cercle autour du village. Ils étaient aux trois quarts du parcours. Kurgan jura entre ses dents et fouetta son cheval sans pitié. Il fallait qu'il gagne, car en prenant possession de l'île il pourrait obliger Alannah à l'épouser. Et une fois qu'elle aurait consenti à devenir sa femme, il tiendrait enfin sa revanche sur Xanthier. Il lui aurait tout pris : son amour et son avenir !

Cependant, l'étalon blanc gagnait du terrain. En quelques secondes, il arriva à la hauteur de Kurgan. Des étincelles jaillissaient sous ses sabots. L'étalon était la force d'Alannah, sa vision. Ils étaient associés comme seuls peuvent l'être un animal et son maître. Plus rien ne comptait maintenant que la joie de courir.

Kurgan et Xanthier se retrouvèrent côte à côte, à plusieurs longueurs derrière l'étalon blanc. Fou de rage, Kurgan tira un caillou de sa poche.

— Vous croyez pouvoir me battre ? cria-t-il à son ennemi. J'aimerais mieux vous voir mort ! ajouta-t-il en lançant son projectile à la tête de Xanthier.

Touché à la tempe, celui-ci chancela sur sa selle. Alannah entendit les cris, sentit la douleur dans la tête de Xanthier et comprit qu'il allait s'évanouir. Oubliant la course, ne pensant plus qu'à l'homme qu'elle aimait, elle tira sur la bride.

— Non ! hurla-t-elle. Xanthier !

Claudius secoua la tête, n'appréciant pas qu'on le retienne ainsi, tandis que l'étalon noir continuait à galoper follement sous le fouet de Kurgan.

Sans le contrôle de son maître, le cheval bai était perdu. Alannah ralentit encore sa monture, l'obligeant à laisser Kurgan loin devant eux.

— Xanthier ! appela-t-elle. Ne tombez pas, je vous en prie ! Tenez bon !

Xanthier vacillait, les mains crispées sur les rênes. La douleur dans sa tête l'aveuglait et il penchait en avant, perdant peu à peu conscience. Sous lui, le sol glissait avec une vélocité dangereuse.

— Réveillez-vous ! cria Alannah, perdant contact avec l'esprit de Xanthier.

La situation était périlleuse, avec les autres chevaux qui arrivaient derrière eux.

Kurgan était loin en tête.

Les yeux d'Alannah s'emplirent de larmes, mais ce n'était pas la perte de son île qui la faisait pleurer. C'était la méchanceté de Kurgan et la douleur de son amant. Mais, en même temps qu'elle ressentait la puissance du mal, elle sentait en elle la force de l'amour. Et c'était une force suprême.

Elle se pencha et tendit la main pour attraper la bride de Xanthier, se guidant aux souffles des bêtes. Elle y parvint et tira, ralentissant l'allure du cheval bai et l'entraînant sur le côté. Les autres cavaliers passèrent près d'eux à toute allure. Alannah força les montures à passer au trot, puis au pas. Enfin, ils s'arrêtèrent.

Elle toucha le front de Xanthier et essuya le sang qui trempait ses cheveux.

— Xanthier, murmura-t-elle en lui caressant le visage, je ne veux pas vous perdre !

Il gémit, clignant des yeux, et sentit qu'elle glissait les lèvres sur son cou.

— Je vous aime, dit-elle.

Il s'abandonna contre son corps.

— Continuez à me parler, murmura-t-il. Je veux entendre... votre voix.

— Je vous aime. J'ai besoin de vous. Je ne veux pas vous perdre, jamais...

Elle l'embrassa de nouveau.

— Vous ne me perdrez pas, dit-il en ouvrant les yeux, contemplant le beau visage aimé. Et sûrement pas aujourd'hui, grâce à vous.

Soudain, Gondilyn les rejoignit, galopant frénétiquement depuis l'endroit où il les avait attendus, au bout du parcours.

— Que se passe-t-il ?

— Xanthier a besoin d'un médecin, expliqua Alannah.

— Je m'occupe de lui. Changez-vous vite et retournez vers les tentes. Il ne faut pas qu'on vous trouve sur Claudius.

— Qui a gagné ? demanda Alannah, même si elle avait déjà deviné.

Gondilyn détourna les yeux.

— C'est Kurgan, dit-il.

Les yeux d'Alannah s'emplirent de larmes.

— Nous avons fait de notre mieux, soupira-t-elle.

Elle se débarrassa de son déguisement et le tendit à Gondilyn. Puis elle se hissa sur la monture de son ami et regagna les tentes en retenant ses larmes. L'île était son seul pays. C'était là qu'elle avait appris l'amour, la patience, la compréhension. Elle était terriblement déçue, et pourtant elle avait pu sauver Xanthier. C'était cela, sa véritable victoire.

Kurgan reçut les félicitations du roi et de la reine, puis s'avança vers Alannah avec un sourire triomphant.
— J'ai votre île, Alannah, dit-il. Si vous la voulez, il faudra m'épouser.
Elle se figea.
— Vous pensez sérieusement que je me marierais pour un bout de terre ? Je ne trahirai pas mon cœur pour mon île, quelle que soit l'affection que je lui porte.
Le visage grimaçant de haine, Kurgan tira sur la manche de la jeune femme et se pencha vers elle.
— Je vois que vous avez des sentiments pour lui, alors écoutez-moi bien. Si vous n'acceptez pas d'annoncer notre mariage, j'irai tuer Xanthier dans son sommeil. Vous avez compris ?
Alannah tremblait de la tête aux pieds, stupéfiée par cette cruauté.
— Comment oseriez-vous ? murmura-t-elle.
Kurgan lui donna une secousse.
— Annoncez nos fiançailles et débrouillez-vous pour qu'on vous croie, sinon votre amant ne verra pas la prochaine aurore, je vous le garantis !
Sur ces mots, il relâcha la jeune femme et disparut dans la foule.
Alannah demeurait pétrifiée. Kurgan avait déjà tenté de tuer Xanthier, tout à l'heure. Il mettrait donc sa menace à exécution. D'autant qu'en réfléchissant aux événements de la semaine passée, elle comprenait les manœuvres de l'ignoble neveu de Lothian. Il avait su qui elle était depuis le début et cherchait par tous les moyens à l'empêcher d'hériter. Il avait même tenté de la tuer, puis de l'écarter du seul homme en qui elle pouvait avoir vraiment confiance, en lui faisant douter de son amour.

Xanthier lui avait toujours dit la vérité. À plusieurs reprises, il avait essayé de lui révéler son amour et ses intentions honorables, mais elle l'avait ignoré.

Il était temps de faire quelque chose pour lui, comme il l'avait fait pour elle. Si lui sauver la vie était en son pouvoir, elle le ferait, quel que soit le sacrifice que cela exigeait d'elle.

Xanthier chercha Alannah dans la foule. Malgré la douleur qui lui vrillait le crâne, il parvenait à marcher sans aide et ne songeait qu'à une chose : tenir la jeune femme dans ses bras.

La foule qui grouillait autour de lui l'irritait. Si seulement tous ces gens pouvaient disparaître ! Il voulait voir Alannah. Il voulait qu'elle devienne son épouse. Rien ne l'arrêterait plus, désormais. Peu importait ce que diraient les monarques. Si elle acceptait de porter son nom, il serait le plus heureux des hommes.

Soudain, il la vit. Elle marchait lentement parmi la foule, balançant sa canne devant elle. Ses cheveux auburn flambaient au soleil et ses yeux d'eau profonde fixaient les gens de leur regard pénétrant et aveugle. Puis Kurgan apparut près d'elle et lui prit le bras. Elle lui sourit d'un air nerveux.

Xanthier se figea. À sa grande stupeur, il les vit se diriger ensemble vers l'estrade royale et s'incliner devant les souverains.

Recouvrant enfin ses esprits, Xanthier s'avança et saisit Kurgan par l'épaule.

— Éloignez-vous d'elle, gronda-t-il. Ne souillez pas sa peau de vos mains indignes !

— Attention, Xanthier. Avant de vous rendre ridicule, vous devriez écouter l'annonce que nous allons faire.

— Quelle annonce ? répliqua Xanthier, vibrant de colère.

Mais le roi l'interrompit en se levant pour s'adresser à la cour.

— Quel courage ! s'écria-t-il. Quel puissant exemple de la force écossaise ! Applaudissez Kurgan, le seigneur des Serpents, le vainqueur de la course !

La foule cria, galvanisée. Alannah frissonnait. Kurgan avait gagné la course en trichant, mais elle ne pouvait rien dire. Si elle protestait, Xanthier serait un homme mort. Elle sentait sa présence non loin d'elle et mourait d'envie de courir vers lui. Mais c'était impossible. Elle devait le protéger.

— Je suis heureux de remettre la récompense à celui qui la mérite, continua le roi.

Alannah tremblait. La tête lui tournait. Elle allait s'évanouir…

— Je donne la propriété de l'île des Chevaux sauvages à lord Kurgan. Faites-en bon usage, poursuivit le roi sous les applaudissements de la foule.

Puis il leva la main pour obtenir de nouveau le silence.

— Je crois que lord Kurgan et lady Alannah ont une annonce à faire.

— Oui, Majesté. Lady Alannah désire vous parler, dit Kurgan en poussant la jeune femme en avant.

Elle vacilla, fit quelques pas et s'agenouilla. Puis, tête baissée, elle murmura d'une voix si basse que la reine dut se pencher pour l'entendre.

— J'ai accepté la proposition de mariage de lord Kurgan, dit-elle. Nous souhaitons que… que les bans soient publiés immédiatement.

— Non ! cria Xanthier.

La reine se rassit et regarda Alannah.

— J'avais l'impression que vous préfériez lord Xanthier. Avez-vous bien réfléchi à votre décision ?

— Oui, murmura Alannah. J'ai choisi Kurgan.

Le roi parut content.

— C'est dans l'ordre des choses, dit-il. Votre union est un arrangement fort raisonnable. Qu'elle soit bénie !

Mais la reine se taisait et contemplait Alannah d'un air préoccupé.

Gondilyn était interloqué, lui aussi. Devait-il intervenir ? Il voulait qu'Alannah soit en sécurité, mais ni Xanthier ni Kurgan ne lui paraissaient un bon choix pour la jeune femme. Les deux hommes étaient imprévisibles et violents. Il se frotta la tête, ne sachant que faire.

— Alannah, que faites-vous ? cria Xanthier. Je croyais que vous m'aimiez... La course... vous l'avez perdue à cause de moi.

Alannah se redressa et s'obligea à afficher un air dédaigneux.

— Je ne comprends pas de quoi vous parlez. Gondilyn a perdu la course parce qu'il est moins bon cavalier que Kurgan. Il y a eu trop de querelles entre nous, Xanthier, et j'ai porté mon choix sur Kurgan.

Ce dernier s'avança en arborant un sourire satisfait.

— Vous vous rendez ridicule, Xanthier. Acceptez la défaite ! J'ai gagné la course et le cœur de lady Alannah. J'ai maintenant des terres immenses et un titre prestigieux. Vous n'avez rien qu'un bout de bois sur l'eau. Réfléchissez à ce que vous avez perdu, la nuit, quand vous entendrez les vagues s'écraser sur la coque de votre bateau !

— Je ne vous le pardonnerai jamais, dit Xanthier à voix basse. Et je n'aurai pas de repos avant d'avoir mis un terme à cette injustice.

Impuissant, enragé, il quitta la cour et disparut.

28

En entendant Xanthier s'éloigner, Alannah eut du mal à contenir ses larmes. Mais elle n'avait pas le choix, elle devait le protéger.

Pourquoi tout était-il devenu si compliqué ? Les paroles qu'elle venait de prononcer semblaient coincées dans sa gorge et lui donnaient la nausée. Pourtant, elle n'avait fait que sauver la vie de l'homme qu'elle aimait.

Elle savait que Xanthier ne comprendrait jamais pourquoi elle l'avait abandonné. Tant pis ! L'important était qu'il vive. Peut-être trouverait-il un jour quelqu'un d'autre à aimer…

— Venez, ma fille, murmura Zarina en surgissant près d'elle. Partons d'ici.

Alannah se laissa guider en vacillant, écœurée par le baiser que Kurgan lui avait donné afin de sceller leurs fiançailles. Un baiser de pure forme, qui la dégoûtait – comme toute la personne de Kurgan, d'ailleurs. Et pourtant elle avait promis de l'épouser.

Ses yeux s'emplirent de larmes.

Zarina écartait les gens sur leur passage, entraînant sa fille pendant que le roi retenait Kurgan et le félicitait de nouveau.

— Merci, gémit Alannah. C'était tellement difficile…
— Mon enfant, tu as toujours vécu sur une île déserte… Ce doit être déroutant, pour toi.
— Vous avez raison. Je voudrais la paix et le silence. Le bruit de la mer me manque, ainsi que le chant des oiseaux. Je veux retourner à ma vie simple. Tout cela est tellement déconcertant !

— Il faut du temps... Viens, allons à l'écurie, dit Zarina en la conduisant vers la stalle de Claudius.

Heureuse de retrouver son étalon, Alannah le guida jusqu'à un seau d'eau déposé dans le couloir. Elle ne pouvait pas flancher maintenant. Elle avait fait un choix et devait s'y tenir, sinon Kurgan tuerait Xanthier. Elle versa l'eau sur le cheval, puis le brossa vigoureusement.

Zarina les contemplait en silence.

— Claudius voulait gagner, expliqua Alannah. C'est moi, et non Gondilyn, qui le montais. Il aurait gagné si je ne l'avais pas fait revenir en arrière.

— C'est ce qui s'est passé ? Tu es revenue en arrière pour aider Xanthier ? Tu pensais donc que la course ne valait pas la vie d'un homme... Certains, comme Kurgan, estiment que gagner est plus important que tout. Tu es plus sage que lui.

Alannah enveloppa les pattes avant du cheval avec des linges, puis le ramena à sa stalle pour qu'il se repose. Elle gardait le silence, ne cherchant pas à défendre Kurgan.

— Tu veux donc épouser ton cousin ? s'enquit Zarina.
— Oui.
— Puis-je te demander pourquoi ?
— Non.

Zarina se tut de nouveau, attendant que sa fille ait fini de s'occuper de Claudius.

— J'ai toujours eu peur des chevaux, déclara-t-elle enfin.

— Vraiment ? s'étonna Alannah en se tournant vers sa mère. C'est étrange !

Soudain, elle se rendit compte qu'elle ne savait rien de la femme qui lui avait donné le jour. Elle ignorait ce qu'elle aimait, les activités qu'elle préférait, la vie qu'elle menait.

— As-tu envie de parler ? proposa Zarina. Pas de Kurgan ni de Xanthier, je te rassure. Mais il serait temps que nous bavardions ensemble, n'est-ce pas ?

— Oui, dit Alannah. Cela me ferait très plaisir.

Xanthier enfouit ses affaires dans une sacoche et donna un grand coup de poing dans le manteau de la cheminée.

— C'est une sorcière ! Elle n'a pas cessé de me déconcerter avec ses changements d'humeur incompréhensibles. Elle se comporte comme si elle m'aimait, puis piétine mon cœur.

Il donna un coup de pied à une chaise, qui éclata, puis en ramassa les morceaux et les jeta dans la cheminée. Des étincelles jaillirent, des flammes grondèrent...

Xanthier se détourna, s'élança dans l'escalier et sortit du château, sa sacoche jetée sur l'épaule. Il en avait fini avec elle. Dès l'instant où il l'avait rencontrée, elle n'avait fait que bouleverser sa vie. Si elle voulait cette brute de Kurgan, grand bien lui fasse ! Il ne l'en empêcherait pas. Qu'elle subisse les conséquences de son choix ! Il avait des vaisseaux à commander et des mers à conquérir.

Il traversa la cour et sella rapidement son cheval. Ce dernier était fatigué, mais il poussa un hennissement et agita la tête, prêt à partir.

— C'est fini, marmonna-t-il. Je vais quitter ce satané endroit et je ne reviendrai jamais. Je ne veux plus jamais la revoir.

Il attacha sa sacoche à la selle et se hissa sur sa monture. Lorsque les sabots du cheval claquèrent sur les pavés de la cour, il leva malgré lui les yeux vers la fenêtre d'Alannah. Une douleur le déchira de part en part.

Soudain, Isabelle l'aperçut et courut vers lui. En arrivant à sa hauteur, elle le tira par une de ses bottes.

— Père ! Père !

Il baissa les yeux. Isabelle s'accrochait à lui depuis qu'il s'était éloigné de l'estrade royale. Il avait réussi à s'en débarrasser pour s'échapper dans sa chambre, mais apparemment elle l'avait attendu.

Elle le fixait de ses grands yeux gris et Xanthier sentit son cœur se serrer. À la façon dont elle le regardait, on aurait dit qu'il était la personne la plus importante au monde.

— Tu m'as retrouvé, dit-il.

— Père, est-ce que tu savais qu'Alannah était une lady, en vrai ? Et son cheval, tu l'as vu ? Tu sais, sa maman l'avait perdue depuis très longtemps, et puis on dit qu'elle va épouser le méchant Kurgan.

— Comment sais-tu tout cela, Isabelle ?

— J'ai tout entendu ! Tu as fait la course et je suis très fière que tu sois mon père.

— Merci, dit-il avec un pauvre sourire.

— Père, tu es très beau quand tu souris.

Le sourire de Xanthier mourut sur ses lèvres.

— Je n'ai pas beaucoup souri, dans ma vie, murmura-t-il.

— Je sais. Oncle Brogan m'a dit que tu étais très malheureux quand tu étais petit. Et que les fiançailles d'Alannah t'ont fatalisé.

— Tu es trop jeune pour répéter des choses pareilles, répondit Xanthier, amusé malgré lui par les erreurs de langage de sa fille.

— Oncle Brogan dit aussi que tu vas sans doute t'enfuir comme d'habitude. Comme quand tu m'as abandonnée.

— Il a dit ça ?

— C'est ce que tu vas faire ? Tu vas laisser lady Alannah épouser ce méchant monsieur ? Tu vas me laisser ?

Il contempla le regard clair de sa fille et secoua lentement la tête. Alannah l'aimait. Elle ne pouvait épouser Kurgan, il ne le permettrait pas ! Sa colère se changea en farouche détermination.

— Non. Tu as raison, Isabelle. Il est temps que je me batte pour ce que je veux. Je ne vais pas partir une fois encore.

— Tant mieux. C'était long, avant que tu reviennes. Tu n'es jamais venu me voir.

Xanthier soupira et détourna les yeux.

— Je suis désolé, Isabelle.

— Ça fait rien. Maintenant, je vais vivre avec toi.

Il mit pied à terre et s'accroupit pour être à la hauteur de l'enfant.

— Isabelle, je veux que tu écoutes bien ce que je vais te dire. Je… je trouve que tu es une petite fille merveilleuse. Une fois, je t'ai sauvé la vie en risquant la mienne, et je ne l'ai jamais regretté. Je ne t'ai pas laissée avec Brogan parce que je ne voulais pas de toi, mais parce que je n'étais pas capable d'être un bon père. Je suis toujours en mer, je n'ai ni maison ni épouse. Je mène une vie dangereuse. Je ne connais rien aux petites filles. Ton oncle est un homme bon. Je savais qu'il t'élèverait comme son enfant. J'ai pensé qu'il serait mieux pour toi que tu restes avec ton oncle et ta tante. Tu comprends ?

— Non, mais je vais essayer.

— Je ne t'ai pas abandonnée. Pour ta sécurité, pour ton bonheur, je t'ai confiée à mon frère. Et il va falloir que je reparte loin d'ici bientôt, de toute façon.

— Non ! cria Isabelle.

— Chut ! Il ne faut pas crier ainsi. Si je te dis tout ça, c'est parce que je ne veux pas que tu penses que je t'abandonne une autre fois. C'est un grand secret et il ne faut le répéter à personne. Vois-tu, je vais quitter l'Écosse.

— Pourquoi ? Pourquoi tu t'en vas ?

— Je… je suis censé me marier, mais je ne veux pas épouser n'importe quelle femme. Ce que je veux, c'est vivre avec Alannah.

— Alors tu vas quitter l'Écosse avec Alannah ?

— Oui… Tu comprends ? Ce n'est pas à cause de toi. C'est à cause de la politique. J'ai amené Alannah ici, et maintenant je vais la ramener chez elle.

— Je veux venir avec vous !

Xanthier secoua la tête.

— Je t'ai déjà dit que je ne suis pas un bon père, Isabelle. Et je vais continuer à mener une vie dangereuse. Tu seras mieux ici avec ton oncle et ta tante.

— Je te déteste ! Tu es horrible !

— Isabelle !

— Oui, je te déteste ! Tu es le plus méchant du monde ! Tu n'es pas mon père, tu ne l'as jamais été, et je te déteste !

— S'il te plaît... murmura Xanthier, le cœur lourd de chagrin. Essaye de comprendre!

— Non! Je veux pas! Je comprends juste que tu m'abandonnes...

Elle tourna vivement les talons et s'enfuit.

Il resta debout dans la cour, le regard vide. Il n'avait pas prévu de se sentir si triste de laisser sa fille.

Il y avait bien longtemps, il l'avait chassée de son cœur et avait prétendu qu'elle n'existait pas. Lorsqu'il l'avait rattrapée de justesse, au moment où sa mère la jetait dans le vide, il avait senti que l'enfant faisait partie de lui. C'était effrayant d'éprouver quelque chose d'aussi fort pour une créature aussi délicate, complètement à la merci de ceux qui en avaient la charge.

La responsabilité était écrasante pour Xanthier, et ses sentiments trop intenses. Comment être père? Personne ne lui avait enseigné ce rôle... Et son propre père l'avait traité en ennemi.

Il était parti parce qu'il avait eu peur d'être un tyran pour sa fille, et parce qu'elle méritait mieux que lui.

Alerté par un bruit de pas, Xanthier leva les yeux et vit son frère entrer dans la cour. Un lien immédiat s'établit entre eux et, pour une fois, Xanthier ne chercha pas à s'en dégager. Sachant que Brogan sentait son désarroi, il lui sourit pour le rassurer et ce dernier le salua d'un hochement de tête.

Puis Xanthier quitta la cour en commençant à élaborer son plan.

Isabelle courait à travers la foule sans retenir les larmes qui roulaient sur ses joues. Elle fuyait à perdre haleine, se faufilant entre les adultes indifférents. Son père l'abandonnait une fois encore!

Elle arriva bientôt au village. Les maisons, serrées les unes contre les autres, bloquaient la lumière du soleil. L'herbe laissa place à la poussière et les odeurs devenaient écœurantes, trahissant des logements surpeuplés et sans hygiène.

Isabelle n'en avait cure. Elle descendit une rue, puis une autre, zigzaguant sans trêve, sanglotant éperdument. Finalement, épuisée, hors d'haleine, elle s'effondra contre un mur et se pelotonna sur elle-même.

Pourquoi la traitait-il ainsi ? Pourquoi la détestait-il ?

J'ai sûrement fait quelque chose de terrible, songea-t-elle. De tellement terrible que personne ne veut me le dire. Sinon, les gens ne m'abandonneraient pas tout le temps. D'abord ma mère qui m'a laissée en mourant, puis mon père qui m'a laissée à Kirkcaldy pour naviguer sur la mer. Et oncle Brogan, tante Matalia, ils m'ont amenée ici pour se débarrasser de moi ! Même mon père ne veut pas que je vive avec lui. Je dois être une personne horrible, affreuse, méprisable !

Elle se balançait d'avant en arrière, les bras croisés. Ses vêtements étaient couverts de poussière et son visage barbouillé de larmes. Bientôt, ses tresses noires se défirent et les rubans que Matalia avaient attachés avec soin glissèrent sur le sol.

Une serveuse de la taverne se rendait à son travail lorsqu'elle aperçut la petite fille contre le mur d'une maison. Malgré la boue et la poussière dont l'enfant était couverte, on voyait tout de suite qu'elle venait d'une famille riche. La jeune femme regarda autour d'elle, cherchant les parents.

— Que faites-vous là, miss ? demanda-t-elle.

Isabelle sanglota de plus belle et se tourna contre le mur.

— Ne me parlez pas ! gémit-elle. Je suis une personne horrible. Tout le monde me déteste.

La serveuse leva les yeux au ciel. Le soleil n'allait pas tarder à se coucher. Elle allait être en retard à son travail.

— Dites, ça va aller ? s'enquit-elle d'une voix hésitante.

Pour toute réponse, Isabelle hurla entre ses sanglots et tapa le mur de ses petits poings.

— Hum… fit la serveuse. Vous ne pouvez pas rester ici, miss. La nuit va tomber. Venez avec moi.

Comme l'enfant ne bougeait pas, la femme se baissa pour la prendre dans ses bras.

— Laissez-moi tranquille ! cria Isabelle. Laissez-moi !

La femme fit une moue désapprobatrice et serra la fillette contre elle en reprenant le chemin de la taverne. Quelques instants plus tard, elle fut accueillie dans l'établissement par une bordée de jurons.

— Mary, je te l'ai déjà dit, et pas qu'une fois ! Tu vas perdre ton emploi à force d'arriver en retard comme ça !

— Mais c'est pas ma faute, grommela Mary en déposant son fardeau sur le sol. Regardez ce que j'ai trouvé dans la rue. Une petite demoiselle.

Le tavernier regarda Isabelle d'un air soupçonneux, et celle-ci le toisa entre ses paupières gonflées.

— Elle est bien sale, fit-il.

— M'est avis qu'elle s'est enfuie, dit Mary. Elle croit que tout le monde la déteste.

L'aubergiste hocha la tête.

— Ça va... Y a un soldat du roi qui mange un morceau là-bas. Conduis-lui la petite et vois s'il peut la ramener. Et dépêche-toi ! Tu as du travail qui t'attend.

Mary traîna Isabelle jusqu'au coin où un homme était assis devant une chope de bière.

— Sir ? dit la serveuse. Est-ce que vous êtes du château ?

— Oui, Gondilyn pour vous servir, répliqua l'homme sans lever les yeux.

— J'ai trouvé une petite fille qui s'est perdue. Vous pensez qu'on me donnerait la pièce si je la ramenais ?

Gondilyn leva enfin les yeux et regarda Isabelle.

— Je te connais, dit-il. Tu es la fille de O'Bannon. On t'a cherchée partout l'autre jour. Tu passes ton temps à t'enfuir, on dirait !

— Qu'est-ce que ça peut faire ? grommela Isabelle. Personne ne m'aime, de toute façon.

Gondilyn sortit une pièce de sa poche et la donna à la serveuse, qui l'empocha en souriant et alla vaquer à ses occupations.

— Je suis sûr du contraire, dit-il à l'enfant. Et lady Alannah ? Je t'ai vue t'amuser avec elle.

— Je croyais qu'elle m'aimait bien, mais je me suis trompée aussi.

— Et pourquoi ?

— Père va l'emmener, et pas moi.

— Quoi ? s'écria Gondilyn, stupéfait.

— Il va m'abandonner encore. Personne ne m'aime.

— Xanthier emmène Alannah ? C'est bien ce que tu as dit ?

Isabelle leva les yeux, regardant le visage stupéfait de Gondilyn, et se rappela soudain que son père lui avait confié cette information sous le sceau du secret. Elle rougit et détourna les yeux.

— Non, j'ai rien dit, murmura-t-elle. C'était comme ça. Faites pas attention.

Gondilyn s'adossa à son siège, réfléchissant à ce qu'il devait faire. Il avait des doutes sur Xanthier, et ce que disait l'enfant semblait confirmer qu'il avait raison.

Longtemps après avoir ramené Isabelle chez son oncle, il débattit de la conduite à tenir. Puis, juste avant l'aube, il se rendit chez lord Kurgan.

29

Matalia s'assit sur le rebord de la fenêtre pour contempler le crépuscule.

— C'est incompréhensible, murmura-t-elle. Elle aime Xanthier !

Brogan vint s'asseoir près d'elle, lui prit la main et la porta à ses lèvres.

— Nous ne devons pas nous en mêler, Matalia. Alannah a pris sa décision.

— Oh, je sais ! Je l'admire beaucoup, mais je ne suis pas convaincue par son choix. Lorsque nous étions dans la salle d'audience, elle semblait si heureuse que Xanthier veuille l'épouser ! Pourquoi a-t-elle subitement changé d'avis ?

— Je l'ignore, mais cela ne nous regarde pas. Nous devons respecter son choix, insista-t-il, espérant qu'il avait raison.

Zarina se tenait devant la porte d'Alannah et toisait Kurgan d'un regard noir.

— Je vous conseille de ne pas franchir cette porte ! J'ignore comment vous avez pu convaincre ma fille de vous épouser, mais je suis certaine que vous l'avez contrainte. Votre oncle était un homme sans cœur et cruel, et vous êtes pareil.

— Et vous, vous n'êtes qu'une catin qui est parvenue à épouser un seigneur, siffla Kurgan entre ses dents.

— Que je sois née paysanne ou princesse, je sais reconnaître la saleté. Prenez garde !

— Vous ne pouvez rien contre moi. Lorsque je serai l'époux d'Alannah, je serai le propriétaire légal de toutes les terres du Serpent.

— Pas du tout. C'est Alannah qui aura le contrôle légal des propriétés.

Kurgan recula en plissant les yeux.

— Elle sera ma femme. Elle fera ce que je lui dirai de faire.

Zarina croisa les bras.

— La reine a pris ma fille en amitié. Si vous faites quoi que ce soit qui la contrarie, Sa Majesté peut très bien empêcher ce mariage. Maintenant partez, sinon j'appelle les gardes!

— Vous pouvez m'empêcher de la voir aujourd'hui, mais quand je serai son mari, vous ne pourrez plus rien m'imposer, répliqua Kurgan, furieux.

— Le moindre instant où je peux lui épargner votre compagnie vaut la peine de se battre, dit Zarina, sachant qu'il avait raison.

Tant que sa fille séjournait dans le château royal, elle pouvait la protéger. Mais, une fois Alannah mariée, elle serait à la merci de Kurgan. Pourquoi le malheur s'acharnait-il sur son enfant? songea-t-elle avec lassitude. Pourquoi la destinée du clan du Serpent se refermait-elle sur elle comme un piège?

Pendant que Matalia faisait part de ses inquiétudes à son mari, et que Zarina tenait tête à Kurgan en haut de l'escalier, Xanthier escalada le mur extérieur du château et pénétra dans la chambre d'Alannah par la fenêtre ouverte.

Il ne faisait aucun bruit, car il avait attaché ses bottes autour de son cou et portait des gants de laine.

Alannah se brossait les cheveux, le front soucieux, quand elle perçut une présence. Elle se tourna vers la fenêtre, ignorant que la lumière de la chandelle révélait ses courbes sous la chemise de batiste.

— Il y a quelqu'un? demanda-t-elle d'une voix hésitante.

Elle pencha la tête. Son odorat lui disait qu'un homme était entré, mais elle devait avoir une hallucination car c'était l'odeur de Xanthier.

— Qui est là ? insista-t-elle.

Xanthier la contempla sans répondre. Il en avait assez de fuir chaque fois que sa vie prenait un tour catastrophique. Il avait abandonné sa fille, sa maison, son titre... Il n'allait pas laisser la femme qu'il aimait en épouser un autre. Cette fois, il allait prendre ce qu'il voulait, et au diable les conséquences !

— Déçue ? s'enquit-il enfin d'un ton narquois. Vous attendiez votre fiancé ?

Il sauta sur le plancher et avança vers elle, le regard noir de jalousie.

— Xanthier ! s'exclama Alannah en reculant. Que faites-vous ici ?

— Vous m'appartenez. Je vous l'ai déjà dit mais vous semblez l'avoir oublié.

— Je n'appartiens à personne et je me suis promise à Kurgan. Allez-vous-en ! lança-t-elle d'une voix qui se brisa.

Si Kurgan apprenait que Xanthier était venu la voir, il le tuerait, et le sacrifice qu'elle faisait n'aurait servi à rien.

Fou de rage, Xanthier lui prit le bras et l'attira contre lui avec rudesse.

— Ces fiançailles ne sont qu'une farce. C'est moi qui vous ai trouvée, moi qui vous ai initiée aux plaisirs de la chair. C'est moi qui suis resté près de vous pendant que vous pleuriez Grand-mère. Kurgan n'est rien pour vous.

Alannah se débattait.

— Taisez-vous !

— Dites-moi la vérité, Alannah. Vous ne m'aimez donc pas ?

Elle lui donna un coup de pied, puis lui martela le torse de ses poings.

— Exactement ! Je n'éprouve rien pour vous et vous devez partir sur-le-champ !

Xanthier se pencha en arrière pour éviter les coups de la jeune femme, puis la saisit par la taille.

— Je ne vous crois pas, dit-il avec calme. Vous avez perdu la course pour me venir en aide. Que vous l'admettiez ou non, je sais que vous m'aimez.

Il la souleva sans peine et se dirigea vers la porte.

— Lâchez-moi ou j'appelle à l'aide ! menaça-t-elle.

— Criez, et les soldats viendront. C'est ce que vous voulez ?

Elle hésita.

— Très bien, dit-il en la posant sur un tapis. Puisque c'est comme ça...

En un éclair, il enroula le tapis autour de la jeune femme, la dissimulant entièrement. Puis il lui donna une tape sur la croupe et Alannah émit un cri de protestation, étouffé dans l'épaisseur du tapis. Elle avait beau se débattre, cette fois, il la tenait bel et bien en son pouvoir !

Xanthier alla ouvrir la porte et jeta un œil dans le couloir. Personne... Il regagna la chambre, aperçut la canne d'Alannah sur le seuil et la prit. Puis il hissa son fardeau sur son épaule et gagna l'escalier, indifférent aux vains efforts d'Alannah pour se libérer.

Parvenu en haut des marches, il eut tout juste le temps de reculer dans un recoin. Un couple montait et il dut attendre qu'il s'éloigne. Ensuite, il dévala l'escalier et se servit de la canne pour ouvrir la porte de service au rez-de-chaussée.

Dehors, tout était silencieux dans la nuit baignée du clair de lune. Satisfait de n'avoir rencontré personne, Xanthier traversa le jardin jusqu'à l'endroit où l'étalon blanc était attaché, à côté de son propre cheval bai.

Là, il déposa son fardeau sur le sol et défit le tapis. Alannah apparut, les cheveux en désordre, l'expression inquiète et sombre. Elle ne protestait plus.

— Dites-moi la vérité, exigea Xanthier. Si vous voulez sincèrement que je parte, vous n'entendrez plus jamais parler de moi. Mais si tel n'est pas le cas, vous feriez mieux de me le dire maintenant. Vous me devez une explication !

Alannah ajusta sa chemise de lin et son jupon. Ses boucles rousses étaient emmêlées et ses yeux verts restaient fixés sur Xanthier, comme le jour où ils s'étaient rencontrés sur la plage de l'île.

— Kurgan... commença-t-elle d'une voix hésitante.

— Il n'est pas ici. Parlez !

— Il a dit qu'il vous tuerait si je n'acceptais pas de l'épouser, avoua-t-elle dans un souffle.

— C'est tout ? Dieu Tout-Puissant ! Alannah, cet homme promet de me tuer depuis dix ans ! C'est pour cela que vous avez consenti à l'épouser ? Pour me protéger ?

— Oui, reconnut-elle. Je vous aime et je ne peux pas supporter l'idée d'être la cause de votre mort.

— Moi aussi, je vous aime, chérie. Rien ne doit nous séparer, vous m'entendez ? Rien !

— Mais j'ai tout gâché... Je ne peux plus rompre mes fiançailles, maintenant. Que dirait le roi ?

— Je m'en moque. Nous nous aimons. Vous et moi allons trouver une autre île et nous y vivrons ensemble. Nous n'avons besoin de rien d'autre.

— Et la vie en société, la civilisation... cela ne vous manquera pas ?

— J'en ai vu assez pour toute mon existence. C'est vous que je veux. Je veux que nous ayons des enfants. Nous ne vivrons pas dans un isolement complet. Je garderai mon bateau et le capitaine Robbins viendra nous voir tous les six mois. Si vous préférez aller en France, je vous y emmènerai. Peu importe le lieu, pourvu que nous bâtissions notre maison pour y vivre le restant de nos jours. Viendrez-vous avec moi ?

Alannah se sentait revivre. Les parfums de la nuit tourbillonnaient autour d'elle, et il lui semblait que la déclaration d'amour de Xanthier se posait sur ses épaules comme un doux manteau. Les soucis, les doutes la quittaient et elle ferma les yeux, absorbant la magie de l'instant.

Il l'aimait au point de tout abandonner pour elle. Ils allaient vivre et vieillir ensemble, dans la paix de la nature !

Xanthier attendait, respirant l'odeur des fleurs qui l'entouraient. Alannah était comme ces fleurs, vibrante, exotique, capiteuse. Grâce à elle, il avait enfin compris que l'amour et la famille étaient plus importants que les combats et le pouvoir. Grâce à elle, il n'était plus rempli de haine et de dégoût. Il était en paix.

Elle franchit le pas qui les séparait et leva le visage vers lui.

— Je vous suivrai où vous voudrez, chuchota-t-elle.

— Alannah, dit-il en s'emparant de ses lèvres.

Sa bouche était de l'ambroisie, du miel parfumé dont il ne se lassait pas.

— Xanthier! murmura-t-elle en s'abandonnant contre lui.

Elle lui caressa le visage, suivant la ligne de ses cicatrices.

— Vous êtes merveilleux…

Elle le sentit sourire et sut qu'elle lui avait fait plaisir. Elle glissa la main sur son cou, à l'intérieur de sa chemise.

— J'ai envie de vous, ajouta-t-elle.

Xanthier lui prit les mains et y déposa un baiser.

— Il faut partir.

Alannah hocha la tête.

— Auparavant, embrassez-moi, ordonna-t-elle.

Il s'exécuta, fou de bonheur.

— Je vous aime, dit-il. Je suis impatient de commencer une nouvelle vie avec vous.

Il la lâcha à contrecœur et regarda autour d'eux. Il n'y avait aucun bruit, aucun signe indiquant qu'ils avaient été remarqués.

— Tout va bien, assura-t-il. Personne ne nous a suivis.

Alannah alla caresser l'encolure de l'étalon blanc.

— Merci de me l'avoir amené.

— Je sais à quel point vous y tenez. Je ne vous séparerai jamais d'un ami aussi loyal.

Elle acquiesça et ôta la selle et la bride de Claudius.

— Je te libère, murmura-t-elle. Je n'aurais jamais dû forcer ta nature sauvage, pas même pour un jour…

Claudius grogna en agitant la tête, puis trotta en cercle autour d'eux. Xanthier sourit, hissa Alannah sur son cheval bai, et attacha la canne sur la selle avant de s'installer derrière la jeune femme. Claudius s'élança à leur côté.

Ils voyagèrent pendant plusieurs heures en direction de la côte, les yeux emplis de joie.

— Depuis que je vous ai rencontrée, la nuit est devenue très spéciale pour moi, dit Xanthier alors que les étoiles commençaient à pâlir. J'aime l'obscurité, le sentiment de dépendre de mes autres sens.

Alannah éclata de rire.

— Le jour est tout aussi merveilleux.

— Alannah, je regrette de vous avoir laissée sur le bateau. J'aurais dû vous emmener avec moi, mais je ne voulais vous partager avec personne. Je pensais que je pourrais survivre quelques jours sans vous, mais lorsque la nuit venait, j'étais assailli par les souvenirs.

— Lesquels ? demanda-t-elle en se blottissant contre lui.

— Le souvenir de votre corps, de vos seins et de leurs pointes dressées au creux de mes mains. Je me souvenais de l'odeur de vos cheveux où j'enfouissais le visage. Quand mes sens n'étaient plus dominés par la vue, j'étais submergé de sensations. Je me rappelais comme vous m'apaisiez par votre seule présence. Oui, la nuit était ma plus grande amie et ma pire ennemie.

— Moi aussi, je pensais à vous.

— Et quelles étaient ces pensées ?

— Je pensais à vos mains, à votre façon de les poser sur ma taille et de me serrer contre vous. Je me rappelais votre façon de respirer et vos soupirs lorsque je me blottissais contre votre dos. Je...

Xanthier pressa sa bouche sur la sienne.

— Je sais que nous ne devrions pas nous arrêter, dit-il, mais personne ne nous suit et j'ai envie de vous. Maintenant.

Il l'embrassa dans le cou, puis se laissa glisser à terre tout en retenant la jeune femme sur la monture.

— Je veux vous goûter ici, dans la nuit, sans que rien d'autre interfère avec mes sensations.

Il retroussa le jupon d'Alannah et posa les lèvres sur ses cuisses.

— Votre peau est merveilleuse, dit-il.

Elle poussa un gémissement de plaisir et s'accrocha aux épaules de son compagnon.

— Vos lèvres... murmura-t-elle. C'est un enchantement.

Il continua à l'embrasser, tout proche du cœur de sa féminité.

— Xanthier! supplia-t-elle en se cambrant.

— Pas encore, dit-il en continuant ses baisers sensuels.

— Je vous en prie...

Il posa les doigts sur elle, la caressant là où elle le lui demandait.

— Oui! soupira-t-elle. Plus vite!

Il lui obéit, la faisant gémir de plaisir. Le reste du monde n'existait plus. Seul leur plaisir mutuel remplissait la nuit.

Il glissa un doigt en elle. Elle trembla et s'arc-bouta, et le cheval protesta en s'écartant. Alors Xanthier la souleva et l'allongea sur l'herbe. Son corps pâle brillait sous le clair de lune et il se pencha pour l'explorer de nouveau de son doigt, de ses lèvres.

Alannah agitait la tête, assaillie de vagues de volupté de plus en plus puissantes. Elle cria, exigeant davantage, et il accéléra son mouvement jusqu'à ce qu'elle se dresse et s'accroche à ses épaules. Elle cria son nom, mais il n'arrêta pas pour autant, utilisant sa langue, ses autres doigts, jusqu'à ce qu'il ne puisse plus résister à la tentation de la pénétrer.

Elle l'accueillit, à peine remise de l'orgasme qui l'avait envahie et sentant le plaisir vibrer de nouveau en elle, plus intensément, plus inexorablement encore. Il sourit devant la réaction de la jeune femme et bougea en elle avec plus de force.

Il lui ouvrit les genoux, plongeant et replongeant en elle sans relâche, et elle atteignit de nouveau les limites de l'extase, criant de bonheur. Il jouait avec son corps avec toute sa sensualité, ses coups de reins lui arrachaient des gémissements de plaisir, jusqu'à ce qu'à son tour il cède à la vague somptueuse…

Il s'effondra sur elle, complètement épuisé, les larmes aux yeux.

Elle le caressa et ils restèrent enlacés longtemps, avant que leurs corps comblés ne sombrent dans un profond sommeil.

30

Les hommes de Kurgan se déplaçaient silencieusement entre les arbres, car les naseaux et les sabots de leurs chevaux étaient enveloppés de chiffons pour ne faire aucun bruit.

Aucun n'osait parler. Ils connaissaient bien les talents de guerrier de Xanthier O'Bannon. Dans le passé, il avait combattu sans grand respect pour les règles. Il était imprévisible et sans pitié, et cette nuit serait peut-être la dernière pour nombre d'entre eux...

Kurgan ne partageait pas leur inquiétude. Son ennemi était tombé tout droit dans le piège, fuyant comme un voleur et sans escorte. Sa dernière heure était arrivée... Il sourit, ou plutôt grimaça, le visage agité de tics nerveux. Désormais, il avait une bonne raison de laisser libre cours à sa haine. Il n'avait plus besoin de se cacher !

Xanthier avait enlevé une héritière, sa fiancée. Même le roi désapprouverait une telle conduite. Il avait dépassé les bornes et personne ne blâmerait Kurgan de l'avoir tué.

Parmi la troupe, un mercenaire tenait Isabelle contre lui, attachée et bâillonnée. Il avait reçu l'ordre de garder la fillette en otage jusqu'à ce qu'elle puisse leur servir à quelque chose. Il fallait capturer Xanthier à tout prix, et Kurgan n'aurait aucun scrupule à se servir de l'enfant pour arriver à ses fins.

Les hommes suivaient les traces de Xanthier et Alannah dans la forêt, semblables aux mailles de fer d'un filet qui allait se refermer sur leur proie. La lune se leva, les oiseaux de nuit se turent, et une atmosphère sinistre accompagna les premiers signes de l'aube.

Xanthier cligna des paupières et s'écarta du corps endormi d'Alannah, alerté par un danger imminent.

Il ferma les yeux et écouta. Tout était silencieux. Trop silencieux, justement. Il se redressa et chercha son épée. Puis il se leva lentement, tendant l'oreille, cherchant à comprendre ce qui se passait.

Soudain, le bruit étouffé d'un grognement de cheval lui parvint sur la droite, à une centaine de mètres environ.

— Alannah! chuchota-t-il. Levez-vous. Tout de suite!
— Quoi...? marmonna-t-elle d'une voix endormie.
— Il y a des cavaliers dans le bois.

Elle se frotta le visage puis écouta à son tour et se leva, alarmée.

— Combien sont-ils? s'enquit Xanthier, sachant que l'ouïe de la jeune femme était bien plus développée que la sienne.

— Vingt, peut-être plus. Ils marchent en file indienne et se dirigent vers nous.

— Comment ont-ils pu nous retrouver si vite? s'étonna Xanthier en s'habillant promptement. Quelqu'un a dû donner l'alerte!

Il lança ses vêtements à Alannah et la hissa sur Claudius dès qu'elle fut prête. Puis il monta sur son cheval.

— Venez! chuchota-t-il.

Ils s'élancèrent aussi silencieusement que possible dans l'obscurité. Alannah passa en tête, car bien qu'elle ne pût voir, elle savait mieux se déplacer dans la nuit que Xanthier.

La jeune femme était terrorisée. Si Kurgan les rattrapait, elle n'osait imaginer ce qui arriverait à son bien-aimé! Elle accéléra l'allure. Derrière elle, Xanthier l'imita. Tant pis pour le bruit... Il fallait absolument gagner du terrain!

Peu après, le fracas des sabots de leurs poursuivants résonna derrière eux.

— Miséricorde ! s'écria Alannah en s'élançant à son tour au galop.

— Filez ! ordonna Xanthier alors qu'ils atteignaient une clairière. Ne m'attendez pas ! Votre cheval est plus rapide que le mien. Ne vous arrêtez pas ! Vous me le promettez ?

— Vous me promettez que vous resterez avec moi, quoi qu'il arrive ?

— Je le promets !

Ils bondirent tous deux en avant, fendant la nuit. Les gardes aperçurent leurs silhouettes dès qu'ils sortirent du rideau d'arbres et se lancèrent à leur suite.

L'étalon blanc dépassa vite le cheval de Xanthier, mais Alannah continua à presser les flancs de Claudius, certaine que le cheval bai suivrait.

Soudain, l'étalon noir de Kurgan apparut. Xanthier sentit son cœur se serrer d'effroi. Il connaissait le goût de son ennemi pour le sang versé. Il ne fallait absolument pas qu'il capture Alannah !

— Kurgan nous suit... Traversez la forêt, Alannah ! Allez à gauche, je prends par la droite. Cela les obligera à se séparer aussi.

— Non ! Je reste avec vous ! protesta-t-elle en ralentissant l'allure.

— Je vous en prie, Alannah ! Faites ce que je vous dis, pour une fois ! Si vous m'aimez, si vous croyez que je vous aime, fuyez comme le vent.

Horrifié, Xanthier vit le cheval noir s'approcher.

— Alannah, vite ! Je vous retrouverai de l'autre côté de la forêt. Mon bateau est ancré au large de la côte.

Elle obéit enfin et Claudius fila vers la gauche. Elle entendit Xanthier aller vers la droite. Pourvu que sa stratégie fonctionne !

— Suivez-le ! ordonna Kurgan en bifurquant derrière Alannah. Je m'occupe d'elle !

Il fouetta son cheval avec un cri d'exultation. C'était pour cela qu'il vivait, pour ces poursuites où il pouvait torturer sa proie. Détruire était dans son sang et aveuglait sa raison.

Il avait battu l'étalon blanc durant la course et il le battrait de nouveau. Même si Alannah filait devant lui à la vitesse de l'éclair, il aurait tôt fait de la rattraper et de la faire tomber à terre. Kurgan gloussa de joie et lança de nouveau son fouet.

Peu à peu, l'étalon noir gagnait du terrain. Alannah entendait la respiration haletante de Kurgan, et sentait le sol trembler sous la course de son cheval. Il allait la rattraper. Ce n'était qu'une question de secondes.

Elle se baissa tout à fait et enfouit les mains dans la crinière de Claudius en se concentrant sur les mouvements du cheval.

— Cours ! murmura-t-elle. Cours, mon ami, je t'en supplie...

L'étalon sembla allonger le cou et prit une allure folle. Ses sabots touchaient à peine le sol. En quelques instants, il ne fut plus qu'une tache claire dans la pénombre de la clairière.

— Non ! cria Kurgan en voyant sa proie lui échapper.

De l'autre côté de la prairie, Xanthier était moins chanceux. Son cheval, encore épuisé par la course, ne parvenait pas à semer ses poursuivants. Il comprit vite qu'il devait changer de stratégie. Brusquement, il tourna sur la droite et fonça vers la rivière.

Celle-ci était large et rapide, et ses rives étaient abruptes. Xanthier ne s'arrêta pas, forçant son cheval à plonger dans l'eau. Ils coulèrent immédiatement, mais parvinrent à regagner la surface et à maintenir la tête hors de l'onde.

Ils nageaient dans l'eau tourbillonnante, heurtant des rochers et des branches d'arbres entraînées par le courant. Xanthier s'accrochait à son cheval, le pressant d'avancer. Centimètre par centimètre, ils approchaient de l'autre rive tandis que le courant les entraînait en amont.

Les hommes de Kurgan s'arrêtèrent au bord de la rivière, puis longèrent la rive en descendant le courant. Personne n'osait plonger dans le périlleux cours d'eau.

En voyant son père braver le courant déchaîné, Isabelle tenta de se dégager de ses liens. Le soldat qui la tenait poussa un juron en voyant qu'un des bras de la fillette était libre. Elle arracha son bâillon et regarda le coude que faisait brusquement la rivière. Un énorme rocher la surplombait, sur lequel l'eau venait écumer et bouillonner.

Isabelle retint un cri de terreur.

Xanthier regarda devant lui. Impossible d'éviter l'énorme rocher qui bloquait le passage. Et il risquait de s'y briser le crâne.

Il réfléchit à la vitesse de l'éclair. Il ne pouvait pas abandonner la partie! Il se pencha et éperonna durement son cheval. Ce dernier grogna et agita la tête, mais accéléra l'allure.

— Encore plus vite! cria Xanthier en lui donnant un autre coup de talon.

Le cheval tendit le cou, bougeant les jambes aussi rapidement qu'il le pouvait. Puis, au moment où le rocher sembla jaillir devant eux, Xanthier et sa monture se jetèrent dans un tourbillon et furent projetés en arrière, loin du rocher. La rive n'était qu'à un mètre. Le cheval se rua en avant et sortit du courant. Épuisés, Xanthier et sa monture restèrent quelques instants immobiles, cherchant leur souffle.

De l'autre côté, les hommes avaient suivi avec admiration le combat de Xanthier avec la rivière. Sa réputation de féroce guerrier était déjà faite, mais il serait désormais célèbre pour son courage et sa bravoure. Les soldats se regardèrent, incertains de la conduite à tenir. Aucun n'avait l'intention de risquer sa vie pour rattraper le commodore. En ce qui les concernait, il avait réussi à s'échapper.

À cet instant, un cri d'enfant retentit. Xanthier releva la tête et aperçut Isabelle en train de se débattre dans les bras d'un soldat. Que faisait-elle ici? Pourquoi était-elle avec les hommes de Kurgan?

— Père! hurla-t-elle.

Xanthier la regarda au-dessus de l'eau écumante.

— Père, tu es blessé? Père!

Il secoua la tête.

— Ne me laisse pas ! cria Isabelle. Père, ne me laisse pas !

Elle sauta du cheval de son ravisseur et s'élança vers la rivière. Xanthier la vit hésiter avant de sauter à l'eau.

— Retenez-la ! cria-t-il. Retenez-la, bon sang ! Ce n'est qu'une enfant !

Horrifié, il vit sa fille entrer dans l'eau. Aussitôt, le courant l'entraîna et elle tomba à genoux en éclatant en sanglots.

— Aidez-la ! Ne la laissez pas se noyer ! hurla Xanthier.

Le soldat saisit Isabelle par la main, mais ne la tira pas hors de l'eau.

— Revenez, commodore, et elle aura la vie sauve !

Xanthier crut que son cœur allait s'arrêter de battre. Non, cela ne pouvait arriver... Pas maintenant. Pas au moment où il avait réussi à s'échapper, et où Alannah était libre. Pas au moment où ils allaient enfin pouvoir s'aimer. Un pas en arrière le conduirait à une vie de félicité. Et un pas en avant l'en séparerait à jamais.

Isabelle sanglotait toujours. Elle parvint à se relever, mais le courant était trop fort et elle retomba. Seule la main de l'homme qui la retenait l'empêcha d'être entraînée par l'eau écumante.

Xanthier prit une profonde inspiration. Il avait promis à Alannah qu'il resterait près d'elle, quoi qu'il arrive. Il l'avait suppliée de le suivre pour vivre avec elle une existence fondée sur l'amour et la confiance. Mais à présent, en dépit de l'immense douleur qu'il ressentait, il devait trahir sa promesse. Il savait qu'elle ne le lui pardonnerait jamais. Elle disparaîtrait pour toujours. C'était fini.

L'image de son ravissant visage s'imposa à lui. La paix, la sécurité, l'amour, il leur disait adieu. Isabelle était sa fille, et il ne pourrait pas vivre si elle mourait à cause de lui. Une fois de plus, il allait risquer sa vie pour sauver celle de son enfant.

Il fit un signe au soldat. Celui-ci comprit aussitôt et tira Isabelle hors de l'eau. Incrédules, les hommes gardaient le regard rivé sur Xanthier. Traverser la rivière serait aussi dangereux maintenant que tout à l'heure !

— Je ne peux pas croire qu'il fasse ça pour une enfant qu'il a abandonnée à la naissance, murmura l'un d'eux.

Ils retenaient leur souffle, stupéfiés par l'audace de Xanthier. Le commodore traversa la rivière sans son cheval, lentement, en prenant son temps. Mais le torrent l'entraînait dans ses tourbillons et, une fois parvenu au milieu, il sembla couler.

Il lutta pour sortir la tête de l'eau. Soudain, il se cogna contre un tronc d'arbre et tomba en avant, heurtant les rochers et les branches qui venaient le cingler dans leur course folle. Il parvint cependant à avancer. Il avait presque atteint la zone plus calme près du bord, lorsqu'une vague le renversa de nouveau, le projetant contre un rocher. Cette fois, il ne se releva pas.

Le torrent entraînait son corps en amont.

Un soldat éperonna son cheval pour courir après la forme inerte. Il parvint à entrer dans l'eau et, quand le commodore passa non loin, accrocha la boucle de sa ceinture avec un bâton. D'un coup habile, il tira le corps vers lui et l'arracha au torrent. Xanthier s'effondra sur la rive, inconscient. Le soldat le tourna sur le ventre et lui donna une grande claque sur le dos. Il toussa.

— Père ! s'écria Isabelle alors que le reste du groupe les rejoignait.

Elle courut jusqu'à Xanthier et s'agenouilla près de lui pour l'embrasser sur la joue.

— Merci, père. Tu es le plus courageux du monde. Je t'aime.

Xanthier souleva les paupières et plongea le regard dans les yeux gris de sa fille. Il songea brièvement à Alannah. Même s'il avait choisi de sauver sa fille plutôt que de s'enfuir avec sa bien-aimée, c'était Alannah qui lui avait donné la force de prendre ce genre de décision.

Il n'avait pas de regrets.

Il n'aurait pas pu agir autrement.

Il sourit à Isabelle et se redressa pour lui tendre les bras.

31

Kurgan lui donna un autre coup de pied et Xanthier tressaillit de douleur. Le sang coulait de son front, et son torse nu était déjà couvert d'ecchymoses. Il avait les bras liés au-dessus de la tête, attachés à la branche d'un arbre. Son épée gisait à ses pieds.

— Vous vouliez m'humilier, n'est-ce pas ? ragea Kurgan. Vous me narguez depuis le moment où vous êtes parti de Knott's Glen ! Qui vous sauvera, cette fois ?

Il lui décocha un coup de poing dans les côtes, souriant de satisfaction en entendant les os se briser.

— Qu'espérez-vous ? dit Xanthier, le souffle court. Ma mort ? Elle ressemblera aux autres. Vous n'en aurez jamais assez !

La lumière du feu de camp dansait sur son visage en le déformant encore plus, soulignant les balafres, les paupières tuméfiées et les plaies. Les soldats n'osaient s'approcher. Ils avaient peur de lui, malgré les liens qui le retenaient.

— Je veux vous voir remuer à terre comme un misérable ver, répliqua Kurgan. Je veux voir la mort envahir peu à peu votre visage. Ma satisfaction sera votre fin.

Isabelle se cachait dans l'obscurité, pétrifiée. Elle se sentait tellement coupable ! Elle savait que Xanthier était revenu pour elle. Si elle n'avait pas sauté dans la rivière, il serait libre, en ce moment.

Xanthier ne regardait pas dans la direction de sa fille. Il gardait les yeux rivés sur Kurgan, concentrant toute son énergie sur son ennemi. La colère l'empêchait de souffrir. Il n'était pas prêt à mourir... Il voulait s'étendre sur la plage avec Alannah et voir sa fille grandir. Il avait cessé de fuir ses problèmes et ses responsabilités. Il voulait se battre pour la justice et la beauté, pour sa famille.

Comme Kurgan l'assaillait de nouveaux coups de poing, il ferma les yeux. Pour la première fois de sa vie, il appela mentalement son frère. Il imagina son visage, ses bras puissants, son épée…

Au secours, Brogan! implora-t-il en silence.

Loin de là, Brogan émergea d'un profond sommeil et ouvrit les yeux dans l'obscurité de sa chambre.

À l'orée de la forêt, Alannah tremblait de peur. Elle avait cru au miracle en échappant à Kurgan, mais elle comprenait maintenant que Xanthier n'avait pas eu autant de chance. S'il ne l'avait pas rejointe, c'est que les hommes de Kurgan avaient réussi à le capturer.

Elle avait alors décidé de revenir en arrière. Malheureusement, elle ignorait où elle était. Comment se repérer dans cette région inconnue? Elle savait qu'il lui fallait rebrousser chemin.

Xanthier aurait voulu qu'elle gagne l'océan, trouve son navire et lève l'ancre, se mettant ainsi à l'abri de leurs poursuivants, mais elle ne pouvait pas partir sans lui.

Elle descendit de cheval et tâta la poussière jusqu'à ce qu'elle sente une empreinte. Elle la suivit du bout des doigts. C'était la trace d'une biche. Les biches aimaient l'herbe haute et grasse des prairies. Alannah avança de quelques centimètres et trouva une autre empreinte. Suivant les traces pas à pas, écoutant son instinct, elle avança, priant pour que ce chemin la rapproche de la clairière où Xanthier et elle s'étaient séparés.

Bientôt, elle trouva d'autres traces de biches et de daims. Penchée sur le sol, elle se déplaçait lentement, avec précaution. Son étalon la suivait, effaçant avec ses sabots les traces qu'elle avait si patiemment découvertes. Alannah pria pour qu'un autre animal n'ait pas fait de même dans l'autre sens, car si elle perdait la trace des daims, elle serait vraiment perdue!

Le vent se leva, et elle frissonna. Devait-elle continuer ? Elle se morigéna aussitôt. Que faire d'autre ? Xanthier avait sûrement besoin d'aide. Il lui avait montré son amour en désobéissant pour elle au roi d'Écosse. C'était à elle de faire quelque chose pour lui.

Soudain, elle entendit de l'eau couler au loin. Elle redressa la tête et l'étalon tendit l'oreille, lui aussi. Ils se tournèrent en même temps vers la gauche, où un animal froissait des feuilles à son passage. Reconnaissant les bruits et les odeurs, Alannah sourit. La biche et son faon, qu'elle suivait depuis tout à l'heure, préparaient leur couche. Ils faisaient des cercles pour aplatir les feuilles de leurs pattes avant de s'allonger dessus.

— Merci, vous deux, murmura-t-elle très doucement pour ne pas les déranger. Grâce à vous, j'ai trouvé la rivière. Je peux la remonter jusqu'à la prairie. Je vous souhaite une belle vie, mes amis de la forêt !

La biche ignora la jeune femme, nullement dérangée par sa présence, et plia gracieusement ses pattes fines pour s'allonger. Son faon l'imita. Quelques secondes plus tard, ils dormaient.

Alannah remonta à cheval et guida sa monture dans l'eau pour remonter le courant. Ils allaient retrouver Xanthier ! songea-t-elle. Mais il fallait faire vite. Pourvu qu'elle n'arrive pas trop tard !

Brogan traversa le château sombre et endormi. Xanthier avait besoin de lui, il le sentait. Un grave danger le menaçait... Il arriva devant la porte de la chambre de son frère et frappa. Personne ne répondit.

Il entra, trouva la pièce vide. Xanthier avait emporté ses affaires.

Brogan s'assit sur le lit et ferma les yeux, tentant de sentir ce que son frère avait éprouvé la dernière fois qu'il avait dormi dans ce lit. Des images d'Alannah fusèrent dans son esprit. Soudain, il les vit monter ensemble l'étalon blanc. Alannah se baignait dans les vagues. Puis Kurgan surgit.

Brogan bondit. Son frère était en danger de mort ! Maintenant, c'était une certitude ! Il se rua dans les couloirs et frappa à la porte d'Alannah. Personne. Dans la pièce, il y avait des signes de lutte et on avait enlevé le tapis.

Sans perdre un instant, Brogan se dirigea vers le logement où dormait le capitaine Robbins. Il entra sans frapper pour ne pas réveiller les autres dormeurs et chercha le capitaine.

— Robbins ! appela-t-il doucement.

Ce dernier s'éveilla en sursaut et tendit la main vers son épée.

— Suivez-moi ! ordonna Brogan. Votre commodore a besoin de vous.

Robbins descendit de sa couche et s'habilla rapidement. Des années de vie en mer lui avaient appris à se réveiller rapidement et à être aussitôt disponible. Il boucla la ceinture de son épée, et fit signe à Brogan qu'il était prêt.

Les deux hommes quittèrent le château.

— Que se passe-t-il exactement ? demanda Robbins.

— Xanthier et moi sommes jumeaux. Nous avons un lien très spécial, qui nous permet de sentir ce que ressent l'autre.

— Je ne comprends pas.

— Nous communiquons par la pensée. Durant les quinze ou vingt dernières années, nous avons tous deux ressenti ces impressions. Cela nous a souvent contrariés mais aujourd'hui, j'en suis content. Je crois qu'il m'appelle à l'aide.

— Et pour quelle raison ?

— S'il devait fuir avec Alannah, savez-vous où ils iraient ? Kurgan doit les poursuivre et je redoute le pire.

Robbins dévisagea Brogan en silence. Devait-il révéler le secret du commodore ? Le comte n'avait jamais témoigné une grande affection pour son frère, et Xanthier ne semblait guère apprécier son jumeau non plus.

— S'ils sont partis tous les deux, c'est leur affaire, lord Brogan.

Brogan se passa la main dans les cheveux. Son histoire était difficile à croire, et pourtant elle était vraie et le temps pressait !

— Je vous jure que je dis la vérité ! Allez-vous risquer la vie de Xanthier parce que vous n'avez pas confiance en moi ? Je sais qu'il a besoin d'aide et nous sommes sans doute son seul espoir.

En parlant, les deux hommes avaient atteint l'écurie. Robbins y précéda Brogan et sella sa monture.

— Il y a un port au nord où un bateau l'attend pour un départ immédiat, dit-il. Si Xanthier est parti, il est parti dans cette direction.

Soulagé, Brogan sella son cheval à son tour et les deux hommes s'élancèrent, les sabots de leurs chevaux claquant sur les pavés. L'obscurité de la nuit enveloppait la forêt et ils durent bientôt ralentir l'allure afin de ne pas s'éloigner du sentier.

Plus le temps passait, plus Brogan était inquiet.

Les cris d'Isabelle résonnèrent dans la nuit, réveillant les créatures de la forêt et tirant Xanthier de sa torpeur douloureuse.

Il tressaillit, évitant de justesse la dague que Kurgan brandissait sur sa nuque.

— Même quand je suis ligoté, vous cherchez à me tuer par-derrière, grogna-t-il d'un ton méprisant. Vous avez donc tellement peur de moi ?

— Je n'ai peur de rien !

— Alors prouvez-le ! Libérez-moi et combattez-moi face à face. Jusqu'à la mort de l'un de nous.

Kurgan lui jeta un regard noir, conscient que ses soldats entendaient Xanthier lui jeter ce défi. Il évalua rapidement ses chances. Xanthier était à bout de forces. Il avait des côtes cassées et ses bras ne lui serviraient à rien après avoir été suspendus en l'air si longtemps. Il était peu probable qu'il puisse se battre, ce qui donnait à Kurgan l'avantage qu'il cherchait.

— Très bien. Mais si vous tentez de fuir, mes soldats tueront votre fille.

— Que voulez-vous faire d'elle ?

Kurgan posa les yeux sur l'enfant terrifiée.

— Je la garderai et je lui trouverai... des fonctions spéciales, dit-il.

La rage bouillonna dans le sang de Xanthier et ses yeux prirent la dureté du métal. Les soldats s'agitèrent, mal à l'aise, jusqu'à ce que celui qui tenait Isabelle prenne la parole.

— Lord Kurgan, tuez-le maintenant !

Kurgan pivota pour toiser le soldat.

— Doutez-vous que je puisse gagner ? gronda-t-il en pointant son épée sur la gorge de l'homme. Mesurez vos paroles !

— Oui, sir, répliqua l'autre, qui sur un signe de Kurgan tira un couteau de sa botte et marcha jusqu'à Xanthier.

Tout en coupant ses liens, il se pencha à son oreille :

— Si vous croyez qu'en tuant Kurgan vous serez libre, vous vous trompez. Je suis payé pour le protéger, et ma réputation repose sur le succès de ma tâche. Je vous tuerai moi-même, si besoin est.

— Quel combat régulier ! ironisa Xanthier.

— Il n'y a pas de règle qui tienne, commodore, répliqua le soldat en le libérant de son dernier lien.

Xanthier s'accroupit et se frotta les bras pour raviver la circulation du sang. Il ne sentait pas ses doigts et la tête lui tournait. Ses côtes brisées l'empêchaient de respirer, et l'un de ses yeux était si enflé qu'il n'y voyait qu'à moitié.

Il leva la tête et comprit qu'il n'avait plus le temps de se préparer. Kurgan avançait déjà sur lui.

Alannah entendit Isabelle crier. Affolée, elle lança Claudius au galop le long de la rivière. Elle allait arriver trop tard !

Elle se baissait sur la crinière de l'étalon, le pressant d'aller plus vite. Claudius obéit. Soudain, il quitta le torrent et remonta sur la rive. Il y avait un feu non loin, elle en sentait l'odeur. Le cheval se dirigea vers lui.

— Dépêche-toi ! implora-t-elle.

Claudius fila, tandis que le heurt métallique d'épées résonnait dans la nuit. Alannah perçut une odeur de sang à l'instant même où Xanthier perçut sa présence. Il vacilla, aveuglé par l'épée que Kurgan levait vers lui. La lame reflétait les flammes et il lui semblait y voir les âmes des damnés.

— Non ! cria-t-il en trébuchant en arrière, tandis que Claudius bondissait devant son assaillant.

Le regard aveugle d'Alannah transperça Kurgan comme un poignard affûté.

— Laissez-le ! ordonna-t-elle d'une voix qui résonna dans la clairière.

L'étalon se cabra, battant l'air de ses pattes avec fureur. Xanthier, galvanisé, sentit ses forces lui revenir. Il s'élança avec son épée alors que Kurgan n'était pas sur ses gardes.

Ce fut au tour de Kurgan d'être pris par surprise. Il vacilla, tentant désespérément de parer l'attaque de Xanthier.

— Tuez-les ! dit-il à ses hommes. Tuez-les tous ! L'enfant, la femme, et même le cheval !

Xanthier bondit. La rage lui donnait une force herculéenne, mais même en se battant comme un diable, il ne parviendrait pas à abattre tous les soldats avant qu'ils aient pu donner la mort aux deux personnes qu'il avait juré de protéger.

— Pourquoi elles ? s'exclama-t-il, désespéré. C'est moi, votre ennemi ! Isabelle et Alannah ne sont que des pions sur le jeu que vous avez inventé. Elles n'ont pas à souffrir des conséquences de notre lutte.

Il se fendit, et son épée s'imprégna du sang de Kurgan.

— Laissez-nous partir et j'épargne votre vie, ajouta-t-il.

Kurgan gloussa de haine et rendit le coup. Son épée vibra. Il attaquait Xanthier comme un fou, le forçant à se protéger.

— Non seulement elles mourront, mais elles souffriront avant d'expirer... vous pouvez compter sur moi !

— Vous vous trompez ! cria Alannah en levant sa canne.

En une fraction de seconde, elle fit appel à tous ses sens, toute son énergie et celle de la nature autour d'elle. Celle du vent, des tempêtes, de la terre, du feu, de la mer... Elle appela les forces qui l'avaient toujours guidée dans sa nuit, et sa canne frappa le soldat le plus proche. Un craquement sonore lui signala qu'elle avait bien visé, et soudain une masse de soldats avança vers elle. Pendant que Xanthier combattait Kurgan, elle combattait ses hommes avec pour seules armes une canne et la puissance des éléments.

À bout de forces, Xanthier tomba à genoux. Il parvenait à peine à parer les coups de Kurgan, désormais. Combien de temps Alannah pourrait-elle continuer son inégal combat ? Encore une fois, il pensa à son frère, tentant de ne faire qu'un avec ce double qu'il avait si longtemps rejeté...

Dans la prairie, Brogan et le capitaine Robbins galopaient à perdre haleine lorsqu'ils entendirent des cris, puis les heurts des épées. Le sol semblait trembler sous la férocité de la bataille. Tous deux prièrent pour ne pas arriver trop tard...

Comme ils approchaient du campement, ils tirèrent leurs épées et lancèrent des cris sauvages.

Leur présence rendit espoir à Xanthier qui, dans un regain de courage, se remit debout. Il avançait maintenant sur Kurgan, sans pitié. Celui-ci vacilla, trébucha, et roula à terre. Il parvint à se relever juste à temps pour éviter l'attaque de Xanthier.

Il recula, mais la peur emplit son regard en voyant Xanthier continuer à avancer. Les yeux de son ennemi étaient froids, presque inhumains dans leur rage, et Kurgan se mit à trembler. Il recula encore, puis sentit un cheval derrière lui.

Il baissa la garde un bref instant, le temps pour Xanthier de plonger son épée dans le cœur de son ennemi, qui écarquilla les yeux de surprise.

— Vous n'auriez pas dû menacer ma famille, dit-il.

Un cri le fit pivoter et il vit Isabelle quitter son refuge derrière Claudius. Alannah montait son étalon comme un ange vengeur sur un Pégase légendaire, son corps vibrant de force et sa canne frappant aussi sûrement que si elle voyait. Les soldats gisaient autour d'elle en gémissant de douleur.

Tout près, Brogan et le capitaine Robbins abattaient leurs épées. En quelques instants, il ne resta plus aucun soldat debout.

Puis, soudain, le silence envahit la clairière. On n'entendait plus que le crépitement du feu et le souffle lourd des chevaux. Claudius poussa un hennissement strident.

Xanthier regarda son frère par-dessus les flammes et Brogan lui rendit son regard. Ils sourirent, puis avancèrent l'un vers l'autre et s'embrassèrent, dans une étreinte enfin fraternelle.

Épilogue

Alannah se blottit dans les bras de Xanthier et Isabelle s'appuya sur les genoux de la jeune femme. Les voiles du vaisseau claquaient au vent.

Ils regagnaient l'île sur une mer calme et sous un ciel d'un bleu parfait. Xanthier grimaça lorsque sa fille donna accidentellement un coup à ses côtes brisées, mais il ne la gronda pas. La douleur n'était rien, comparée à la joie qui l'habitait.

— Comment avez-vous convaincu le roi de me rendre mon île ? demanda Alannah.

Xanthier secoua la tête d'un air piteux.

— C'est la reine qui l'a convaincu. Une femme a beaucoup de pouvoir quand elle a une idée en tête. Et si on aime cette femme... Le roi n'avait aucune chance !

— M'aimerez-vous ainsi ? Chercherez-vous à m'être agréable ?

Xanthier déposa un baiser sur ses cheveux.

— Je vous aimerai toujours. Vous êtes mon âme. Sans vous, j'étais vide, mais vous m'avez empli de lumière. Vos désirs guideront chacun de mes pas. Et... ajouta-t-il en lui léchant l'oreille, j'espère remplir vos journées de toutes sortes de plaisirs.

Isabelle se leva et mit les poings sur ses hanches.

— Vous n'arrêtez pas de vous embrasser et de vous tenir la main ! Il y a des enfants que cela ennuierait !

— Cela t'ennuie ? demanda Alannah avec sérieux.

Isabelle éclata de rire.

— Non, je trouve ça gentil... Quand j'aurai un amoureux, nous nous embrasserons tout le temps aussi.

Xanthier fronça les sourcils.

— Pas question de te laisser fréquenter les garçons, Isabelle. Ils sont ignorants, manipulateurs et malins.

Ce fut au tour d'Alannah de rire.

— Vous verrez, mon chéri ! Si vous pensez avoir eu du mal avec moi, attendez un peu que votre fille ait l'âge requis...

Zarina regardait les voiles diminuer à l'horizon, comme elle avait regardé la barque emporter sa fille des années auparavant. Le baiser de celle-ci lui faisait encore chaud au cœur. Elle avait fait confiance au destin, autrefois, et le destin avait sauvé son bébé aux yeux verts, l'envoyant sur une île magique pour devenir une femme forte et adorable. C'était plus qu'elle n'avait jamais rêvé pour son enfant.

Et aujourd'hui, elle la regardait partir de nouveau. Cette fois, sa fille avait plus qu'un sachet de velours pour la protéger. Elle avait un guerrier qu'elle aimait d'un amour vrai et puissant. Un guerrier féroce, mais au cœur tendre.

Zarina soupira. Le clapotis des vagues sur le rivage lui rappelait celui de jadis. La dernière fois qu'elle avait vu Alannah disparaître au loin, elle était terrifiée. Elle s'était sentie tellement coupable, tellement malheureuse... Ce jour avait été le plus horrible de son existence et il l'avait obsédée pendant près de vingt ans.

Aujourd'hui, elle souriait car elle n'avait plus besoin de s'inquiéter. Son bonheur était à son comble, même si ses yeux se remplissaient de larmes. Sa fille serait en sécurité sur l'île des Chevaux sauvages.

L'amour d'Alannah et de Xanthier effaçait les peines et les peurs du passé. Il allait s'épanouir dans un monde de passion et de tendresse, très loin de l'autre côté de la mer, mais tout proche dans le cœur de Zarina aux yeux d'émeraude.

AVENTURES & PASSIONS

Retrouvez les autres romans de la collection en magasin :

Le 3 mai :
Le brigand aux yeux d'or ✍ Karen Robards (n° 3142)
Le corsaire des Caraïbes ✍ Meagan McKinney (n° 3490)
Escorte de charme ✍ Sabrina Jeffries (n° 8015)

Le 22 mai :
Les frères Malory - 4 : Magicienne de l'amour ✍ Johanna Lindsey (n° 4173)
L'héritier libertin ✍ Jillian Hunter (n° 8019)

Découvrez les prochaines nouveautés de la collection :

Le 1ᵉʳ juin :
L'ange nocturne ✍ Liz Carlyle (n° 8048)
Le jour, Sidonie Saint-Godard est une jeune femme correcte qui enseigne les bonnes manières aux jeunes filles de la bourgeoisie. La nuit, elle devient le séduisant Ange noir, évoluant dans les milieux interlopes et détroussant les gentlemen. Seulement voilà, elle n'aurait pas dû voler le marquis Devellyn !

Le trésor de la passion ✍ Leslie LaFoy (n° 8049)
Tout accuse Barret du meurtre de Megan Richard. Isabella, la cousine de la victime, croit en son innocence et lui offre son aide. Selon elle, le meurtre est lié à une mystérieuse carte indiquant l'emplacement d'un trésor. Une forte complicité naît entre eux lorsqu'ils se lancent à la recherche du coupable...

---

*Nouveau ! 2 rendez-vous mensuels
aux alentours du 1ᵉʳ et du 15 de chaque mois.*

Le 16 juin :

Les frères Malory - 5: Une femme convoitée ∞ Johanna Lindsey (n° 4879)

Audrey n'a pas le choix : pour éponger les dettes de son oncle, elle est contrainte de vendre sa virginité aux enchères. Derek Malory n'a pas l'habitude d'acheter des femmes, mais il lui semble criminel d'abandonner cette malheureuse au désir pervers d'Ashford. Un motif de plus à la haine qui les oppose...

L'honneur des Lockhart ∞ Julia London (n° 8052)

Pour payer la dette familiale, Mared Lockart doit se marier avec Payton Douglas, voisin et ennemi de toujours. Pour échapper à cette perspective peu glorieuse, les Lockart proposent une solution : Mared sera la gouvernante de Payton pendant un an. Un moindre mal ? Non, pour Mared, c'est l'humiliation... surtout lorsqu'elle réalise que le mariage avec un homme aussi séduisant que Payton n'aurait finalement pas été une si mauvaise chose !

Nouveau ! **2** *rendez-vous mensuels aux alentours du* **1er** *et du* **15** *de chaque mois.*

Si vous aimez Aventures & Passions,
laissez-vous tenter par :

Passion intense

Quand l'amour vous plonge dans un monde de sensualité

Le 22 mai :
Le séducteur sauvage ⊗ Susan Johnson (n° 3642)
Bien qu'héritière d'une des plus grosses fortunes de Boston, Venetia n'est pas réputée pour ses bonnes manières ! Effrontée, elle part avec son père convaincre Jon Black, chef indien Absarokee, de leur vendre ses terres. Surprise ! Ce n'est pas un sauvage que Venetia doit persuader, mais un homme raffiné qui la subjugue...

> *Nouveau ! 1 rendez-vous mensuel*
> *aux alentours du 15 de chaque mois.*

Romance d'aujourd'hui

Le 22 mai :
Le soleil de ma vie ⊗ Catherine Anderson (n° 8020)
Laura Towsend souffre d'aphasie suite à un traumatisme crânien. Cela ne l'empêche pas de travailler : elle est embauchée par le vétérinaire Isaiah Coulter. Ce dernier est vite touché par la douceur de la jeune femme. Mais une employée de la clinique a jeté son dévolu sur le vétérinaire et tente de discréditer Laura...

À tes côtés ⊗ Susan Donovan (n° 8021)
Charlotte Tasker rencontre un homme sur le bord de la route et ils passent ensemble un moment torride et... anonyme. Treize ans plus tard, Charlotte fait la connaissance de son nouveau voisin, Joe. Qui n'est autre que le mystérieux inconnu qui lui a fait vivre un instant de passion intense, sans jamais l'oublier...

> *Nouveau ! 2 titres tous les deux mois*
> *aux alentours du 15.*

Retrouvez également nos autres collections :

SUSPENSE

Le 3 mai :
Lune rouge ⋒ Anne Stuart (n° 4638)
James McKinney, ancien agent de la CIA, est avant tout un tueur. Impitoyable, mais tellement séduisant ! Et il est le seul à pouvoir donner des réponses à Annie, à la recherche de l'assassin de son père, qui a lui aussi travaillé à la Compagnie. Si elle veut la vérité, a-t-elle d'autre solution que de faire confiance à cet ange déchu, au risque de succomber ?

Au cœur de l'enquête ⋒ Meryl Sawyer (n° 8017)
Sam McCabe, agent du FBI, est aux prises avec un serial killer qui l'appelle avant chacun de ses meurtres. Maddie, qui dirige avec brio son agence de publicité, échappe par miracle à un homme entré dans sa chambre pour la tuer. L'assassin n'abandonne pas pour autant sa proie, et Maddie se voit contrainte d'accepter la protection de Sam. Mais Maddie n'est pas celle que l'on croit...

> *Nouveau ! 1 rendez-vous mensuel*
> *aux alentours du 1ᵉʳ de chaque mois.*

Comédie

Le 16 juin :
Chaque homme a son revers ⋒ Vicki Lewis Thompson (n° 8053)
La grand-mère d'Ally meurt en lui léguant son argent. La jeune femme peut enfin s'installer en Alaska pour devenir la photographe de paysages qu'elle a toujours rêvé d'être. Seulement, en plus de la fortune, Ally a aussi hérité du bras droit de sa grand-mère : Mitchell, ringard à souhait !

Gloire et déboires ⋒ Jane Heller (n° 8054)
Stacey Reiser ne voulait qu'une chose : que sa mère abusive lui fiche la paix ! Elle a 34 ans tout de même ! Mais sa mère devient une icône publicitaire adulée qui n'a plus une minute pour sa fille... Alors, qui surveille ses fréquentations, ses finances, et même... ses amours ? Stacey bien sûr !

> *Nouveau ! 2 titres tous les deux mois*
> *aux alentours du 15.*

MONDES MYSTÉRIEUX

Le 3 mai :
Fouilles maléfiques ⚜ Shannon Drake (n° 8018)
Des fouilles archéologiques ont lieu dans un village près de Paris. Tara, américaine d'origine française, y est envoyée par son grand-père pour surveiller le chantier. Celui-ci est inquiet et il n'a pas tort : les recherches ont réveillé Louisa, une femme vampire qui veut à tout prix récupérer ses pouvoirs...

---

*Nouveau ! 1 rendez-vous mensuel
aux alentours du 1er de chaque mois.*

Et toujours la reine du roman sentimental :

Barbara Cartland

Le 3 mai :
Si près des étoiles (n° 8014)
Fiancés sans amour (n° 1178) - *Collect'or*

Le 22 mai :
La captive du cheikh (n° 3729)

---

*Nouveau ! 2 rendez-vous mens
aux alentours du 1er et du 15 de cha*